CROW LAKE

MARY LAWSON

乌鸦湖

[加拿大] 玛丽·劳森 著　陈磊 译

译林出版社

献给埃莉诺

献给尼克和纳撒尼尔

最重要的是

献给理查德

作者手记

《乌鸦湖》是一部虚构作品。安大略省北部有许多湖泊，因此以乌鸦命名的一定有六七个之多，不过这部小说中出现的乌鸦湖并非它们中的任何一个。同样，除了两个例外，小说里的所有角色都是我想象的产物。第一个例外是我的曾祖母，她确实在自己的纺车上装了一个书托。她生了四个孩子而非十四个，但她生活在加斯佩半岛的一个农场，很难抽出时间来阅读。第二个例外是我的妹妹埃莉诺，我以幼年时代的她为原型创作了波。我想感谢她允许我使用她幼年时期的形象，在写作本书的过程中，她为我提供了源源不断的支持、建议和鼓励。

我想感谢我的哥哥乔治和比尔，不只为他们的幽默，以及这些年来他们所给予的信任与鼓励，还要感谢他们就乌鸦湖的"自然史"所提供的建议。他俩对于北部的了解胜过我一千倍，他们对于那里的热爱为我创作本书提供了重要的灵感。

此外还有一些人，我亏欠他们许多：

阿曼达·米尔纳-布朗、诺拉·亚当斯和希拉里·克拉克，感谢他们的洞见与支持，感谢他们在撒谎或许更为容易和礼貌时，仍能保持坦诚。

诗人与教师斯蒂芬·史密斯，感谢他的鼓励与启发。

佩妮·巴蒂斯，多年前是她帮助我开启了这一切，感谢她一直都坚定地相信，我最终一定会达成所愿。

多伦多大学动物学系的德博拉·麦克伦南教授和埃莱娜·西尔教授，感谢他们让我有机会一瞥学术研究的世界。（我完全有可能依然存在错误理解，但错误都属于我，与他们无关。）

费莉西蒂·鲁宾斯坦、萨拉·勒琴斯、苏珊娜·戈德曼，以及勒琴斯和鲁宾斯坦家的所有成员，感谢他们的娴熟技艺，感谢他们的机智、活力与热情。

伦敦查托与温达斯出版社的艾莉森·塞缪尔、纽约戴尔出版社的苏珊·卡米尔、多伦多克诺夫加拿大出版社的路易斯·丹尼斯，感谢他们以敏锐的洞察力和感知力，以及高超的技艺，带领《乌鸦湖》走完整个编辑流程。

我还想感谢玛乔丽·格思里所著的《水表层的动物》（*Animals of the Surface Film*，斯劳里士满出版有限公司），这本书为我提供了许多宝贵的技术信息。

最后也最重要的是，我想感谢我的丈夫理查德，感谢我的儿子尼克和纳撒尼尔，感谢他们多年来一直坚定地信任我，给我安慰与支持。

第一部分

序曲

我的曾祖母莫里森曾给自己的纺车装了一个书托,这样一来,她就能在纺线时看书,反正人们是这样传说的。一个周六的夜里,她因为沉迷在书本世界,抬头时发现已是次日零时三十分,也就是说她在安息日纺线劳作了半小时。在那个时候,这可算是一桩重大罪过。

我之所以从家族传说中挑出这一笔,并不单单为了讲这一件事。近来我得出结论:曾祖母和她的书托能解释许多事。她过世几十年后,毁掉我们家庭、终结我们梦想的那些事件才发生,但那并不意味着,她就对最终结局没有影响。马特和我之间发生的事,不能说和她完全无关。总有些罪责要算在她头上,那样才公平。

在我成长的岁月中，父母的房间里有她的一张照片。我很小的时候，经常站在那张照片前，壮着胆子直视她的眼睛。曾祖母是个嘴唇紧闭的小个子，身姿端正，总穿着一身黑，上面有白色蕾丝领（毫无疑问，每晚都会一丝不苟地刷洗干净，天亮前再熨烫得平平整整）。她看起来是个严厉的人，一副不以为然的表情，全无半点幽默。而且她的身体应该很健康，十三年里生了十四个孩子，在加斯佩半岛拥有五百英亩贫瘠的农田。她是如何抽出时间来纺线的，更不用说还要阅读？我永远都不可能知道答案了。

在卢克、马特、波和我四个人当中，唯一和她有相似点的就只有马特。虽然马特的性子远远算不上严肃，但他和曾祖母一样，也长着一张不露声色的嘴，和一双沉着的灰眼睛。若是我因为在教堂里坐不住被母亲用锋利的眼神斥责，我就会斜着眼睛费劲地看马特，想知道有没有被他发现。而他总会注意到这一幕，然后就在我即将陷入绝望的最后关头，他却开始眨着眼睛使眼色。

马特比我大十岁，高个头，认真又聪明。他极其热爱池塘，也就是铁轨那边的那一片，离我们家有一两英里远。那里原本是一个乱石坑，多年以前公路建起后它就被遗弃了，大自然在里面填满了各式各样令人惊奇的蠕动的生物。

马特第一次带我去那片池塘时，我还非常小，他只能将我扛在肩上——路上要穿过树林，里面生长着茂密的毒藤；要沿着铁轨行走，落满灰尘的火车车厢在上面排成一行，等待着装载甜菜；还要走下一条陡峭的沙地小径。抵达以后，我们会趴在那里，任凭太阳火辣辣地照晒脊背，我们只管凝视暗色的水面，等着看能发现什么。

在我有关童年的记忆中，再没有比那一幕更清晰的画面了：一个十五六岁的男孩，满头金发，身形瘦长；而他身边的小女孩，头发在脑后编成辫子，发色比他的要浅，两条细腿正被阳光晒成棕褐色。他们两个都趴在那里一动也不动，下巴垫在手背上。他在向她展示各种各样的事物。更确切地说，是那些事物自岩石的下方和阴影中漂出来显露了自身，而他是在向她讲述它们。

"只管动动你的手指，凯特。在水里动一动。它会过来的。它抵挡不住……"

那个小女孩于是小心地摇摇手指，一只好奇的小乌龟小心地游过来查探。

"看见了吧？它们小时候是非常好奇的。等长到足够年纪，它就会生出疑心，脾气也变得很糟。"

"为什么？"

有一回他们在陆地上设陷阱困住了一只老龟，它看起来不是好奇，而是昏昏欲睡的样子。那只老龟长着个胶皮一般皱巴巴的脑袋，她当时还想拍一拍来着。马特拿出一根有他大拇指粗的树枝，却被那老龟一口咬成了两半。

"它们的壳相对于它们的身体来说太小，比大多数乌龟都小，所以它们的皮肤有许多都裸露在外面。这让它们感到紧张。"

小女孩点点头，辫梢在水面上下跳动，激起的小小涟漪摇晃着在池水表面扩散开去。她被完全吸引了。

那些年里，我们一定有好几百个小时都是那样度过的。我慢慢认识了豹蛙的蝌蚪，胖胖的牛蛙蝌蚪是灰色的，癞蛤蟆的蝌蚪是黑色的，非常小，而且总是一扭一扭。我认识了乌龟、鲇鱼、水黾、蝾螈，还有在水面疯狂旋转的豉豆虫。好几百个小时过去，季节变换，池塘生物死亡和更替了许多轮，我也长大了，大到不能再骑上马特的肩膀，于是跟在他后面小心翼翼地穿过树林。当时的我并未意识到这些变化——它们发生得如此缓慢，而孩子对时间几乎没有概念。明天就相当于永远，许多年只是一瞬之间。

一

表面看来，结局的到来完全出人意料，直到很久以后，我才得以看清，其实是一连串事件导致了那个结局。其中的一些事与我们莫里森家全无牵连，而只牵涉到派伊一家，他们住在离我们家大约一英里远的一座农场，是我们最近的邻居。派伊家是你会用"问题之家"来称呼的一个家族，过去一直是，将来也永远是。他们的农场远离众人的目光，对社区的其余人来说，显得十分私密。那一年，在他们那座被刷成灰色的古旧农场大宅中，他们的各种问题正逐渐发展为一个彻头彻尾的噩梦。当时我们尚不知晓的另一件事是，派伊一家的噩梦注定要与莫里森家的梦想纠缠在一起。没有人能预见那样的后果。

当然了，每当你试图理清某事的起因时，你的回溯之旅总是没有尽头。你的探寻行为会将你带回亚当及其后的时代。但对我们家族而言，那年夏天出了一件事，就其灾难程度而言，实质上足以构成一切的肇因。那件事发生在七月里一个闷热无风的周六，那时我七岁，是它为正常的家庭生活画上了句号。直到现在，将近二十年岁月过去，我发现自己依然很难对其形成任何一种观点。

关于那件事，你所能发表的唯一积极评价是，至少一切都结束在一个高昂的音调上。因为在事情发生的头一天——我们作为一家人团聚一堂的最后一天——我的父母得知，我的"另一个"兄长——除马特外的那个——通过了师范学院的考试，拿到了入学资格。卢克的成功在某种程度上是个意外，因为委婉说来，他并不是个聪颖勤奋的学生。我记得在某处读到过这样一条理论，大意是说，在一个家庭之中，每一位成员都自有其角色——"聪明的""漂亮的""自私的"。你的角色一旦建立，一时半会儿你是无法摆脱的——不管你做什么，人们都会用固有的印象来看待——不过根据那条理论，在初始阶段，你对自己将扮演的角色拥有一定的选择权。如果是这种情况，那么卢克一定在人生的早年就已做出了决定，他真正想要扮演的角色,是"问题成员"。我不知道是什么影响了他的选择,有可能他听过太多次曾祖母和她那只著名书托的故事。那个故事一定早已成为卢克的人生烦恼之源。或者说烦恼之一——另一个烦恼有可能是,拥有马特这样一个弟弟。马特显然是曾祖母智慧的继承人,卢克甚至连尝试都毫无意义。于是,他最好的出路就是,找到自己生就的长处——比如引得父母血压飙升——然后坚持不懈地实践、实践、实践。

但不知为何,他在十九岁的时候,竟然鬼使神差地通过了考试。历经三代人的努力,莫里森家族终于有一位成员要进大学接受高等教育了。

他不仅仅是家族首位,我想在我们兄妹四人出生和成长的安大略省北部地区,在乌鸦湖这个小小的农业社区,也是前无先例。在那个时候,乌鸦湖只有一条尽是灰尘的土路和一条铁轨连通外面的世界。火车只能挥手叫停,土路只能南下,任何人都没有继续北上的理由。除了十几座农场、一家杂货店,以及湖边散落的几幢简朴房屋,这里就只剩下教堂和学校。正如我所说,乌鸦湖在历史上并不曾出过多少读书人,如果不是因为我们家里发生的灾难,那么在接下来的周日,卢克的成就原本是要登上教会简报,被以头版通栏大标题的形式详细报道的。

卢克一定是在周五的早晨就收到了师范学院的录取确认信,然后他告诉了母亲,于是母亲就给父亲打了电话,他在二十英里外的斯特鲁恩的银行工作。这样的行为本身也几乎前所未闻,如果丈夫做的是办公室工作,那么做妻子的永远也不该打扰。但母亲给父亲打了电话,他们两个一定是决意等到晚餐时向我们其余几个宣布。

那顿晚餐,我在心里回忆过许多次,原因与其说是卢克那条惊人的消息,不如说是事实证明,那是我们家最后的晚餐。我知道记忆会欺骗人,你的大脑会虚构大大小小的事,感觉就和实际发生过一样逼真,但我依然深信,我记得那顿晚餐的每一个细节。回头看去,最让我觉得感伤的地方在于,那一切是多么微不足道啊。低调是我们家的行事准则。每个人的情绪都处于严格的控制之下,即便是积极的情绪也不例外。不可动情——这是长老派的第十一诫,篆刻在石板上,专为信众呈示。

因此,那晚的晚餐和往常一模一样,相当庄重,相当沉闷,只有波偶尔会打乱大家的注意力。那个时期的波留有几张照片。她小小的,圆圆的,一头纤细的金发像绒毛一般,直直地立在头上,仿佛被闪电击中的样子。照片里的她看起来文静又可爱，但这只证明了，照相机能把人欺骗到何等程度。

我们一家人都坐在各自应在的位置上，十九岁的卢克和十七岁的马特坐在桌子的一侧，七岁的我和一岁半的波坐在另一侧。我记得父亲当时已经开始饭前祷告了，但波打断了他，波想要果汁，母亲说："再等一会儿，波。闭上眼睛。"父亲重新开始祷告，波再度打断，母亲说："你再打断一次，就直接上床去。"于是波把拇指伸进嘴里，表情凶狠地吸了起来，隔一段时间还咂巴一声，仿佛一只正在计时的定时炸弹。

"我们再试一次，主啊，"父亲说，"感谢您今晚赐予我们的食物，还尤其要感谢您送给我们的消息。请帮助我们时刻警醒于自身的巨大好运。请帮助我们充分利用自身所拥有的机会，利用如此微不足道的天赋，一如在事奉您时那般。阿门。"

卢克、马特和我都放松下来。母亲将果汁递给了波。

"什么消息？"马特问。他坐在我的正对面，如果我从椅子往下溜，并且伸直双腿，那么我的脚趾就能碰到他的膝盖。

"你们的兄长，"父亲向卢克的方位歪歪头，"被师范学院录取了。今天学校寄来了确认信。"

"不是开玩笑吧?"马特看着卢克说。

我也看着卢克。我不敢肯定,之前我有没有认真地看过卢克——端详他。出于这样或那样的原因,我和他的交集很少。当然,我和他的年龄差大于我和马特,但我想那不是原因所在。我们只是没有太多共同点。

但这一刻我看着卢克,他正坐在马特身边,过去的十七年里可能都是如此。他们在外貌上有一些相似点——你不用费多大劲就能猜到他们是兄弟。他们身高相近,都是金发,都长着莫里森家族典型的长鼻子和灰眼睛。区别主要在于体格。卢克肩膀宽阔,骨骼粗壮,体重肯定要比马特重三十磅。他的动作慢而有力,马特却灵活而敏捷。

"不是开玩笑!"马特又说了一句,惊讶得有些夸张。卢克斜眼看了看他。马特咧嘴笑了起来,将惊讶丢到一旁说道:"太棒了!祝贺!"

卢克耸耸肩。

我说:"那你要当老师吗?"我无法想象。教师属于威望很高的人。卢克却只是卢克而已。

"是。"卢克说。

他懒散地坐着,这一次父亲没有提醒他坐直。马特也塌着身子,但他不像卢克,不会将四肢整个摊开,所以比起卢克来,他一般显得更挺拔些。

"他是个非常幸运的小伙子。"母亲说道。她试图隐藏不适宜的骄傲与愉快之情,以至于声音听起来几乎像是在发怒。她说话的同时也在布菜——猪肉来自塔德沃斯家,土豆、胡萝卜和红花菜豆来自卡尔文·派伊的农场,苹果酱来自贾尼先生家那些饱经风霜的老苹果树。"不是每个人都能得到那样的机会。总之,不是每个人都有。给你,波,这是你的晚餐。好好吃,别糟蹋。"

"你几时动身?"马特说,"学校在哪儿?多伦多?"

"是。九月底走。"

波抓起一把红花菜豆,紧握着举到胸口,轻声哼哼起来。

"我们可能得给你买一身套装。"母亲对卢克说完,转头看向父亲,"他会需要套装吗?"

"我不知道。"父亲说道。

"你们必须给他买套装。"马特说,"他穿着会很帅的。"

卢克只哧了一声。虽然他们两个有不同之处,而且卢克总是闯祸,马特从不惹麻烦,但他们很少有真正的不和。可以说他们两个都是不轻易动怒的人。我想,绝大多数时候，他们都待在各自的世界里，因此并不经常与对方交锋。不过话虽如此，他们偶尔也的确会打架，每当碰到那种时刻，所有那些根本不该表露的情绪都会突然失控，摧毁第十一诫的训诫。出于某种原因，打架行为本身似乎并不违反戒律——我父母或许会将其归类为成年男性的正常行为，推断如果上帝不希望他们打架，那他就不会赐予他们拳头。曾经有一次，卢克盛怒之下一拳挥向马特的脑袋，不想却错失目标，拳头砸在了门框上，他喊道："我呸！你这个混蛋！"为此整整一周他都被禁止进餐厅，只能在厨房吃饭。

不过，真的会被他们打架所惹怒的人却是我。马特动作更快，但卢克那时更加强壮，我害怕总有一天他的大拳头会击中目标，把马特打死。我会尖叫着要他们停手，但我的叫声会惹得父母异常生气，以至于他们往往会命令我回房思过。

"他需要的，"父亲仍在思考套装的问题，"是一只行李箱。"

"哦，"母亲将布菜勺悬停在土豆碗的上方，说道，"对，一只行李箱。"

一刹那间，我看见她的脸上露出一副异常悲伤的表情。我停止摆弄餐刀，不安地看着她。我猜直到那一刻，她才清楚地意识到，卢克将要离开了。

波在对着手里的红花菜豆唱歌，将它们举到一侧肩膀上来回摇晃。"宝宝，宝宝，"她唱着，"宝宝，宝宝，豆宝宝。"

"把豆子放下，波。"母亲心不在焉地说，布菜勺依然悬在空中。"它们是食物。把它们放下，我好给你切开。"

波看起来吓坏了。她尖叫起来，激动地将豆子紧紧地握在胸口。

"看在老天的分儿上！"母亲说，"快停下，我真是受够你了。"

不管刚刚那一瞬间她脸上浮现的是什么表情，此刻都已经消失，一切又都恢复了正常。"我们得到镇上去一趟，"她对父亲说，"去巴伊家的店铺一趟，他们有行李箱卖。我们明天就可以去。"

于是周六这天，他们就一起驾车去了斯特鲁恩。其实用不着两人都去的。他们中随便哪一个都有能力自己挑选一只行李箱。而且他们也没必要赶着那个周末就去——距离卢克开学还有六周多的时间。不过我猜他们就是想去。他们可能是太激动了，虽然用这个词来形容如此平和而务实的他们,显得很奇怪。但那毕竟是他们的儿子。莫里森家要出一个老师了。

他们不想带波和我同行,当然了,我们又太小,不能单独留在家里,所以他们一直等到卢克和马特从卡尔文·派伊的农场回来。卢克和马特周末和假期时在派伊的农场工作。派伊夫妇有三个孩子,但两个是女孩,男孩劳里才十四岁,干不了重活儿,因此派伊先生不得不雇用身强力壮的男工。

马特和卢克到家时大概四点钟。父母问卢克想不想同去,自己挑选行李箱,但他拒绝了,他说太热,想去游泳。

我认为当时我是唯一一个挥手告别的人。我有可能虚构了挥手的记忆——因为无法承受不曾道别的伤痛,我后来想象出了那样的画面——但我想那是一段真实的记忆。剩下的三个孩子没有挥手,因为波正为被留在家里而闹脾气,马特和卢克则忧愁地看着她,想着下午剩下的时间里,该由谁来照看她。

汽车开上公路,消失在视野之中。波坐在碎石车道上怒吼。

"好了,我要去游泳,"卢克为了让波听见,故意大声地说,"我很热,我干了整整一天的活儿。"

"我也是。"马特说。

"我也是。"我说。

马特用脚趾戳了一下波的屁股。"你呢,波?你也工作了整整一天,糟透了吗?"

波咆哮起来。

卢克说:"她为啥总是要发出那么可怕的声音?"

"她知道你有多爱听。"马特说着伸手掰开波紧握的拳头,用她的大拇指堵住她的嘴巴,"去不去游泳啊,波?你想去游泳吗?"

波点点头,含着大拇指呜咽起来。

那一定是我们四个头一回一起去游泳。湖离我们的房子不到二十码远,所以想去随时都能去,但我想以前我们从没有四个人同时都想去过。不管怎样,母亲总会照看波。但那一次我们在湖边,把波当沙滩球一样传来传去,真是好玩极了。我记得那一幕。

我还记得,我们钻出水面后没过多久,萨莉·麦克莱恩就过来了。麦克莱恩夫妇经营着乌鸦湖仅有的一家商店,萨莉是他们的女儿。过去的几周里,她经常被送到这里来串门,她每次看上去都像是要去什么地方,只是碰巧路过我们家似的。这很奇怪,因为她没有别的地方可去。我们家在乌鸦湖的最里面,进来要走很长时间,再往里走的话,大概有三千英里都是无人区,继续走就会走到北极。

卢克和马特当时一直在打水漂,萨莉出现时,马特停了下来,走过来坐在那里看我将波埋进沙子里。波以前没有被埋过,所以很高兴。我在温热的沙滩上为她挖了一个小小的坑,她坐在里面,身上没穿衣服,棕色的身体圆乎乎的,就像一只鸡蛋。我将沙子堆积起来,把她围在中间,她瞪大眼睛笑了起来。

萨莉·麦克莱恩放慢脚步朝卢克靠近,在离他还有几英尺远时停了下来,然后就站在那里,将身体的重量集中在一侧的髋骨上,用另一只脚的脚尖在沙滩上画着线条。她和卢克低声说着话,但两人谁也没看谁。我没太注意他们。我已经将沙子堆到了波的腋下,然后用鹅卵石在沙堆上拼贴图案,波将鹅卵石一块块挑出来,接着按进错误的位置。

"别动,波,"我说,"我在拼图案呢。"

"豌豆。"波说。

"不是豌豆,是鹅卵石,不能吃。"

她拿起一块塞进嘴里。

"别吃!"我说,"吐出来!"

"蠢货。"马特说着凑过来捏住波的脸颊,直捏到她张开嘴巴，然后他伸手将鹅卵石捞了出来。波冲他咮咮地笑着，将大拇指塞进嘴里，接着又拿出来看一看。她的大拇指上沾满了唾液和沙子。"豆子。"她说着将大拇指又塞进了嘴里。

"这下子她把沙子也吃进去了。"我说。

"伤不了她。"

马特说话间观望着卢克和萨莉。卢克仍在打水漂，只是此刻动作小心了些，他用了很长时间来挑选最扁平的石片。萨莉不住地抬起头，将头发往脑后顺。她长着一头鲜艳的铜红色的头发，又长又厚，发丝总是被湖面吹来的微风扬起，横在脸颊上。我觉得他们两个好无聊，但马特看他们的目光充满关切，就和研究池塘生物时一样兴味盎然。

他的关注引起了我的兴趣。我问："她来干什么？她要去哪儿？"

马特等了一阵子才回答说："这个嘛，我猜和卢克有关。"

"什么？关卢克什么事儿？"

马特看着我，眯缝起眼睛。"我其实也不知道。你想让我猜一猜吗？"

"好啊。"

"行。我只是猜测啊，卢克走到哪儿，都能碰到萨莉。

所以我猜，她是爱上了他。"

"爱上了卢克？"

"是不是很难相信？不过女性都是非常奇怪的，凯蒂。"

"那卢克爱上她了吗？"

"不知哟。我猜是有可能的。"

过了一会儿，萨莉离开了，卢克这才从湖边慢悠悠地走了上来，他一直紧锁着眉头，眼睛盯着沙子。马特扬起眉头向我使眼色，意思是要我放聪明些，不要提起萨莉·麦克莱恩的事。

我们将波从沙堆里挖了出来，擦掉她身上的沙子，带她回家穿上衣服。接着我将泳衣拿出去挂在外面的晾衣绳上，所以最先看到警车开上车道的人是我。

在乌鸦湖，警车并不常见，所以我很好奇地跑到车道上去看，一名警察走了出来，让我惊讶的是，和他一起来的还有米切尔神父和克里斯托弗森医生。米切尔神父是我们的牧师，他的女儿詹妮是我最好的朋友。克里斯托弗森医生住在斯特鲁恩，不过他是我们的医生——事实上，他是方圆一百英里范围内唯一的一位医生。我喜欢他们两个。克里斯托弗森医生养了一只爱尔兰长毛猎犬，是只雌性猎犬，名叫莫莉，会用牙齿摘蓝莓，总是陪他一同巡诊。我跑着迎上前去，说道:"妈妈和爸爸眼下不在家。他们去购物了，去给卢克买行李箱，因为卢克要成为一名教师了。"

那名警察站在车子的边上，凝视着挡泥板上的一条细小划痕。米切尔神父看看克里斯托弗森医生，然后目光回到我的身上，说:"卢克在家吗，凯瑟琳？马特在不在？"

"他俩都在呢，"我说，"他们在换衣服，我们刚游过泳。"

"我们想找他们说句话。你能转告他们吗？就说我们来了。"

"好的。"我说完才想起来应该注意礼节，"你们要进屋吗？妈妈和爸爸大概六点半就能回来。"我灵机一动，"我可以为你们泡杯茶。"

"谢谢你，"米切尔神父说，"我们愿意进屋，不过我想……茶就不喝了，谢谢你。眼下不是喝茶的时候。"

我将他们领进屋，并为波制造的噪声道了歉——波将所有的罐子和平底锅都从橱柜底层掏出来了，正拿着它们狠狠地敲打厨房地板。他们说不碍事，所以我就将他们留在餐厅，自己则去找卢克和马特。我将卢克和马特领过来，两人都很好奇地看着面前的两位绅士——那名警察留在了车子旁边——然后打了声招呼。接着我看见马特的脸色变了。他一直盯着米切尔神父，表情中却突然没了礼貌与好奇。他看上去很害怕。

他说:"怎么了?"

克里斯托弗森医生说:"凯特,我想你是不是该去照看波?你能不能……唔……"

我走出了厨房。波没有做任何错事,但我将她抱起来,走出了屋子。她长大了些,不过我还是能抱得动。我抱着她回到湖畔。蚊子出来了,但我还是待在那里,哪怕波开始冲我发火,因为我害怕马特脸上的表情,我不想知道原因。

过了很长时间,至少有半个小时,马特和卢克来到湖畔。我没有看他们。卢克抱起波走到水边,然后开始沿湖岸前行。马特在我身旁坐了下来,等卢克和波沿着弯曲的湖岸走出很远之后,他才告诉我说,我们的父母已经死亡,他们驾驶的车被一辆满载的伐木工程车撞了,那卡车从哈尼斯特山上开下来,刹车失灵了。

我记得我当时害怕极了,我怕他会哭。他的声音在颤抖,他在拼命地控制自己,我记得我因为恐惧而无法动弹,不敢看他,也几乎不敢呼吸。仿佛那会是最可怕的事,比他告诉我的这件难以理解的事要可怕得多。仿佛对于马特来说,哭泣是一件不可想象的事。

二

　　回忆这种东西，大体来说我并不喜欢。倒不是说没有愉快的回忆，但整体而言，我宁愿把它们塞进密封的橱柜，然后关上柜门。实际上，直到两个月以前，我一直是那样做的，而且许多年来一直维持得相当成功。毕竟我还要活下去。我有我的工作，而且我有丹尼尔，光是这两件事就占据了我许多时间和精力。是有一段时间，两件事进行得都不太顺利，但我没想过把原因推给"过去"。直到两个月前，我都还切实地感觉到，我已经将那时的一切都抛诸脑后了。我感觉我干得不坏。

　　接着，二月里的一个周五，晚上我下班回到家，发现有一封马特写来的信在等我。我一看到那些字迹，眼前立刻浮现出马特的身影——你知道笔迹有多么容易让人联想起一个人。也是在一瞬之间，胸口痛的老毛病又犯了，位置差不多在胸口正中，是一种钝重的疼痛感，就像是哀悼时的感受。这些年来，它始终不曾减轻分毫。

我在上楼的途中拆开信封，将装满实验报告的包紧紧地夹在腋下。里面装的并不是一封真正的信，只是马特的儿子西蒙寄来的一张卡片，邀请我在四月底去参加他的十八岁生日派对。另附一张字迹潦草的字条，是马特写的："你一定得来，凯特！！不许找理由！！！"一共用了五个感叹号。接下来是一条有分寸的附言："愿意的话，可以带个伴儿。"

这些内容写在一张照片的背后。是西蒙的照片，但乍一看我还以为是马特，十八岁的马特。他们父子俩长得出奇地相似。这自然引得我想起了那个悲惨年份里的许多往事，以及随后缓慢发生的一系列事件。而那些回忆又进一步让我想起了曾祖母莫里森的故事，还有她的书托。可怜的老曾祖母。这一刻她的照片就挂在我的卧室，是我离开老家时一并带出来的。似乎没有人在乎那张照片。

我把包放在客厅兼餐厅的桌子上，坐下来将那封邀请信又读了一遍。我当然会去。毕竟西蒙是个非常可爱的小伙子，而我又是他的姑姑。卢克和波也会去——那将成为一个家庭聚会，我喜欢家庭聚会。我当然会去。本来那个周末我已经预定好要去蒙特利尔参加一个会议的，不过我还没提交资料，因此可以取消。周五的下午没有课，所以我午饭过后就能直接出发。沿400号公路北上。行程有四百英里，算长途，不过现如今那条路的绝大部分都已经铺设过了。只有最后一小时左右，离开主路西进的支路没有铺设，再加上两边都是森林，你真的会觉得自己在重返过去。

至于"带个伴儿"什么的——不可能。丹尼尔应该愿意去，他对我们家的事有着无限的好奇，应该很乐意去，他的着迷与狂热让我完全无法应对。不，我不打算邀请丹尼尔。

我看着那张照片，看着西蒙，看着马特，知道事情将会如何发展。会很顺利，真的。一切都会顺利的。派对热闹又欢乐，食物绝赞，我们所有人都会笑个不停，开彼此的玩笑。卢克、马特、波和我会谈论过去的时光，尽管仅限于特定的旧时光。某些事情将会被跳过，某些名字将不会出现。比如卡尔文·派伊，他的名字我们连提都不会提。说到他，那劳里·派伊也一样。

我会给西蒙挑一个非常昂贵的礼物，证明我对他的爱，我当然发自内心地爱着他,同时也是为了证明,我将继续履行我对家庭的承诺。

到了周日的下午,我要离开家门时,马特会送我出来,看着我上车。他会说:"不知怎么搞的,我们都没找着时间说话。"我会说:"是啊,是不是太荒唐了?"

我会看着他,而他则会用他那双酷似曾祖母莫里森的灰眼睛回望我,他的目光那样坚定,我将不得不移开视线。在回家的某些路段,我会发现我在哭,接下来的一个月里,我都会试图分辨原因。

*

而原因总会回到曾祖母那里。

我毫不费力地就能想象出她和马特在一起深入交谈的画面。曾祖母坐在一把高背椅上,身姿挺直,马特坐在她的对面,正专注地倾听她说话,意见相同时还会点头,不同时则礼貌地等待发言的机会。他尊敬曾祖母,但并不怕她。曾祖母知道这一点,而且很满意,我从她的眼睛里看得出来。

很奇怪,不是吗?因为他们两个当然从未真正地碰过面。曾祖母活了很大年纪，即便如此，当马特诞生时，她也早已去世。她从没见过我们——也从没离开过加斯佩的海岸——尽管如此，我小时候有一种感觉，她以某种神秘的方式"与我们同在"。她是个影响力非常强大的人，天知道，她有可能就在隔壁房间。至于她和马特——我想我很小的时候就感觉到，他们之间存在某种联系，尽管我不能告诉你具体是什么。

父亲以前经常讲曾祖母的故事，比讲祖母的时候多得多，而大部分的故事内容，都在阐释某个高尚的道德标准。不幸的是，他算不上出色的故事讲述者，他讲故事更多是为了传递思想，而非制造悬念吸引听众。举例来说，有一个故事的主角是新教徒和天主教徒，他们在社区之中有摩擦，导致两个敌对的男孩帮派发生了冲突。但是两方的势力并不完全匹配——新教徒的数量多过天主教徒——因此曾祖母就命令儿子们必须为"另一方"的天主教徒而战，以便让双方势均力敌。通过这个故事，我们要学会的道理是，必须公平竞争。无关战斗场面，无关鲜血与荣耀，而只是关乎一个教导：公平竞争。

再举一个例子，还有一个故事，讲述的是曾祖母对于教育的众所周知的虔敬之心——这个主题让卢克听得直了眼。曾祖母的十四个孩子都念完了小学，在那个年代，这简直是前所未闻的新鲜事。先做完作业再去农场干活——完全不顾每一口吃食都得从地里艰难翻刨而出。教育是她的最高梦想，她对教育的热情如此强烈，几乎成了一种疾病，她不仅影响了自己的孩子，也影响了莫里森家尚未出生的后代。

在父亲的口中，她就是一个完美典范，她公正、仁慈、明智，如同所罗门——我费了番工夫才把照片里的她同那位古以色列王国的君主联系起来。照片里的她就如同一柄战斧，纯粹又简单。只消看她一眼，你就会明白，为什么没有她的子女犯错的故事。

但在所有这些故事中，她的丈夫，我们的曾祖父去了哪儿？我猜是在田地里。总得有人劳作。

不过我们都知道，曾祖母是个了不起的女人，即便是父亲糟糕的故事讲述技巧也无法掩盖那个事实。我记得有一次马特问道，曾祖母在她的书托上都放过些什么书呢，他问的当然是《圣经》以外的书。他想知道是不是小说——或许是查尔斯·狄更斯的作品，或者是简·奥斯丁的。我们的父亲却给出了否定答案。她对虚构类作品没有兴趣，即便是伟大的小说也不喜欢。她不想"逃离"真实的世界，她想了解它。她的书籍涵盖的领域包括地理学、植物学、太阳系。有一本的书名是"创世的痕迹"，讨论的是地球的地质构造，父亲记得，她读的时候一边摇头，一边发出不耐烦的啧啧声。那本书成书于达尔文之前的时代，内容却像达尔文的理论一样，与《圣经》的教义并不完全相符。尽管那本书让她感到困惑，但她并不禁止子孙阅读，父亲说，这证明了曾祖母有多么敬畏知识。

书籍里的大部分知识一定完全超越了她的认知——她一生中没有上过一天学——但她仍会阅读，并且会努力地去理解。我在很小的时候，就对她的那种精神感到钦佩。直到现在，我依然深受触动。她的脸上满是艰辛劳作所留下的痕迹，却写满了对于知识的渴望，写满了决心——我既感到敬畏，又觉得悲伤。曾祖母天生就是一个聪颖勤奋的学生，可惜生在一个没有条件上学的时代和地点。

但她也有她的成功之处。我丝毫不怀疑，我们的父亲是她的掌上明珠，因为正是通过父亲，她那让子女接受教育，离开土地的梦想才终于成为现实。父亲是她小儿子的小儿子，靠着兄弟们分担农场活计，他才能完成高中学业——父亲是家族里第一个念完高中的成员。庆祝会结束后（他每门功课的成绩都是班级第一，我能想象得出曾祖母主持宴会时的模样，她严肃的表情中一定夹杂着难以抑制的自豪），他们为他打包了一只麻布袋——装着干净袜子、一块手帕、一块香皂和高中毕业证——然后就打发他出门去闯荡世界，提升自我了。

父亲向西又向南，从一个城镇游历到另一个城镇，找到什么工作就干什么工作，一直沿着宽广、碧蓝的圣劳伦斯河走。抵达多伦多后，他停留了一段时间，但没有待太久。或许是城市让他感到惊恐——那么多人，那样喧嚣——不过在我的记忆中，父亲并不是一个容易害怕的人。更有可能的原因是，他发现城市生活愚蠢又轻浮，缺乏目的性。这样才更符合我对父亲的了解。

父亲再度启程，这次是北上，角度稍稍偏西，远离所谓的文明聚集区，到二十三岁时，他已定居乌鸦湖，这个社区与身后一千英里外的家乡差不多一样。

等我长到能够思考这些事情的年纪时，我觉得父亲的家人一定失望了，为了让他起航闯荡世界，他们贡献了如此之多，他却最终安居在这样一个地方。过了一段时间，我意识到，他们应该是赞同他的选择的。他们应该已经知晓，不考虑地理位置的话，他的新生活发生了巨大的改变。

他在斯特鲁恩的一家银行工作，上班要穿套装，拥有一辆小汽车，在河畔建了一座低层住宅，那里气候凉爽，绿荫环绕，远离农场的尘土和蚊蝇。在他家中客厅的书架上摆满了图书，更稀罕的是，他有时间阅读它们。如果说他还是安居在了一个农业社区，那也是因为那里的价值观让他有回家的感觉。重点是，他曾有过选择的机会。而那正是他们为他所赢取的。

银行每年给我父亲两周假（他是家族里第一个拥有假期的人），在乌鸦湖定居一年后，他趁假期回到加斯佩，向童年时代喜欢的女孩求了婚。是隔壁农场的一个女孩，和他一样，祖辈都是苏格兰人。女孩一定也有冒险的意识，因为她答应了求婚，来到乌鸦湖做了他的新娘。两人婚礼当天拍过一张照片。他们站在加斯佩海岸的一座小教堂门口，两人都是结实的大高个儿，骨骼粗大，满头金发，个性认真，相比夫妻，他们更容易被当成兄妹。透过他们的笑容，你能看得出来他们都是个性认真的人：他们笑得真诚、坦然，那笑容的深处是一种认真。他们知道自己的生活不会容易——两人在成长岁月里从不曾有过那样的预期——但他们认为自己有能力承受。他们将竭尽全力。

两人一同回到乌鸦湖，建立了自己的家园，然后生了四个孩子。先是两个男孩卢克和马特，然后隔了十年的空白期，大概是经过了一番深思熟虑，又生下两个女孩，也就是我（凯瑟琳，大家都叫我凯特或凯蒂）和伊丽莎白，大家叫她波。

他们爱我们吗？当然。他们这样表达过吗？当然不曾。不过，要说不曾也不太准确——母亲有一次的确说过她爱我。当时我做了什么错事——那时我正处在总是做错事的阶段——她和我大吵一顿，然后不跟我说话了，虽然可能只持续了几个小时，感觉却像有几天那么长。最后我惊恐地问她："妈妈，你爱我吗？"她惊讶地看着我，然后只简单地答了一句："到发狂的程度。"一方面来说，我不知道"到发狂的程度"是什么意思，但从另一方面来说，我又的确知道，并且安了心。直到现在，我依然感到安慰。

不知什么时候，大概是在很早期，我们的父亲在他和母亲的卧室墙上钉了一枚钉子，然后将曾祖母莫里森的照片挂了上去，于是我们在长大的过程中都知道了她的梦想，都能感觉到她的目光。但于我而言，那并不完全是一项舒适的体验。我深信不疑，她不喜欢我们所有人，只有一个人是例外。我从她的表情中能分辨得出，她认为卢克是个懒汉，我是个白日梦想家，波的个性太强，一辈子注定饱受折磨。在我看来,她那双凶狠又衰老的眼睛只有在马特走进那间卧室时,才会流露出些许温柔神色。马特走进去后,她的表情会发生变化,你看得出来她在想什么。她在想的是,他来了,他就是那个将要走出去的人。

*

那次事故发生后,接下来的几天里发生了什么,我发现我很难回忆起太多。我的记忆绝大多数似乎都只是一些图像,仿佛是在岁月长河中抓拍的照片。比如客厅——我记得里面有多么凌乱。当天晚上,我们四个都睡在里面;可能是波闹个不停,也可能是我无法入睡,最后卢克和马特把波的婴儿床和三张床垫搬进了客厅。

记忆中有我睁眼躺在那里的画面,我凝望着黑暗,一直想要睡着,但睡意迟迟不肯来,时间一直不肯过去。我知道卢克和马特也都醒着,但出于某种原因,我害怕和他们说话,于是那个夜晚就像是要永远持续下去。

似乎也有其他事情在一遍又一遍地发生,但回想起来,我不能确定它们是不是只发生在我的想象之中。我现在依然能看见卢克站在门口的身影,他一只胳膊抱着波,另一只手正在接某人送来的一大碟用盖子盖起来的食物。我知道发生过那样的事,但在我的记忆中,那几天他几乎一直保持着那个姿势。不过事实可能的确如此——社区里的每一个妻子、每一个母亲、每一个未婚的姑姑,听到消息后一定都抿起了嘴唇,立刻做起饭来。她们送来的大部分食物都是土豆沙拉,也有熟火腿,以及滋补的炖菜,虽然天气还太过炎热,不到吃炖菜的时候。每次走出前门,你都会被装满豌豆的一夸脱容量的篮子,或者盛满炖大黄的大盆绊了脚。

卢克抱着波。那几天他真的只要醒着都把她抱在怀里吗?反正我记忆中是那样的。我猜波是被房子里的氛围所影响了,她想念母亲,只要卢克把她放下来,她就会哭闹。

我自己则紧抓着马特不放。我牵着他的手或者他的衣袖或者他的牛仔裤口袋,能抓住什么就抓着不放。我那时七岁,应该已经不是会做这样的举动的年纪了,但我就是控制不住自己。我记得他要上厕所时会轻轻地掰开我的手指,说:"等一下,凯蒂。给我一分钟就好。"我于是站在关闭的厕所门外,用颤抖的声音问:"你已经上完了吗?"

我无法想象起初的那几日对卢克和马特来说是什么模样。要准备葬礼事宜,要打电话接电话,要招呼来访的邻居，接受人们善意的帮助，还要照顾波和我。况且他们自己也会觉得困惑和不安，更不用说悲伤。当然，没有人表达过悲伤之情。说到底，我们毕竟是我们父母的孩子。

加斯佩和拉布拉多的亲戚打了许多电话来。自家没有电话的，则会前往最近的市镇使用公共电话亭，你能听到硬币掉进盒子的哐当声，接着是粗重的喘息声，致电的人还不习惯电话，当然更不习惯在危急时刻打长途电话，他们在尽力思考该说些什么。

"我是杰米叔叔。"拉布拉多的荒野传来疾风怒吼的声音。

"哦，好的，您好。"卢克答道。

"我是为你们父母的事打电话来的。"杰米叔叔的嗓门很大。卢克只好将听筒举到离耳朵很远的地方，马特和我在房间的另一头都能听到里面的声音。

"好的，谢谢您。"

接下来令人痛苦的寂静中，只有汽笛在鸣响。

"接电话的是卢克吗？家里的老大？"

"是的，我是卢克。"

更多的寂静。

卢克的声音听起来与其说是尴尬，不如说是疲累。"感谢您打电话来,杰米叔叔。"

"是,唉,太可怕了,小子,太可怕了。"

听起来,他想传达的信息主要是,我们不必担心将来。家族里的人已经打点好了一切,每件事都将得到妥当处理。我们不用担心。父亲的三个姐妹之一安妮姑姑正准备过来,她一忙完就会出发,只是看样子应该赶不上葬礼了。我们能自己坚持个几天吗?

幸运的是,我那时还太小,听不懂那些电话的意思。我只知道他们担心卢克和马特,他们两个不管是谁接电话,接完后都会站在那里盯着话筒看。卢克在不安的时候习惯用手指梳头发,事故发生后的几周里,他的头发就像一块耕得平平整整的田地。

卢克走进波和我的卧室,打开衣柜的抽屉四处翻找,想找些干净的衣服给波换,我记得我看到这一幕时突然感觉,我已不再认识卢克了,我被这个想法吓了一跳。他已不再是几天前的那个他——那个眼神中半是蔑视半是尴尬的男孩,那个用功考进师范学院的男孩——我不确定他是谁。我以前从未意识到,人会改变。可是话说回来,我以前也从未意识到,人会死。至少没意识到你所爱的人,你所需要的人会死。我以前对死亡的了解只停留在理论上,但现实中的死亡我并不了解。我不知道那样的事会发生。

葬礼在教堂举行。主日学校将椅子搬了出来，整齐地摆放在两个敞开的墓穴旁。我们四个孩子坐在前排，太阳把地面烤得硬邦邦的，我们努力稳住椅子腿，不让椅子摇晃。更确切地说，是我们三个坐成一排，波坐在卢克的膝头，将大拇指含在嘴里。

我记得我当时感觉非常不舒服。天气极其炎热，卢克和马特需要做好每一件事，早已累得筋疲力尽，所以我们四个都穿着颜色最深的衣服——我穿的是冬装裙子和运动套衫，波穿的是头年买的法兰绒连衣裙，尺寸已经太小。两个哥哥穿的是黑衬衫和裤子。葬礼仪式开始前很久，我们四个就都已经汗津津的了。

关于仪式，我只记得我听到几个人在抽鼻子，却不能回头看是谁。我想是我的疑惑保护了我，让我避开了正在发生的现实。我无法相信我的母亲和父亲正睡在墓穴旁边的那两个盒子里，当然，就算相信了这一点，也无法相信人们会将他们放进墓穴，然后用土将他们埋起来，好让他们再也出不来。我静静地坐在卢克和马特身边，然后当棺木被放进墓穴时，我牵着马特的手，同他俩一起站起来。

马特将我的手捏得紧紧的,这一点我是记得的。

然后就结束了,但又没有完全结束,因为村子里的每一个人都还要向我们致哀。他们大部分人其实什么都没说,只在列队走过时冲我们点点头,或者拍拍波的脑袋,但还是花了很长时间。我站在马特旁边。他低头对我笑了两次,不过他的笑容就只是一条白线而已。波表现得很好,尽管她已经被热浪烤成了甜菜红。卢克抱着她,她将脑袋靠在他的肩膀上,看着围在她拇指周围的每一个人。

萨莉·麦克莱恩是最早到场的人之一,她也是一直在哭的人之一——你看她的脸就知道。她没有看马特和我,而是将满是泪痕的脸转向卢克,用嘶哑的声音轻声说:"我很难过,卢克。"

卢克说:"谢谢。"

她看着他,嘴唇因为同情而颤抖起来,接着她的父母走上前来,所以她没有再说别的话。麦克莱恩夫妇都是小个头,生性腼腆、安静,和他们的女儿完全不同。麦克莱恩先生清了清嗓子,但什么也没说出来。麦克莱恩太太冲我们四个遗憾地笑了笑。接着麦克莱恩先生又清了清嗓子,对萨莉说:"现在我们最好是往前走,萨尔。"但萨莉只是责备地看他一眼,待在原地没动。

接着走过来的是卡尔文·派伊，他走在妻子和孩子们的后面。卡尔文·派伊是马特和卢克的雇主，他们两个夏天会去他家的农场干活儿，他是个满脸苦相的男人。他的妻子爱丽丝总是一脸惊恐，我母亲很同情她。我一直不太确定是为什么，母亲只是时不时会说上一句："那个可怜的女人。"

母亲也很同情他们家的孩子们。长女玛丽之前是马特的高中同班同学，去年辍学回家去帮忙了；最小的女儿罗茜七岁，是我的同学。男孩劳里十四岁，本来应该念到高中的，但因为要帮家里的农场干活儿，所以总是旷课，最后连八年级都没能念完。两个女孩都脸色苍白，表情紧张，和她们的母亲很像，劳里却和派伊先生一模一样。他的脸和父亲的一样瘦削，黑眼睛和父亲一样写满愤怒。

派伊先生说："对于你们父母的离世，我们感到很难过。"派伊太太说："是的。"罗茜和我看着彼此，她像是刚刚一直在哭，不过她总是那样一副模样。劳里盯着地面。我想玛丽原本是想对马特说句什么的，只是派伊先生将一家人都带走了。

卡林顿小姐来了。她是我的老师，也曾教过卢克和马特。公立小学里只有一个教室，所以她会把每个学生教到去镇上念中学，或者回家去父亲的农场工作为止。她很年轻，人也相当好，就是非常严格，我有点怕她。她说："哦，卢克，马特，凯特。"她的声音有些发抖，之后她没再说别的话，只是给了我们一个相当虚弱的微笑，然后拍了拍波的脚。

接着来的是克里斯托弗森医生和他的妻子，之后是四个我不认识的男人，是我父亲在银行里的同事。再接下来，我从出生那天起认识的所有人，有的独自前来，有的两人一组，有的全家同行，都来到我们面前致哀。所有人看起来都很难过，他们对卢克和马特说着"凡是我们能做的……"之类的话。

萨莉·麦克莱恩仍旧尽可能近地站在卢克身旁。人们致哀时，她就看着地面，时不时地朝卢克走近一步，小声说一句话。我听见她说了一句："你想让我帮你抱着你的妹妹吗？"卢克说"不用"，然后将波抱得更紧。又过了一分钟，他说："谢谢你，不过我抱着她就好。"

斯塔诺维奇太太是最晚到的几位之一，我非常清楚地记得她说的话。她也一直在哭，走到我们面前时仍未停止。她是个线条柔和的大个头，看起来像是没有骨头一般，她不像我们其余的人只在饭前感恩和祷告时对主说话，她一整天都会说。马特有一次说她就跟新教会里的所有人一样孤独得像是发了疯，父母为此一整个月都不许他进餐厅。如果他只是说她孤独得像是发了疯，那么他可能还混得过去。他闯了祸是因为他诋毁了斯塔诺维奇太太的信仰。宗教宽容是一条家庭信仰，一旦违反，后果自负。

总之，斯塔诺维奇太太朝我们走了过来，一个接一个地轮番打量我们每个人，眼泪顺着她的脸颊流淌下来。我们不知该看何处。斯塔诺维奇先生（大家叫他多嘴佬，因为他从来不说一句话）冲卢克和马特点点头，然后就迅速回到了他的卡车上。让我惊慌的是，斯塔诺维奇太太突然将我拉到她丰满的怀里，说："凯瑟琳，亲爱的，今日在天上的欢喜将会是大的。你的父母，保佑他们珍贵的灵魂已加入我主的队伍，天主将欣喜地迎接他们。是很艰难，我的羊羔，但是想想我们的主将会多么欢喜！"

她泪光闪闪地冲我微笑，然后再次将我紧紧搂在怀里。她的胸怀闻着有爽身粉和汗水的气味。我永远也无法忘记。爽身粉和汗水，以及：在上面的天上，他们在欢庆我父母的死。

可怜的莉莉·斯塔诺维奇，我知道她是发自内心地为我们父母的死而感到悲痛。但是在那场葬礼上，我记得最清楚的细节就是她所说的那番话，老实说，哪怕过去了这么多年，我至今仍对此感到憎恨。我原本想拥有的是一段更加愉快的记忆，仅此而已。我原本想清晰牢靠地记住的是，我们四个挤着站在一起，彼此支持的画面。但是每次只要我将脑海中的记忆修改过来，莉莉·斯塔诺维奇就会挺着她巨大的胸脯，用眼泪将其浇熄。

三

很久以后,我才将家里的许多事情告诉丹尼尔。一开始出去见面时,我们交换过一些个人信息,就像你会做的一样,不过全都是一些非常笼统的信息。我想我告诉过他,父母在我很小的时候就过世了,不过我在北部还有其他亲人,我有时会过去探亲。比那更详细的信息就没有再透露多少。

我对丹尼尔的背景了解得相当多,因为很多事都相当明显,可以说就在大学校园里。丹尼尔是动物学系的克兰教授,他的父亲是历史系的克兰教授,他的母亲是美术系的克兰教授。他们创建了一个小型的克兰王朝,或者如我后来所了解到的那样,这只是克兰王朝全景中的一个小小分支。丹尼尔的祖先游遍了欧洲的文化之都,然后移民到了加拿大。家族中出过医生、天文学家、历史学家、音乐家,每一位毫无疑问都在业内声名显赫。与他们相比,曾祖母莫里森自制的小小书托就显得有些可悲了,因此我就把它藏在心里。

但丹尼尔是个好奇的人。他和马特一样,几乎对每一件事都感到好奇,不过这也是他们两个唯一的共同点,千万别以为我选择丹尼尔是为了代替马特。我和他约会两周后的一天晚上,他说:"那么,给我讲讲你的人生故事吧,凯特·莫里森。"

如我所说,此事发生在我们的关系建立之初。我当时并不知晓,丹尼尔这个小小的要求将发展成我们之间的一个问题,我自己将这个问题描述为,丹尼尔的所求比我能给予的多,但丹尼尔对我描述时,将其概括为,我将他排除在我的世界之外。

在我成长的环境中,人们并不会谈论彼此关系中的问题。如果有人做的事或者说的话让你难过,你不会指出来。这或许是长老派的另一条戒律,如果说第十一诫是不可动情,那么第十二诫就是不可承认自己的悲伤,当全世界都看出你很难过时,你不得解释原因。是的,你应该咽下你的感情,强迫它们沉入你的心底,任由它们在那里进食、成长、膨胀、扩展，直至你再也无法饶恕，情绪彻底爆发，让那个罪魁祸首完全摸不着头脑。而在丹尼尔的家庭里，吼叫、控诉、摔门的时候更多，让人迷惑的情况极少，因为人们会说出原因。

所以在接下来的几个月里，我没有告诉丹尼尔，有的时候他让我感觉到，他想将我的人生和所有的一切都放在他的小玻璃载片上，然后放到显微镜下快速悄声地滑动，仿佛我是某种可怜又倒霉的微生物，而他想要探索我灵魂的最深处。不过他的确平静却又十分严肃地对我说过，他觉得我并不想让他了解我太多。在某个地方存在一道屏障，他能感觉得出，但说不清道不明。他慢慢发现，这的确是一个问题。

不过，所有那些都是后来的事了，都发生在那个特别的夜晚。那时候我们的关系才刚建立不久，还十分激动人心。当时我们在一家熟食店，坐在黄色的塑料桌旁，细长的金属桌腿上安装有霓虹灯带，厨房里一直传来嘈杂的谈笑声。我们点了鲁宾三明治[1]、卷心菜沙拉，搭配出色的咖

---

1 一种三明治，用两片黑麦面包夹咸牛肉、德国酸菜和瑞士奶酪，煎制或烤制而成。

啡，然后他就提出了这个小小的要求：告诉我你的人生故事。

那时候我还无法弄清，我为什么会如此强烈地抗拒这个要求。我猜，部分是因为，我只是不想暴露我的心灵世界。即使是在青少年时代，我也从来不会坐在朋友的床上，用双手挡住嘴巴窃窃私语，咯咯笑着交换彼此的秘密。仅仅为了约会时例行的相互了解，就将家人的历史暴露在相对陌生的人面前，将他们的隐私献祭在祭坛上，我以前一直都觉得，这种做法有点儿讨人厌。不过，现在我认为，我之所以不情愿，最主要的原因在于这样一个事实：我人生的故事全都与马特绑在一起，我不可能就着一杯咖啡就跟别人，特别是像丹尼尔·克兰这样成功的人随便倾诉。

所以我就开始迂回躲避。我说："我想我大部分都已经告诉你了。"

"你几乎没给我讲过任何事。我知道你的名字，我知道你来自北部的某个地方。我想仅此而已。"

"你还想知道什么呢？"

"每一件事，"丹尼尔说，"告诉我每一件事。"

"一次性全部说完？"

"从头说起。不，再往前一点儿。从你的家乡说起。"

"乌鸦湖?"

"是的。在乌鸦湖长大是什么样的体验?"

"不错,"我说,"是不错的体验。"

丹尼尔等待着,一分钟后他说:"你天生是个讲故事的好手,凯特,如假包换。"

"好吧,我只是不知道你对什么感兴趣!"

"每一件事。那地方有多大?有多少人口?镇子有多大?有图书馆吗?有冰雪皇后乳品店吗?有自助洗衣店吗?"

"哦,没有,"我说,"都没有。那里有一家商店,没有所谓的镇子。只有一家商店和一座教堂,还有一座学校。剩下的就是农场,主要就是农场。"

丹尼尔俯身盯着他的咖啡,试着想象乌鸦湖的样子。他又高又瘦,因为天天都在看显微镜,所以还稍稍有些驼背。在这样的情况下,他姓克兰就有点不幸了,[1]你可能会觉得他的学生们会跟他过不去,但事实显然并非如此。他被誉为系里最好的讲师。我曾想过偷偷溜进他的课堂,看看他如何授课,不过一直没好意思。说到讲课,我想我的课堂应该会被认为有点枯燥。

---

1 克兰(Crane)又有鹤、伸长脖子之意。

"名副其实的旧世界。"他说。

"不是旧世界,"我说,"那里现在依然是这样,变化不大。那样的地方多得是。它们没那么封闭,因为现在公路修得更好了,汽车也更好了。斯特鲁恩也只隔二十英里远。在过去,二十英里是很远的一段距离,现在根本不算什么,不过在冬天就是另一码事。"

他点点头,依然在试着想象。我说:"你难道从没去过北部?"

他思考了一会儿:"巴里,我去过巴里。"

"巴里!老天,丹尼尔,巴里不在北部!"

实话告诉你,我相当震惊。他是那么聪明的一个人,什么地方都去过。他的童年是在打包和拆包中度过的,因为父母二人中总有一人会接受邀请,去这里或那里做一年的客座教授。他在波士顿住过一年,在罗马住过一年,在伦敦住过一年,在华盛顿住过一年,在爱丁堡住过一年。而我却在他的本国知识中发现了这么大的一个错漏!要知道他又不是埃及古物学者,一辈子都在坟墓里爬进爬出——他可是个微生物学家,是个生命科学家!想想看,身为一个生命科学家,却从没进过自家后院!

我猜我是被吓到了,所以一改往日的沉默寡言,开始向他讲述乌鸦湖的一切。讲述那里曾经怎样一无所有,只有真正的荒野,直到伐木公司开始北上。讲述他们怎样修了一条路,一直修到一片小小的被称为乌鸦湖的蓝色水域。不久以后,三个年轻人怎样沿着那条公路来到乌鸦湖。是三个身无分文的年轻人,厌倦了为其他人的农场劳作,想建立自己的农场。他们带来了三匹马,一头公牛,一把横割锯,以及其他各式各样的工具。他们将各自的资源集中起来,开始为自己清理土地。那片地区属于公有土地——他们每人认领了五十英亩——又因为政府希望有人能到这块蛮荒之地定居,于是他们就免费获得了土地。起初,他们每个人都清理出一英亩地,用未加工的原木建起小木屋,一人一幢。接着,他们一次一人,沿着公路返回新利斯克德镇,为自己找到妻子,然后带着妻子回到小木屋。

"四面墙加一个屋顶,"我对丹尼尔说,"地就是泥地。这应该就是小木屋里所拥有的全部。用水要拿着水桶去乌鸦河取。那才真的是旧世界的做派。"

"在种植庄稼之前,他们吃什么?"

"用马车运。另外还运来了烧木头的炉子、水槽、床铺,以及其他的一切。一次运一点儿。他们继续清理土地,一次一点儿。清理土地用了许多年时间,投入了好几代人,而且至今还在继续。"

"那他们都做到了吗?他们的农场都成功了吗?"

"是的。那边的土壤不算太糟。算不上特别棒,但已经足够好了。当然,那里的生长季很短。"

"这一切都发生在多久以前?"丹尼尔问。

我想了一下。"三四代人。"我以前从没想过这个问题,但那三个人应当是曾祖母的同辈。

"他们的家人还住在那儿吗?"

"有一些,"我说,"三人中有一个名叫弗兰克·贾尼,他有一个大家族,他们最后进入了乳品业,生意至今很红火。第二个名叫斯坦利·弗农,他的农场中靠近公路的某些土地被收购了,不过他有个女儿现在还住在那里。就是老弗农小姐,差不多得有一百岁了。"

"他们现在还住在原木小屋吗?"

我看着他,想弄清他是不是在开玩笑。不过丹尼尔的表情是很难看透的,因此我无法确定。

"不,丹尼尔,不,他们不住在原木小屋里。他们住在房子里,就和现实世界中的人们一样。"

"真遗憾,那些小木屋怎么样了?"

"房子建好后,它们应该就变成了棚屋或谷仓,然后可能就腐坏倒塌了。你是生物学家，应该知道，没处理过的原木很容易腐坏。只有弗兰克·贾尼的是例外，他的小木屋被人收购了，装进卡车拖斗运去新利斯克德，成了一处文化遗产的组成部分，供游客参观。"

"一处文化遗产。"丹尼尔说着又琢磨了一段时间，然后摇摇头，"你是怎么知道这些的？太难以置信了！想想看，你知道整个社区的历史！"

"值得了解的东西不多，"我说，"我猜，你只需要照单全收就行，耳濡目染。"

"那第三个家伙呢，他的家人还住在那儿吗？"

"他叫杰克逊·派伊。"我说出这个名字的那一刻，眼前就浮现了他的农场。刷成灰色的大房子，摇摇晃晃的大谷仓，农用器械的零部件散落在四周，阳光下平坦金黄的田地。还有那些池塘，水面没有波纹，静谧地映照出冰蓝色的天空。

丹尼尔满怀期望地等待着。我说："第三个人叫杰克逊·派伊。事实上，派伊家是离我们最近的邻居。不过到头来，他们的进展并不是十分顺利。"

饭后我发现自己在回忆老弗农小姐。我想起了她告诉我的一些事情，一些我宁愿抛到脑后不再想起的事情。我想起弗农小姐的牙齿和长有须发的长下巴。她的父亲是最早定居乌鸦湖的三人之一。十几岁的时候，夏天里我会去帮弗农小姐打理菜园。她那时看上去差不多就有一百岁了。她有关节炎，几乎做不了任何事，只能让我从厨房里给她搬把椅子出来，以便坐在上面监督我。她话是那么说的，但实际上她只是想要个人陪而已。我除草时她就在那里说话。虽然我对丹尼尔说过耳濡目染那些话，但只靠耳濡目染你能了解的东西是有限的，我对乌鸦湖的绝大多数了解都源于弗农小姐。

这天她在向我讲述她的童年时代，讲他们玩的游戏和惹的麻烦。她说有一年初冬里的一天，她和哥哥还有派伊家的两个男孩——杰克逊·派伊之子——在湖岸上玩。那个湖封冻的时间不长，所有的孩子都被明令禁止上冰面，但是年纪最大的诺曼·派伊说，如果他们趴下来，肚子贴着冰面滑行，就能保证安全。所以他们就照做了。

"我们都无比兴奋，"弗农小姐说，"能听到冰块的爆裂声，但冰面没有崩塌，我们像海豹似的在上面滑。那真是太好玩了。冰面像玻璃一样清澈，你能一直看到湖底。那下面沉睡的所有石块，都比你透过湖水看时更明亮和斑斓。你甚至能看到有鱼在游。接着突然传来一声响彻云霄的爆裂声，整个冰面都塌了，我们掉进了水里。真是冷得可怕。幸好我们离湖岸很近，所以就爬了上去。但是诺曼没有回家，他说最好不回去。"

她讲到这里停了下来，开始咯咯地咬牙齿，平时故事讲完后，她总是会咬牙齿。片刻之后我问："你是说，他一直等衣服干了之后才回去？"我想象着诺曼的样子，他冻得牙齿直打战，皮肤发紫，努力地想要弄清楚怎么才能不让自己冻僵，同时还要把衣服弄干，他害怕父亲发现真相后会揍他。身为长子，他的麻烦最大。

弗农小姐说："不，不，他根本就没回家。"

"你是说再也没回？"

"他觉得他可以沿着公路离开，也许能碰到一辆伐木工程车，能捎他一程。我们再也没见过他。"

后来这件事就一直萦绕在我的心头，在我整个青少年时代，那场景总是不停地往我的脑海里钻。我看到那个男孩走在公路上，奋力地挥舞双臂，他的两脚已经冻木了，靴子踩在结冰的路面上磕磕绊绊。天黑了，雪花飘落而下。

整件事中最让我久思难忘的是，往上数三代人，有个名叫派伊的男孩宁愿冒着冻死的危险，也不愿回家面对他的父亲。

四

葬礼结束的两天后,安妮姑姑来了。你需要认识一下安妮姑姑,发生的事情和她也有关系。她是我父亲的长姐,是曾祖母莫里森的孙辈中值得尊敬的一位,能胜任绝大多数任务。那是她第一次离开加斯佩半岛,卢克和马特见过她——在他俩还很小的时候,父母带他们回"家"探望过一次——波和我没有。

她比我父亲年长许多,父亲高,她矮,父亲瘦,她胖,有一个我很高兴没有遗传上的屁股。不过她身上有父亲的影子,而且她似乎很了解我。她没有结婚。他们的母亲前些年过世了,就在曾祖母过世后不久,从那以后,安妮姑姑就一直负责为父亲和弟弟们管理家务。我想应该是家里人选择派她过来的，因为一般都会认为这种事是女人的工作，而且她没有孩子，想抽时间也最容易。但我猜应该还有比那更充分的理由。她必须将家人为我们所做的安排传达给我们，那是一条令人痛苦的信息，我想应该没有人会自愿领受这样的任务。

"抱歉我耽搁了这么久才来。"当米切尔神父将她介绍给我们后，她说道。事故发生后，我们就没有汽车了，所以是神父代替我们去铁路道口接的她。"但是也怪我们国家太过广大。家里有厕所吗？我想是有的。凯特，你长得像你母亲，真是幸运。这是波吧，你好啊，波。"

波在卢克的怀里冷酷地看着她。但安妮姑姑似乎并未被波的反应扰乱。她摘掉帽子，环顾四周寻找挂放的位置，那是一顶棕色的小圆帽，并不适合她。到处都乱糟糟的，但她似乎没注意。她将帽子放在餐具柜上，挨着一只盘子，盘里有一块月牙似的发白的火腿肥肉。接着她用手轻轻拍了拍头发。

"我看起来吓人吗？我感觉自己乱糟糟的。算了，没关系，带我去厕所吧，然后我就可以开始了。我想应该有很多事情需要处理。"

她用的是一副愉快又实在的语气，仿佛这只是一次常规的探亲之旅，我们的父母此刻刚好出了门。但她那样似乎是正确的做法，事情本来就该是那样。我觉得我喜欢她。我不明白卢克和马特看上去为什么那么不安。

"好了，"几分钟后，她从厕所走出来说道，"那么，现在几点了？四点，很好。我们都需要互相认识一下，不过我想这不是什么大问题。我认为我们现在应该做的是，弄清楚最需要做的事是什么——做饭，打扫卫生，洗衣服，那一类的事。米切尔神父说，你们已经处理得很好了，但是一定有些事……"

她停顿了下来。一定是卢克和马特的表情让她分了心，因为她那句话才说到一半。接下来，她的语气少了些轻快，多了些温柔，她说："我知道有些事情需要讨论，不过我认为我们应该把那些事全部先放下，等个一两天再说，你们觉得呢？我们需要阅读你们父亲的文书，需要找他的律师和银行谈谈。然后我们就能知道眼下所处的位置。在那之前，盲目讨论没有多大意义。你们同意吗？"

卢克和马特点点头，他们两个的表情突然间都放松了些，就好像他们之前一直在屏气凝神，这一刻终于松了口气。

所以，我们过了两天我想你可以称之为蜜月期的日子，在那两天里，安妮姑姑恢复了秩序，让卢克和马特有机会能喘口气。洗衣曾是最大的问题，于是她就从这项任务开始，接着她打扫了房子，小心地处理了我们父母的衣服，以及未回复的信件和未支付的账单。她高效又灵活，也不强求我们对她表示什么感情。我敢肯定，换作别的时候，我们可能就爱上她了。

事故发生差不多两周后，在一个周四，她和卢克进城去见父亲的律师和银行上级。是米切尔神父开车送他们去的，马特留下来照顾波和我。

他们出发后，我们下坡去了湖边。我在想，马特会不会提议游泳呢，但他没有，他在那里干站了好几分钟，看波在水边踩来踩去，然后突然说道："我们为什么不回那些池塘去看看？"

"那波怎么办？"我问。

"她也去，我们是时候教教她了。"

"她会掉进去的。"我紧张地说。和湖边不一样，池塘的四周很陡峭。现在的我感觉每一个角落里都潜伏着悲剧，我总是很害怕。晚上我怀着恐惧上床，清晨又在恐惧中醒来。

但是马特说："她当然会掉进去，对不对啊，波？那正是池塘的用途。"

他将波扛在肩膀上穿过树林，就和许多年前扛我时一样。我们没有说话。在这样的路途中，我们从来不会说太多话，但这一次的沉默有一些不同。以前是没必要说话，这一次是因为我们的心里都充满了不能说出口的事情。

这是父母过世后我们第一次返回池塘，当我再次看到它们，当我们滑下堤岸来到第一个池塘边时，尽管发生了这一切，我还是感觉精神一振。第一个是"我们的"池塘，不只是因为它最近，还因为一侧的水中有一块四五英尺宽的岩石，那里的水深不到三英尺。池水清澈又温暖，许多池塘生物都聚集在那里，你当然可以一眼看到池底。

波坐在马特的肩膀上四处张望。"哒！"她指着湖水说。

"你该看看里面有什么，波，"我说，"我们会告诉你每样东西的名字。"

我像往常一样趴下来，肚子贴着地面，往池塘里看。我的影子落在水面，原本拥在岸边的蝌蚪于是四散开去，接着又慢慢蠕动着游回来。它们都长大了许多，后腿完全长出来了，尾巴变得又短又秃。马特和我看着它们长大，我们每年都不错过，从它们在清亮的小青蛙卵中开始活动的第一天起。

刺鱼正漫无目的地游动。繁殖期已经结束，所以很难区分雌雄。繁殖期的雄鱼非常漂亮，鳞片会变出不同颜色，鱼腹变红，鱼背变成银色，眼睛则是亮蓝色。马特给我讲过——是在几个月前的春天里，感觉却已经像是上辈子的事——雄性刺鱼会包揽所有的工作。它们筑巢，追求雌鱼，为巢穴扇风以便给鱼卵提供氧气。卵孵化后，也是雄鱼负责照管小鱼。如果有一个鱼宝宝掉队，鱼爸爸会张嘴将它吞进去，然后再把它吐回鱼群。

"那雌鱼干什么呢？"我当时问他。

"哦，就懒散地游来游去，参加茶会啦，跟朋友讲闲话啦，你知道雌性都是什么样子。"

"哎呀，说真的啦，马特，它们做些什么？"

"我不知道。可能会大量进食，它们产了那么多卵，应该需要恢复体力。"

他以前总是趴在我旁边，下巴垫在手背上，眼睛盯着水里。我们的心里只有眼前铺展的这个如此静谧的小小世界。

但那一刻我向他看去，他就站在离池塘几英尺远的地方，目光虽然盯着水面，却是一种你盯着什么而又没真正在看的眼神。波在他的肩膀上向前够。"下！"她说。

我说："你不来看吗？"

"当然。"

他将波放下来,波摇摇晃晃地往水边走去。马特说:"趴下来,波。像凯特一样趴下来,看鱼。"

波看看我,然后在我身边蹲了下来。她穿着一条蓝色的小裙子,尿布垂在下面,所以当她蹲下时,尿布就在地面堆成一团,让她看上去像是长了一个巨大的屁股。

"卢克不太擅长垫尿布。"我说。安妮姑姑曾经提出接管帮波换尿布的任务,但波不同意,所以这个任务就依然由卢克和马特共同承担。

马特说:"这次是我换的尿布,我谢谢你,我对此是很自豪的。"

他冲我笑着,但当我看向他的眼睛时,那里面并没有笑意。我突然发现,他现在完全没有快乐的样子。没有真正的快乐,只是演出来给我看的。我迅速扭头,目光狠狠地盯着池水。恐惧和惊慌在我体内像河水一样上涨,像是发生了洪灾。我盯着池塘,将所有的情绪都狠狠地压了下去。

一分钟后,马特在波的旁边趴了下来,这样一来波就在我们两个中间。马特说:"看看这条鱼,波。"他指着水面,波看着他的手指。"不,是看水里。看见鱼了吗?"

波"噢"了一声站起来,跳上跳下,激动地叫唤着,鱼群于是消失了,仿佛从不曾出现过。波停止跳跃,看看池水,然后难以置信地看着马特。

"你把它们都吓跑啦。"马特说。

"没有鱼!"她不敢相信,表情极其悲伤,脸一下子塌了下去,眼泪开始掉落。

"别哭了,波。你就安静地待着,它们会回来的。"

波怀疑地看着他,将大拇指塞进嘴里,接着重新蹲了下来。一分钟后,马特跟她说话,要她保持安静,只见一只小刺鱼朝我们慢慢游了过来。

"它在那儿。"马特小声说。

波兴奋地跳起来,结果踩到了挂在身后的尿布,跌进了水中。

我们在沿铁轨返回的途中遇到了玛丽·派伊,她两只胳膊各挂着一袋杂货。派伊家的农场就在采砾坑的那边——事实上就连采砾坑所在的那块地也属于他们所有——去麦克莱恩家的商店的话,沿铁轨走比走公路更近。马特看到玛丽迎面走来就放慢了脚步,玛丽也一样,接着她停下来,等我们走过去。

"你好，玛丽。"马特说着把肩膀上的波稍稍挪了下位置。

"你好。"玛丽紧张地说。她的目光越过我们朝农场方向看去，仿佛是在等待她的父亲从采砾坑那边的路上气冲冲地奔来，冲她大吼大叫。我母亲有一次说过，玛丽是那个糟糕家庭里唯一正常的成员，不过在我看来，她焦躁不安的样子和其他人没有区别。她骨架粗大，看起来很健壮，但肤色苍白，顶着一头颜色很浅的头发，一双大大的眼睛写满紧张。她和马特一定非常熟悉彼此——至少认识了很多年。玛丽年纪大一岁，但马特跳过一级，所以他们在学校是同班。而且马特给她父亲干活时，他们应该见过，哪怕只是远远地见过。

不过葬礼过后，他们这才是第一次见面，两人似乎都不知道该说什么。我不明白他们为什么非得说话。我累了，想回家。

"波去钓鱼了。"马特最后说道，他将头向后仰了一下，碰到了波的肚皮。

玛丽看着波，犹豫地笑了一下，因为波已经浑身湿透，身上还挂着池塘里的水藻。接着她又看向马特，羞红了脸，匆忙地说了一句："我……我对你父母的事真的感到很难过。"

"嗯,"马特说,"谢谢。"

"你……你知道你们要做什么吗?会发生什么?"

"还不知道。我们会弄明白的……"他停顿下来,我虽然没有看他,但也知道他在冲我点头。

"哦,"玛丽说,"总之,我非常难过。"

我们又站了一分钟,接着玛丽看看波和我,轻轻地笑了一下。

"好了,再见。"她说。

我们继续走。我想,会发生什么?还会发生别的事?马特不知道什么?会发生什么?一定是非常糟糕的事,他不想在我面前谈论。

我们走到小路的路口,从这里开始我们将要越过铁轨,进入森林。一走下去,一走进阴暗、隐蔽的树林,我就想要问他。我张开嘴,但无须知道的事比需要知道的事更多,我什么也说不出来。接着大脑的麻痹影响到双脚,我停了下来。马特转身看着我。

"鞋子里进东西了?"

我说:"她说的话是什么意思?"我吐气的动作有些急促。

"谁?"

"玛丽。她问你会发生什么,那话是什么意思?"

他沉默了一分钟。波在拨弄他的头发,从他头上拉起长长的一绺,对着它低吟。他的衬衫是湿的,和波一样挂着池塘里的水藻。

我说:"她说的话……"然后我突然哭了起来,我一动也不动,直直地站在那里,双臂垂在两侧。马特将波放在地上,跪下来握住我的肩膀。

"凯蒂!凯蒂,你怎么了?"

"她说的话是什么意思?会发生什么?她说的话是什么意思?"

"凯蒂,会好起来的。会有人照顾我们的,安妮姑妈在安排。"

"那她说的话是什么意思?你说你还不知道。你不知道什么?"

他深吸一口气,然后吐了出来。"事实就是,凯蒂,我们不能再待在这里了。我们只能离开,和老家的人一起生活。"

"安妮姑姑不是要来和我们一起住吗?"

"不,她不能,她要照顾她的父母,她还有农场的活儿要干。她太忙。"

"那我们要去投靠谁?"

"我还不知道,那就是我不知道的内容。但不管是谁,都会好起来的。他们是好人,家族里的人都是好人。"

"我想住在这里。我不想离开这里。我希望卢克和你来照顾我们。为什么卢克和你就不能照顾我们?"

"照顾人是要花钱的,凯特。我们一点儿钱也没有,活不下去。听着,你不用担心,都会好起来的。所以安妮姑姑才过来,帮忙处理各种事情。会好起来的,你会明白的。"

五点刚过,卢克和安妮姑姑就从城里回来了。安妮姑姑要我们在客厅里坐下,我们照做了,只有卢克还站在那里看窗外的湖面。安妮姑姑在椅子上坐得笔直,她对我们说了下面这番话:

我们的父亲留有一些钱,但不多。

她在律师办公室里给家族里的其他人打了许多电话,大家达成一致,卢克应该按计划去师范学院。那样虽然会用掉大部分的钱,但每个人都认为,那应当是我们父母的愿望。

至于我们其余的几个……说到这里,腰背挺直的安妮姑姑有些坐立难安。她先是移开目光，然后又看了回来，快速地扫过马特和我，最后停在波身上……至于我们其余的几个，不幸的是，家族几大支脉中谁也没有能力额外再接收三个孩子。事实上，由于经济状况，他们就连接纳两个孩子都做不到。所以，为了至少确保波能和我在一起，大家做出决定，如果马特愿意，他可以和安妮姑姑回农场。他在那里能派上用场，他挣了钱可以供养两个妹妹。大家对卢克的希望是，他一旦毕业找到工作，就能为家里做贡献。与此同时，马特挣的钱，外加其余家族成员的资助，将交给住在狼河镇的艾米丽姑姑和伊恩姑父，让他们在自家的四个孩子之外，也有能力来接纳波和我。

五

现如今你每天都能看到孩子们受苦的新闻。我们坐在客厅里就能看到战争和饥荒的画面，几乎每周都有照片发布，照片里的孩子们都经历了难以想象的丧失和恐惧。绝大多数时候他们看起来都非常平静。你看到他们望向摄像机，目光直视镜头，你知道他们经历过什么，因此以为会在他们的眼睛里看见恐惧和悲伤，但他们的眼睛往往看不出任何情绪。他们看上去如此茫然，很容易让人觉得，他们没有太多感觉。

我不曾有一刻认为，我的经历能和那些孩子所遭受的磨难相提并论，尽管如此，我的确记得，我也有过他们那样的时刻，我能体会他们的感觉。我记得马特在和我说话——其他人也在说，不过主要是马特在说——我记得哪怕是想听清他说的话，我也要付出巨大的努力。我被各种无法控制的情绪吞没了，我感觉不到任何事情。就像是身处海底。

*

"凯特？"

我看着他的膝盖。我的膝盖是棕色的，细细的，像是树的节瘤。马特的膝盖从短裤里露出来，至少是我的两个粗。

"凯特？"

"什么？"

"你在听吗？"

"在。"

"看地图，隔得不远，看见了吗？我可以去看你们，没那么远，你看见了吗？"

他膝盖上的毛比大腿和小腿上的少，肤色也和那两个地方不同。因为弯曲，上面有皱痕。我的膝盖上完全没有毛发，褶皱也更小。

"你看这里,凯特。"

我们在沙发上坐了很长时间。他和卢克又开始为派伊先生工作了,但傍晚他会带我去池塘,如果碰到下雨,或者时间太晚去不了,他就和我坐在一起,谈论我们的新生活将是什么模样,我们该怎么见面。我听着他说,或者该说是努力去听。但我的脑海里一直有旋风在呼啸,让我很难听清。

"我们会有办法的,"马特说,"这里有比例尺,看见了吗?有了它,就能计算地图上的一英寸代表多少英里。"

那不是一张多么好的地图。离安妮姑姑的农场最近的城镇是新里士满,上面却没有标注,不过马特已经让安妮姑姑给我们说了它的方位,接着他拿出一支钢笔,虽然不该在书里写字,但他还是在正确的位置画了一个点,然后在旁边用非常工整的印刷体写下了新里士满这个名字。

我们要在乌鸦湖一直待到卢克开学,然后我们四个,安妮姑姑、马特、波和我将要往东部去。马特和安妮姑姑会送波和我去狼河镇,在那里住上三天,等波和我适应新家。之后他们将会离开,前往安妮姑姑的农场。

这段时间,卡尔文·派伊的农场急需人手,安妮姑姑说没有理由阻止两个男孩子挣点零花钱。她本不想让我听见的，她告诉他们，那样也有利于波和我适应他们不在身边的生活。

"用你的大拇指按住比例尺，凯特。对，现在再看，你大拇指的第一个关节，从这里到那里，就差不多代表一百英里。明白了吗？现在把大拇指放到地图上，你看，只有一百多英里远，是不是？最多一百五十英里。我去看你们是很轻松的。"

他继续说，旋风仍在呼啸。

"来的是谁？"安妮姑姑问，"凯特？车道上来的是谁？"
"是卡林顿小姐。"
"卡林顿小姐是谁？"
"我的老师。"
"哦，"安妮姑姑听起来像是来了兴趣，"她看着很年轻，竟然是老师。"

我们当时正坐在外廊上，切豆荚上连着的茎叶。安妮姑姑相信，对于任何疾病来说，有用的工作都是最好的治疗方法。她让我开口讲话。在这方面，她比马特在行，因为她更坚决。

"她是个好老师吗？你喜欢她吗？"

"是的。"

"你喜欢她哪一点?"

空白的沉默。

"凯特?你喜欢卡林顿小姐哪一点?"

"她人好。"

接着我就不用再回答问题了,因为卡林顿小姐已经走得很近了。

"你好,"安妮姑姑说着,放下装豆荚的篮子,起身迎接她,"我知道你是凯特的老师。我是安妮·莫里森。"

她们相当正式地握了手。安妮姑姑说:"你想喝冷饮还是茶?是从村子里走过来的吗?"

"是的,"卡林顿小姐说,"谢谢,我想喝杯茶。你好,凯特,我看见你在认真工作呢。"她冲我淡淡一笑,我看得出她很紧张。那段日子我的观察力下降了,但我还是看出了她的紧张,因为那很罕见。

"凯特,你能给我们泡壶茶吗?"安妮姑姑问,"可以用上最好的瓷器,你说呢?因为要招待的是卡林顿小姐。"她冲卡林顿小姐笑笑,又说,"凯特是我认识的人里面最会泡茶的。"

我起身走进屋子,将水壶放到炉子上。房子里非常安静。波在我们的卧室——安妮姑姑把她放在里面午睡,她一开始叫个不停,不过这会儿似乎睡着了。

水开后我爬上一把椅子,从厨房里的高架子上拿出母亲最好的茶壶。是一只圆润的茶壶,壶身是浓郁的奶油色,还印着一根苹果树的树枝,上面有几片深绿色的叶子,结了两个红彤彤的苹果。那两个苹果不只是印上去的,而且还突了出来,所以你伸手就能感受到它们的圆润。配套的还有一只小奶壶,一只带盖子的糖钵,六只茶杯,六只茶碟,以及六只小盘,每只都有苹果图案,而且都没有任何缺口。安妮姑姑告诉过我,这套茶具是新里士满一位女士送给我父母的结婚礼物,等我长大了,它们就会归我所有,不过如果我喜欢的话,我现在就可以使用,尤其是有重要人物到访的时候。我知道我应该为此感到高兴。

我将茶壶烫了一下,然后泡了茶,接着把壶放到最好的托盘上,再用保温罩盖起来。我拿出两套茶杯和茶碟,再配上牛奶和糖,然后小心翼翼地将它们端到门口。隔着纱门能看见卡林顿小姐和安妮姑姑,卡林顿小姐说:"我希望您不要介意,莫里森小姐,我希望您不要见怪。"

安妮姑姑见我出来,于是起身帮我推开纱门。

她说:"谢谢你,凯特。你真是准备得井井有条。好了,现在卡林顿小姐和我有事要商量，你能把豆荚拿进厨房，帮我处理完吗？或者拿到湖岸上去，如果你想的话。你觉得去哪儿更好？"

"去湖岸吧。"我其实根本不在乎地点。我把豆荚、碗和刀收在一起，走下外廊台阶，绕过了墙角。刚走过墙角我就把刀弄掉了。应该就掉在脚边，但是草长得太高，我看不见。我小心地用脚尖拨开草丛，将豆荚和碗端在身体的侧面，这时我听见卡林顿小姐说："我知道这不干我事，但我感觉必须说出来。他们当然全都是聪明的孩子，不过马特远远不只是聪明。他热爱学习……他是个聪颖勤奋的学生，莫里森小姐，天生是个读书的料子。他是我教过的最聪明的孩子，最最聪明的孩子。而且他还有一年就能从高中毕业了……"

"是两年，我敢肯定。"安妮姑姑说。

"不，只剩一年。您瞧，他跳了一级。所以他虽然比卢克小两岁，但只比他迟一年。明年春天他就能参加考试。他肯定能拿到大学的奖学金，绝对没问题。"

接下来是一段沉默。我的脚尖碰到了某个又凉又硬的东西。我弯腰把刀捡了起来。

安妮姑姑说："能覆盖所有费用吗？覆盖他的全部生活

开支？他的住宿费？"

"这倒不能，但是能覆盖他的学费。至于住宿，总能想到办法，我敢肯定。我敢肯定能找到什么方法。莫里森小姐，我为我这番主张向您道歉，但您一定要理解——如果马特不能上大学，那才真是一出悲剧。真的，那将是一出悲剧。"

一分钟后，安妮姑姑轻声说："卡林顿小姐，比那更惨的悲剧早已在这里发生了。"

"我知道！我的天哪，我知道您的意思！所以如果再让马特承受第二重打击，那就是错上加错！"

沉默。安妮姑姑叹了口气。最终，她还是用温柔的语气说道："我想您不是很明白眼下的处境。如果可能，我们愿意帮助马特，我们愿意帮助所有的孩子。但没有钱啊。我知道听起来很不真实，但那就是事实。过去的五年——六年——加斯佩所有农场都过得非常艰难。我有两个兄弟欠了债，我父亲也欠了债，他在生命的尽头竟然欠了债，他以前可是从来都不欠别人一分钱的。"

"但是这座房子……"

"卖房子的钱，再加上罗伯特留下的钱，将用作卢克去师范学院的学费，然后等剩下的几个满了二十一岁，再给他们每人分一小笔。非常小的一笔。公平地说，我们不能为了让马特上大学，就剥夺两个女孩应该分到的那份。而且不管怎样，都不可能够用。"

"但是肯定……"

"卡林顿小姐，请听我说。我不该跟您说这个的，实在是太……不合适……但是我希望您理解。我感谢您为马特考虑，我希望您能理解，这对这个家庭来说是多么……艰难。罗伯特留下的钱之所以如此少，是因为他一直在帮助我们其余的家庭成员。您知道，他觉得自己对我们负有义务。因为我的兄弟们做出了牺牲，他才能有机会，他抓住了机会，而且干得非常成功，所以当我们不顺时，他觉得有义务提供帮助。他十分慷慨……当然，他不可能知道他的孩子们……在接下来的年头，他原本是可以领到一大笔薪水的。"

又是一阵沉默。我用刀戳着豆荚。

卡林顿小姐绝望地说："如您所说，那只能是一出悲剧了。"

"怕是只能这样。"

"您不能……您不能至少让他念完高中吗？莫里森小姐，他至少应该念完高中。"

"说到这个的话,我亲爱的妹妹——不是要接纳凯特和伊丽莎白的那个——有四个儿子,他们全都应该念到高中毕业,全都应该去大学。他们都是聪明的小伙子。我相信,他们一家子都是聪明人。但他们现在全都在渔船上谋生。他们哪怕是在农场里都没有未来。您可能会管这叫悲剧,但这样的悲剧,在世界上的绝大多数地方早都司空见惯。实话跟您说,比起马特不能念完高中,我更难过的是,要把他们几个分开。他现在所受的教育就已经超过绝大多数人了。"

更多的沉默。我想象着卡林顿小姐抿起嘴唇的样子,就像她在教室里生气时会做的那样。

安妮姑姑说:"您知道,我们应该知足。孩子们原本也可能在那辆车上的。"

我下坡走到了湖岸。处理完豆荚后,我在那里坐了一会儿,看湖面的浪花,听它们持续不断地发出哗哗声。各种各样的浪涛声曾经是我人生的背景音。从我出生的那天起,它们就一直陪伴着我。

过了一阵子,我重新捡起刀,用刀尖抵着我的手指。它切开了皮肤,于是一小滴闪闪发光的深色血滴涌了出来。根本算不上疼。

六

噢，机会，那一桩桩决定我们人生方向的细小的事件。如果我说，因为父母的离世，我的人生才走向了某个方向，这可以理解，因为那是一件大事，足够决定任何人的将来。但如果我说，我的人生之所以走向某个方向，是因为那天克林顿小姐的到访，是因为我弄掉了一把刀，几小时后，可怜的马特仍在试图帮助我，坚持要问我问题，卢克当时刚好也在，他试着阅读文件，波在尖叫……

"你切伤了手指。"马特说。

我们坐在沙发上。晚餐已经结束，我帮安妮姑姑擦干了碗碟，她此刻在哄波睡觉，她正不遗余力地严格要求我们，希望我们能适应新秩序。透过两层关闭的房门，你依然能听到波的怒吼声。"不!"她在尖叫,"不!不!不!"

她说的并不是安妮姑姑。我们都知道,安妮姑姑是最好的。

卢克跪在地板上,手肘撑着地,假装在看文件。他的双手紧紧地捏着下巴。

"你是怎么切伤手指的?"马特问。

"被一把刀。"

"你拿刀干什么?"

"切豆荚。"

"你应该小心些。"

他向后靠去,来回活动着肩胛骨,呻吟道:"我的背疼得简直要我命了。我可告诉你,你宁愿切豆荚,也别干卢克和我干的活儿。"

他希望我问他,他们今天都干了些什么。我知道的,但言语似乎沉在我身体的深处,我无法把它们拽出来。

他还是告诉了我。

"我们今天在叉麦秆来着。我告诉你,那可是个要命的活儿。灰尘扬起来往你的鼻子和嘴巴里飞,麦秆钻进你的衬衫,掉进你的长裤,汗水和尘土拌在一起,在你的脚丫子之间和成胶水。派伊那个老头子就干站在那里,靠在他的叉子上,像个老侏儒,就盼着你偷懒,那样他就有借口吃了你。"

他想逗我大笑,但那着实超出了我的能力。不过我还是对他微微一笑。他也笑着说:"那你给我讲讲你今天都干什么了。除了切豆荚,还有没有发生什么激动人心的事?"

我什么也不能想。思考已经变得和说话一样艰难。我的大脑就像一艘被浓雾吞没的船。

"说啊,凯蒂,你都做什么了?有人来过家里吗?"

"卡林顿小姐。"

"卡林顿小姐?真不错。卡林顿小姐说了什么?"

我在浓雾里四处撒网打捞。"她说你很聪明。"

马特笑了起来。"是吗?"

但是此刻我都想起来了。卡林顿小姐很紧张。她害怕安妮姑姑,要强迫自己才能说出想说的话,所以她的声音就变得很滑稽。

"她说你是她教过的最聪明的孩子。她说如果你不上大学,那将是一个……悲剧……一个悲剧。"

片刻的沉默之后,马特说:"善良的老卡林顿小姐啊,讨好老师总能得到回报,凯特,记住我这句话。"

他的声音现在也变得很滑稽。我看着他,但他看着卢克,他的脸红了。卢克也从文件上抬起了头,两人四目相对。接着卢克仍旧看着马特,嘴里却在对我说:"安妮姑姑说什么了?"

我试着回忆。"她说钱不够。"她还说了很多,但我想不起来了。

卢克点点头。他仍然看着马特。

片刻之后,马特说:"哎呀,她说得对。不管怎么说,那并不重要。"

卢克没有回应。

出人意料的是,马特似乎很生气。他说:"如果你因为最早出生,就打算一辈子心怀愧疚,那随便你,但别在我身上浪费时间。"

卢克没有回答。他转过身去,继续阅读文件。马特弯腰拿起另一份文件,看了几眼,然后扔回地板上。他看着手表说:"我们应该去池塘。再过一小时天才会黑。"但我们没有人动。

波还在我们身后尖叫,我们能听见。

卢克突然站起身来离开了房间,我们听到他去了波和我的房间。我们听到他发火的声音,但安妮姑姑的语气非常坚定,波此刻哭得非常凶,实际上已经开始呜咽,你几乎能看到波朝卢克伸出双臂的样子。接着传来的是安妮姑姑的声音，清晰得令人惊讶，她说："你不准帮她，卢克，一下都不能帮。"

接着我们听见卢克的脚步声，响亮又愤怒，他重重地摔上门，离开了屋子。

现在来讲讲卢克的事。我不记得他以前抱过波，一次都没有，直到父母去世的那一天。马特会抱波，卢克不会。我也不记得和他有过认真的对话。和马特应该有几千次，但和卢克从来没有。除了偶尔和马特吵架或者开玩笑的时候，我不记得卢克曾经表露过，他知道——或者说在乎——我们其余几个的存在。

我早上起床时，他不在家里。

他的床有睡过的痕迹，厨房案台上有一只吃麦片粥的碗，但已经没有他的任何痕迹。他和马特应该是去农场工作了。

"也许他已经走了，"安妮姑姑说，"提早上班。"

"不可能。"马特非常生气地说，他站在门口穿他的工作鞋，正粗暴地系鞋带，还将牛仔裤的翻边拉扯下来，盖在鞋面上，以防麦秆钻进去。

"他去哪儿了？"我问。

"我不知道，凯特。如果他留个字条的话，我就能知道，但他没留。他就是这样的人。哪一天卢克要是肯费费心告诉别人他去做什么了，那简直是千载难逢的大日子。"

那话够真。卢克，我是说过去的卢克，两个月前的卢克，从不告诉父母自己的行踪，曾经为此惹得父母大怒。但那时候马特并不在乎，因为影响不到他。

我开始啃手指上割伤的地方。我害怕卢克离开我们，逃走了或者是死了。

"那你觉得他会去哪儿呢？"

"凯特，我不知道。那不重要。重要的是他得在两分钟之内就回来，因为我们工作要迟到了。"

"那你只能不等他自己去了。"安妮姑姑说。她正在为他们做午餐的三明治——是农场工人吃的那种三明治，大块的面包，夹着足有半英寸厚的火腿片。"他只能自己找理由了。他会不会是因为什么事去镇上了？他有办法去镇上吗？"

"他可能是搭的送奶车。贾尼先生凌晨四点左右出发——他可能是顺路搭了他的送奶车。"

"他还回来吗?"我的声音开始发抖。毕竟,我们的父母当时也是要去镇上。

"他当然会回来。我担心的是该怎么跟派伊老头子交代,今天的工作是别想完成了。"

"你怎么知道他会回来?"

"凯特,我知道的。别咬你的手指。"他把我的手指从嘴里拉出来,"我知道,好吗?我知道。"

上午我在做家务活儿,下午大部分时间我都和波待在湖边。波已经向安妮姑姑宣战了。我猜她是觉得,她生活中出的每一个问题都是安妮姑姑造成的,唯一的解决方法就是和姑姑决一死战。我想波有可能赢,我猜安妮姑姑也这么想。

所以我们就离开了房子,给安妮姑姑一个组织防御的机会。我现在还能看见我们两个走在去往沙滩的小路上的样子,我们手牵着手,我拖着脚往前走,波每走一步都狠狠地跺脚,跺得尘烟四起。我的头发必定是软软地垂在那里,看不出一丝生气,她的则竖在头上,像热浪一般愤怒地辐射开去。真是一对可爱的小姐妹。

我们坐在烫人的沙子上看着湖面。那里死一般寂静。你能看见在那银光闪闪的平坦肌肤之下,它在呼吸,缓慢、深沉地呼吸。波坐在我旁边,将鹅卵石夹在手指之间,时不时地含着大拇指叹口气。

我试图平息体内的旋风,但是当我成功之后,当我凭借意志力设法平静下来,终于能安置和审视每一条思绪时,我又被这些思绪压倒了。没有马特。没有卢克。离开我们的家。和陌生人一起生活。安妮姑姑已经给我讲过那家人的情况,她说他们有四个孩子,三个男孩和一个女孩。他们都比我和波大,不过她说他们都是很好的人。但她不可能真的知道他们是否好心,你只可能知道你自己是不是一个小孩子。马特说过,我必须照顾波,但他一定知道,我没有能力。我太害怕了。我比波还要害怕得多。

我紧紧地盯着湖面上的一只小船,强迫自己将注意力集中在船上。我知道那是谁的船——是吉姆·祖马克的,他是卢克的一个朋友,住在印第安人居留地。

"是大个子吉姆·祖马克。"我大声地对波说。我想要说话,想要战胜那些思绪。

波叹了口气,更狠地吸起了大拇指。这些日子里,她的大拇指看上去总是湿漉漉的,顶部甚至结出了一个白色的大茧。

"他要去钓鱼,"我说,"他要抓一条鱼,晚上吃。他叫大个子吉姆·祖马克,因为他的体重超过了两百磅。他已经不去上学了,不过玛莉·祖马克还在上三年级。冬天里她不来学校,他们会去看她的妈妈,因为玛莉没有鞋子。印第安人真的很穷。"

我的母亲曾经说过,我们都应该感到羞愧。我当时不确定她所说的羞愧是针对什么,我只是隐约觉得自己该承担责任。我想我的母亲。我试着回忆她的脸,却想不清楚。波已经不再问起母亲了。

离湖岸二十码的水面上,突然凭空钻出来一只潜鸟。

"有一只潜鸟。"我说。

波又叹了一口气,潜鸟消失了。

"乌克?"波突然从嘴里拿出拇指,看着我说。

"他不在这里。"

"阿特?"

"他也不在这里。他们要过一阵子才回来。"

我环顾四周,想找个东西转移她的注意力,以免她又开始发怒。这时沙滩上有一只蜘蛛向我们爬了过来,还拽着一只死去的鹿虻。准确来说,它是背对着我们在向后退,它用嘴巴和前腿拖着鹿虻,其余的腿拼命爬行。有一次,马特和我看见一只小蜘蛛,它想从沙滩上的一个窟窿里把一只蜉蝣给拽出来,那只蜉蝣足有三个它那么大。沙子是干的,每次它拽着那个沉重的负担爬到半坡上时,窟窿的边缘就会塌陷下去,把它重新冲到坑底。它尝试了一次又一次,从不改变路线,步伐从不懈怠。马特说:"问你一个问题,凯蒂,应该说这只蜘蛛意志坚定呢,还是该说它记性差?两秒钟之前发生的事情它都记不住,所以它总是觉得它这是第一次爬坡。那就是问题所在。"

我们差不多看了它半个小时,最后让我们高兴的是,它成功了,所以我们认为,它不只是意志坚定,还非常聪明。

"你看,波,"我说,"看见那只蜘蛛没有?它抓了一只虻虫,它要把它拖回家,拖回它的巢穴,看见了吗?等它回到家,它会绕着虻虫结一只茧,以后要是饿了,它就可以吃。"

我不是在学马特的做法,因为马特与我有相同的爱好,我不是想和波分享我的爱好,我的目标没有那么高尚。我只是希望她能感兴趣,不要生气,我觉得我没有能力安抚生气的波。

结果，并没有奏效。我以为奏效了，因为她弯下身子，非常认真地看着那只蜘蛛。但是两秒钟后，她就把大拇指掏了出来，站起身摇摇晃晃地走过去，一脚踩在那只蜘蛛的背上。

七

马特到家时就快到六点了。我在外廊的台阶上等他。他问卢克回来没有,我说没有,他什么也没再说,径直下坡走到岸边,脱掉除内裤外的所有衣服,然后一头扎进了湖里。

我跟着他也走了下去,我安静地站在岸上,看着他消失的地方,水波从那里往外扩散。他重新钻出水面时看上去就像一头海豹,浑身湿滑。他的身体被分成了明暗不同的几个部分,脸颊、脖子是暗色的,胸和背要白一些,大腿则完全是白的。

他说:"你能帮我拿块香皂吗?我忘了。"我于是上坡回到房子里拿了一块。

他用香皂擦洗身体,还往头发里揉,动作很猛。接着他把香皂扔到岸上,再一次扎进水中,在黑色水面掀起一团奶白色的云朵。他往湖中心游了很久。

你不应该把香皂往沙滩上扔,因为沙子沾上去就弄不下来了。你应该把它放在一块岩石上。我把香皂捡起来浸入水中,想要弄掉上面的沙子,但它们嵌得更深了。

马特游了回来,蹚水走上岸来。他说了一句"别费劲了,凯特",然后就将香皂拿走了。我们一起上坡走回家去,路上他冲我挤出一个不自然的微笑,但那不是真正的微笑,只是拉扯了一下皮肤而已。

安妮姑姑尽可能地推迟晚餐时间,希望卢克能回来,不过最后还是没等到他,只能上了菜。她烧了一块猪腿肉,搭配一大碗苹果酱,是我爱吃的,但我发现我吃不下。我任何东西都吃不下。我似乎无法吞咽。唾沫不停地聚集在我的嘴里,我只能强咽下去。

波也不听话。安妮姑姑把晚餐放在她面前,她一下子就把它们扔到了地上。所以现在,她面前的桌子上空荡荡的,她只能坐在那里,沮丧地舔她的大拇指。她已经累得脸色发白,眼睛下面有两块深紫色的阴影。

马特以平稳的速度认真地进食，仿佛在给一个锅炉添煤加火。他已经换上了干净的牛仔裤和衬衫，头发也梳到了脑后，水不停地往他的衣领上滴。他的手上和胳膊上有麦秆擦出的伤口，游泳前那里的皮肤是黑色的，现在变成了火焰红。

"再来点儿猪肉？"安妮姑姑的声音严格中透出欢喜。就算她担心卢克，她也不打算表露。

"谢谢。"马特说着将盘子递了过去。

"土豆和胡萝卜呢？苹果酱呢？"

"谢谢。"

"苹果酱是莉莉·斯塔诺维奇太太家的，她下午顺道来访，问起你们几个了，那是个爱哭的人啊。她送果酱来真是好心——省了我好些工夫。我告诉她你们在湖边，她很想下去跟凯特聊几句，不过我说你要带波，腾不出手来，也许可以等下次。蔬菜是爱丽丝·派伊家的，要说这地方有个怪女人，那就要数你雇主的妻子了，马特。"

她停顿下来，像是在等待回答，于是马特就以点头作为回应。

"他是个什么样的人？"

"派伊先生吗？"

"对,他是个什么样的人?是个好雇主吗?"

马特嚼完食物后说:"他给的报酬还行。"

"就这一句形容可不够,"安妮姑姑说,"再给我们添点儿血肉。"

她一天里经历的戏剧性事件已经够多了,如果她对此感到痛苦,那我们在晚餐桌上可以来一段合乎体统的谈话。

"你想让我描绘一下派伊先生?"

"是的。给我们讲讲他的事。我们想开心一下。"

马特切开一只土豆,叉起一块塞进嘴里。你看得出来他在考虑该用什么形容词,然后又将不合适的一一排除。"我想他应该有点儿精神失常。"他最后说道。

"看在老天的分儿上,马特,诚实描述。"

"那就是诚实描述。我想他应该有点儿精神失常,在我看来是。"

"怎么个失常?"

"他一直生气。"

"生气不足以说明。"

"暴怒。狂怒。愤怒。"

"你跟他说过话吗?"

"我没有。他不会指责卢克和我——他知道我们会一走了之。他会拿他的孩子们出气。尤其是劳里。你真该听听他今天下午说的话。劳里把一扇门开着没关——你真该听听他说的话。"

"那是一件很严重的事，"安妮姑姑不赞成地说道，她不在乎马特对雇主的描述，"你们不是在农场长大的，不可能知道，但是如果有牛跑进地里，造成的破坏会相当大。一整片庄稼都会完蛋。"

"我知道，安妮姑姑！我在那座农场工作好些年了！劳里也知道！没有牛跑进地里。总之，我说的不只是今天的情况，我说的是一直以来的常态。派伊老头子白天的每一分钟都盯着他的儿子不放。"

马特在尽力控制怒火，但我听得出来，他的声音还是有些尖锐。他对卢克感到无比愤怒，他根本不想说话，更别提讨论派伊先生了。

安妮姑姑叹了口气。"好吧，那就太糟糕了，不过也没必要说他精神失常。大部分父子时不时地都会经历一些不和睦的阶段。"

"那这不和睦的阶段也太长了，"马特说，"这种不和睦都已经持续了十四年了，而且越来越糟……"

他停顿下来。他和我在同一时间都注意到了，波的行为很奇怪。她把大拇指拿了出来，双手半抬起来，眼睛瞪得大大的，看上去就像正在听别人说话的动画角色。

"天哪，她现在到底想干什么？"安妮姑姑生气地说。波却叫了一声"乌克"，然后转过身去，当然，卢克就在那里，正沿着车道往家门口走。

"正好，"马特说着放下刀叉，推开椅子站了起来，"现在我要杀了他。"

"你坐下别动，马特。我们不需要任何那一类的冲动行为。"

马特似乎没听见，径直朝门口走去。

"你坐下，马修·詹姆斯·莫里森！坐在你的位置上，听听他要说什么！"

"我不在乎他要说的话。"

"坐下！"

她的声音在发抖，当我看向她的时候，她的下巴在颤动，眼睛瞪得通红。马特也看着她，脸涨得发红，他说了声"对不起"，然后坐了下来。

卢克走进门，然后停在门口，看着我们。"嗨。"他说。

波伸出双臂开心地叫着，于是卢克就将她抱了起来。她将脸埋在他的脖颈里，激动地亲吻他。他说："我是不是太迟了，没赶上晚饭？"

安妮姑姑的下巴仍在颤动。她咽了口唾沫说："还剩了些，就是冷了。"说话间却并没看他。

卢克看着马特，马特也瞪着他。"没关系，"卢克失神地说，"我不在乎吃冷的。"

他坐下来，将波放在膝头。

马特用最具死亡威胁的语气说："你，去，哪，儿，了？"

"去城里，"卢克说，"我去见爸爸的律师莱文森先生了。有些事情需要理清，一些我需要知道的事情。剩下的土豆如果没人要的话，那我就都吃了。"

"你就不能说一声你去哪儿了？"马特的声音平静又冷酷，像切鱼刀一样锋利。

"我想把事情理清楚再告诉你们。怎么了？"他环顾四周，"有什么问题吗？"

马特在喉咙里哼了一声。

安妮姑姑说："算了，卢克，那现在给我们讲讲吧。"

"我能先吃晚饭吗？我一整天都没吃东西。"

"不能。"马特说。

"你到底在气什么？行吧！行吧！冷静一下！我告诉你们——没那么复杂。概括来说，就是我不去师范学院了。

我留下来,我们四个都留下来。我照顾你们几个家伙。这符合法律规定,我年纪足够,各方面条件也都满足。我们将拿到那笔原定给我用作学费的钱——不包括卖房子的钱,因为很显然,我们不卖房子了,我们拿到的是其余的钱。仅靠那笔钱是不够的,不过我可以找个工作。我可以上夜班——从你放学后开始,马特,所以晚上你就可以照顾凯特和波。可能得去城里上班,所以我们需要一辆汽车,所以为此必须花一笔钱,但是莱文森先生说了,他会留心,帮我们找一辆二手车。我告诉他,说你想上大学,他说我们应该找爸爸的银行贷款,他们会支持的。你显然必须拿到奖学金,不过你既然是个天才,那肯定没问题,对不对?总之,那件事我们不必再担心。重点在于,我们都将留在这里。所以,安妮姑姑,非常感谢你们的计划和所做的一切,但是我们不需要。不过,还是代我们向每一个人致谢,行吗?"

一片沉默。

波指着苹果酱。"要那。"她咂着嘴说,但没有人注意到。

马特说:"你不去师范学院了。"

"是的。"

"你要留下来,你不当老师了。"

"我对当老师并没有那么大的渴望，是妈妈和爸爸想要我当。"

他从椅子上起身，将波放在上面，然后拿起一个盘子，开始给自己夹取猪肉。我的脑袋感觉很奇怪，仿佛有蜜蜂在里面嘤嘤嗡嗡。安妮姑姑非常安静地坐在那里，双手紧扣在膝盖上，眼睛看着餐桌。她的眼眶仍是红的。

"要那！"波在卢克的椅子上蹦上蹦下，够着脖子往装苹果酱的碗里看，"要那！"

马特说："不用了，谢谢。"

卢克看着他说："什么？"

"我知道你为什么这么做。我不需要，谢谢。"

"你在说什么呢？"

"如果我放弃已经到手的大学名额，好让你去考大学——你会有什么感觉？"马特的脸白得像纸，"你会有什么感觉？你的整个人生，你会有什么感觉？"

卢克说："我这么做不是为你。我是为了波和凯特。是因为我想这么做。"

"我不相信。你这么做是因为凯特昨晚说的话。"

"你爱信不信，我一丁点儿都不在乎。等你满了十八岁，你就可以拿着你的那份钱离开，走得再远我都不管。"

他夹完食物,将波从椅子上抱起来放在地上,然后坐下开始吃饭。

"要那!"波尖叫着,"要那……布丁!"

卢克端起装苹果酱的碗,放在她身旁的地板上。

马特说:"安妮姑姑,告诉他不行。"

我难以置信地看着他。卢克为我们提供了一个拯救方案,马特却在拒绝。我无法相信。我不能理解。事实上,许多年后我才理解。许多年后我才意识到,他有多么渴望卢克提出的办法,为了波和我,也为了他自己,而他又有多难受、多愤怒,因为他知道必须拒绝。

他又说了一遍:"安妮姑姑,告诉他!"

安妮姑姑一直盯着装肉的大浅盘。她深吸一口气说道:"卢克,恐怕马特是对的。你这么做非常大度,非常大度,但恐怕不该如此。"

卢克看她一眼,然后继续吃。桌子底下传来波咂着嘴唇的声音。

"我很遗憾,你们的父母无法听见你的这条提议。"安妮姑姑说着冲他露出微笑,她的脸很僵硬,而且和马特一样惨白。另一件我多年后才意识到的事是,这一切对安妮姑姑来说一定非常艰难。她是如此迫切地想要做对我们最有利的事——为了她死去的弟弟,而且我想,还因为尽管我们将她推入这样的困境,她还是爱上了我们四兄妹——但她拥有的选项如此之少。她一定明白,卢克的牺牲能多么完美地解决每一个人的问题,但她也一定理解马特的痛苦。最重要的是,她一定知道,卢克不可能真正明白他的提议意味着什么。

"卢克,问题在于这样行不通。我很意外莱文森先生竟然没看出来,不过当然了,他毕竟是个男人。"

卢克看着她,嘴里一边嚼猪肉一边说:"所以呢?"

"他没有意识到,要养活一个家庭是多么艰难的一项任务。这是一份全职的工作。你不可能又照顾家人,又挣钱养家。我们这帮家人也没有能力邮寄足够的资金来养活你们。不可能定期汇款,这指望不上。"

"马特可以帮忙,他可以在假期工作。"

"即使有马特的帮助,你也做不到。你不知道需要付出什么,卢克,你不可能知道。想想看,我已经打理家务三十年了,但过去的几周里,我唯一能做的只是照顾两个女孩。"

"是啊,但你还不习惯照顾小孩子,"卢克说,"我早就习惯了。"

"你没有，卢克。跟他们一起生活，和要对他们负责，这两个不是一码事。关心他们，满足他们的每一个需求，这样的工作将持续一年又一年。这是一份永无止境的艰苦工作。天哪，光是照顾波就已经相当于一份全职工作了。"

"是啊，但是她喜欢我，"卢克说着脸红了起来，"我不是说她不喜欢你，我是说我照顾她更轻松。我知道我能做到。我知道这不会简单，但是邻居们会帮忙，还有其他人。我们会找到解决方法的。我知道我能做到。"

安妮姑姑在椅子上坐直了些，认真地看着卢克。我突然从她身上发现了父亲的影子——每当父亲认定一件事已经讨论过了头，应该叫停的时候，他就会露出那副表情。安妮姑姑说话的声音也像父亲。

"卢克，你不可能知道。刚开始一段时间，你能处理得不错，但是往后会越来越难。邻居们不可能永远提供帮助。马特也会离开，到时候就只剩下你一个人带两个妹妹。你会发现，你已经放弃了你自己的生活……"

"这就是我的生活，"卢克说，"我可以做我想做的事，而这就是我想要的。"

他的声音听起来很顽固，充满抗拒，像是心意已决，他放下叉子，用两只手梳头发。他也在姑姑身上看到了父亲的影子。

安妮姑姑说:"是你现在想要。一年以后,可能就不是了,但那时你已经失去机会。抱歉,卢克,我不能允许你……"

接着餐桌上传来另一个声音,音调很高,是一声哀嚎。是我发出的。我发现我张着嘴巴,拼命张到了最大,我的眼睛也瞪圆了,我开始哀号,一声又一声。其余人都看着我,我张嘴想要说话,我的嘴巴颤抖着张开来,拼命地想要说出一个词。

"求你了……求你了……求你了……求你了……求你了……"

第二部分

八

收到马特儿子派对请柬的那晚，我没有睡好。我模模糊糊地做了许多连不起来的梦，有些关于家，有些关于工作。天快亮时，我做了一个非常清晰的梦，于是那一天接下来的时间里，我都沉浸在那个梦里。马特和我——成年版本——趴在池塘的边缘，观看一只为了捕食而从水面掠过的水虫，那是一种身体呈流线型的纤细的虫，名叫水黾。它停在我们的鼻子下方，所以我们能清楚地看见它的脚在水面留下的浅窝。马特说："水的表面有一层类似皮肤的东西，凯特，那叫作表面张力，所以这只水黾才没有沉下去。"

我感到震惊，这么基础的知识，他竟然觉得自己有义务告诉我，这太荒谬了。眼下我正在研究表面活化剂，是一种能降低表面张力的化合物。那是我研究领域的一部分。"我知道,"我轻声说,"而表面张力形成的原因在于,水的内聚力非常之高。水分子是极性的,一个水分子中带正电的氢原子会被另一个水分子中带负电的氧原子所吸引。这种相互作用叫作氢键。"

我看看马特,想确定他是否理解,但他正看着水面。我等了很长一段时间,他都没再说话。接着闹铃就响了。

这天是周六,我和丹尼尔约好了去看一个展,之后我们要去市区见他的父母,然后共进晚餐。手头有一大堆实验报告要批改,我决定先改完报告,所以我便起床洗澡,给自己泡了一壶咖啡,但自始至终我都清楚地意识到,那个梦境给我留下了一种不快的感觉。我站在厨房窗口,望着天井对面公寓楼的厨房窗户,就着这美好的景致吃了一碗玉米片,然后端着咖啡走进狭小的餐厅兼客厅,实验报告就摆在餐桌上。批改实验报告是人类已知的最令人沮丧的一项活动。它们写于实验结束的当场,此时学生对于获知的每一条信息都还记忆犹新,因此这些报告能精准地呈现他们有多少内容没能理解。光是这项任务就够你哭的了,这才只是我助理教授任期的第一年,教学任务就已经让我感到恼火。对学业不感兴趣的孩子为什么要上大学呢?这显然是因为，他们认为这是一个很简单的选项。他们是为了啤酒和派对而来，严格说来，他们在上学期间如果碰巧掌握了任何知识，都只是顺便而为。

我读完第一份报告，完全不能理解，于是又读了一遍。一直读到第三遍，我才意识到，虽然感觉很糟糕，但错不在报告本身，而在于我。我将报告放下，试图分辨我正在感受的这种情绪，这种梦境残留下来的感觉，究竟是什么，接着我突然意识到，是羞愧。

这完全不合逻辑——因为你在梦中做的某件事而感到羞愧。在现实中，我永远也不可能给马特讲解知识。我在那方面一直以来都非常小心。我甚至从来没和他谈论过我的工作，因为要讨论就必须简化，而那在我看来不啻于一种对他的侮辱。他或许不会这样想，但我会。

我将注意力移回报告。有一两份的确表明作者为达精准而费了一番力气，有科学研究的意识。有六份则让人无比失望，我必须强忍着才没在最后写一句"放弃这门课"。还剩两份未批时，门铃响了。我起身按下门上的电动开关，然后又坐了回来。

"我就快搞定了。"丹尼尔进门时，我对他说道。他爬楼爬得气喘吁吁，鉴于他才三十四岁，可见他的身体非常不健康。他有一副不曾发胖的精瘦身材，但瘦并不一定代表健康。我跟他念叨过许多次，他总是认真地点头，同意他必须增加锻炼，更合理地饮食，保证充足睡眠。我想他应该很早就学会了这种策略——面对他人的批评时，郑重地表示同意。他的母亲（美术系的克兰教授）是所谓的支配型人格，他的父亲（历史系的克兰教授）则更甚。但丹尼尔应付他们两个游刃有余，他的方法就是，不管他们说什么，他都表示同意，然后听而不闻。

"有咖啡，"我说，"你自便。"

他走进厨房，然后端了一杯咖啡出来，站在我身后，越过我的肩膀阅读那些报告。

"我真是难以置信，他们的水平竟然差到这种地步，"我说，"绝对是糟透了。"

他点点头。"一直是这样。你为什么要自己批改？那该是助教做的事。"

"我不改怎么能知道学生们在做什么？"

"你为什么会想要知道他们在做什么？把他们当成一群大象，从中间穿过去就得了。"他冲着一群正在消失的大象轻轻挥了挥手。

丹尼尔当然是在伪装，他的认真程度至少与我相当。

他说我对待每一件事都过于认真，好像是在暗示他会干脆地让学生们自谋出路。但事实上，他在教学上花的时间比我还多。区别在于，他不会为此而被逼疯。

我继续批改。丹尼尔在房间里四处转悠，一边小口地喝咖啡，一边把各种东西拿起来翻个面再放下。用他母亲的话来说，他是个"游手好闲的人"，喜欢摆弄东西。这些年来，他母亲收集了一些非常精美的物件，但只能锁在玻璃柜子里，以防丹尼尔乱动。

"这一定是你的哪个亲戚。"

我抬头看去，他手里正拿着一张照片，是西蒙。我都忘了我把那张照片丢在沙发上了。

我说："是我侄子。"

"看上去跟你卧室里挂的那张照片里的老夫人有点儿像。那位是你的曾曾曾祖母还是谁来着。"

"就是曾祖母而已。"

我突然紧张起来。我想不起来把请柬放到哪儿去了。上面有马特手写的附言：愿意的话，可以带个伴儿。和照片放在一起了吗？丹尼尔看见了吗？

"你们家族的人头发都这么漂亮吗？"

"就是普通的金发而已。"

我的声音一定有点异样，因为丹尼尔好奇地看着我，放下了照片。"对不起，它就放在那儿，我一眼就发现了你们家族的相似点。"

"嗯，"我随意地说，"我知道，所有人都说我们长得很像。"

他到底看没看到那句邀请？

我在这里应该先说明一下，我们第一次约会之后不到一个月，丹尼尔就将我介绍给了他的父母。我们去他父母家用餐。他们的住所正是你期待看到的杰出学者会有的住所，是一座古老而漂亮的"世纪之家"，外墙上有匾额，位于大学附近一个名为阿内克斯的区域。室内墙上挂着油画，是原件而非印刷版，四处散放着几尊庄重的雕塑。家具看上去很古老，而且品质精良，其表面散发出的光泽，我想至少得在一百年里每周都精心打磨一次才能拥有。在我出生的地方，如此惹眼的良好品位会招来闪烁其词的反对，因为这等于在暗示一种对于物质的热爱。但我知道，人们的态度其实是一种势利的表现，说实话，我认为他们的家有趣多过铺张。

不过，那个夜晚让人不适。除了周围的陈设——我们四个在一间贴着暗红色墙纸的餐厅里用餐，椭圆形的餐桌大到至少能容纳十二个人——我发现丹尼尔的父母令人不安。他们两个都极其善于表达，而且极其固执己见，他们一直在反驳对方，插话、否定、讽刺的言论快速飞舞，因此席间氛围十分沉重。时不时地，他们中的某一位会突然想起我们还在场，便在相互攻击的半途停顿下来，关切地问一句"丹尼尔，给凯瑟琳再倒些酒"，然后立刻重返战斗。

丹尼尔的母亲说过类似这样的话："丹尼尔的父亲会说服你相信这啊那的，凯瑟琳。"说完她会冲我优雅地扬起一条眉毛，那是在要求我，为"这啊那的"之荒谬性而窃笑。她是个瘦削的高个子，看上去很引人注目，她的头发正在变成银色而非灰色，脑后的部分剪短，两侧的部分则以极为精准的角度倾斜地横在脸颊之上。

丹尼尔的父亲比她矮，但给人一种孔武有力的凶猛感。他看起来没什么活力，倒是会笑，不知为何，他用餐巾擦嘴的动作让你想起正平静地瞄准目标的神射手。他称自己的妻子为"尊敬的博士"。"尊敬的博士是想把你招入她的麾下呢，凯瑟琳。别被骗了。她的观点是站不住脚的……"

我坐在那里听他们说话，收到提问时就紧张地回答，心里感到非常好奇,他们两个到底是用了什么样的遗传手段,竟然侥幸创造出像丹尼尔这般心态平和、不喜竞争的人。

丹尼尔正在尽情享用炖鹿肉,根本没注意他们任何一个。我被他的勇气震服了,他竟然有勇气把这对父母介绍给别人认识,如果他们是我的父母,那我会拒绝承认我认识他们。我以为他饭后会为他们道歉,但他没有。他似乎觉得,他们完全是正常人。他理所当然地认为,我会喜欢他的父母,就算我不喜欢,那我至少也会看在他的分儿上容忍他们。不过事实上,等我了解了他们两个,我还多多少少真的喜欢上了他们,只要能允许我慢慢来,一次只接纳他们一点点。他们两个对我都非常热情,我发现他们都是有趣的人。此外,不管是不是因为侥幸,他们的确创造了丹尼尔,所以他们不可能只有糟糕的一面。

但关键在于,丹尼尔理所当然地认为,我会逐渐了解他们。在他看来,当你开始与某人变得亲近以后,你就会那么做,你会把他们拉进你的家人圈。第一次见面后,我们与他父母的见面频率就相当频繁了,差不多每个月一次。有时是我们去他们家,有时我们在市区的餐厅碰头。他们会打电话给丹尼尔,于是他就说,该去见见战争部的人了,那是他对他们的称呼。他认为我也会想要见到他们。而我的确是。

当然,他因此也就希望我也能做同样的事。我们两个的情况不一样,因为我离老家很远,不过我知道他还是感到困惑——且不只是困惑——我之前竟然从没带他回过家。我知道这是事实,因为就在我收到那封请柬的大约一个月前,他亲口对我说过。

那天晚上我们和朋友一起出去,是系里的一个同事,以及他的新婚妻子,他们一直在讲述第一次与家人过圣诞节的事。平安夜那天,他们是和男方家人一起过的,圣诞节当天则是和女方家人。但这种安排没能取悦任何人,他们为此冒着暴风雪,在两家之间辗转了一百英里的路程。他们把故事讲得很滑稽,我却觉得很沮丧。回家的路上,丹尼尔一反常态地保持着安静,我猜他也觉得沮丧。我说了一句,哎呀,至少他们还能讲出来逗人笑;丹尼尔唔了一声作为回应。接着,他沉默片刻后说:"凯特,我们要去哪儿?"

我以为他问的是去他家还是我家。他在离大学大概半英里地的一座破旧大楼里租了一套顶楼公寓。里面光线昏暗,小窗户摇摇欲坠,粗短的暖气片过于有效,散发出的热量极高，以至于他全年都得开着窗户。不过里面好歹有可供转身的空间，这一点就比我那个寒酸的小盒子强，所以我们多数时候都是在他那里度过的。我说："你那儿？"

是丹尼尔在开车。我一直都喜欢他的侧面轮廓，就像一只友好的鹰隼，但是此刻，在断断续续的迎面车灯的照射下，他看起来有一种罕见的严肃。他看我一眼说道："我不是问那个。"

他的声音中有某种东西让我的心猛地跳了一下。丹尼尔不会夸大任何事情。他对生活持一种幽默的态度，或者说他希望给你留下那样的一种印象，不管谈论什么话题，他的语气几乎总是轻松的，还隐隐透出愉快。此刻也是一样，但在那样的表象之下，你能察觉出别的某种东西，而我不确定那是什么。我说："对不起，你指什么？"

他犹豫一下，然后说："你意识到了吗，我们已经约会超过一年了。"

"是的，是的，我知道。"

"问题是，我不知道我们……是否能抵达任何地方。我不知道你的感觉……其实，你对任何事情的感觉我都不知道。甚至不知道这段关系对你重不重要。"

"重要。"我看着他，立刻说道。

"有多重要？有点儿重要？很重要？非常重要？选一个。"

"非常，是非常重要。"

"好吧，那我算是松了一口气。"

他沉默了片刻。我也没有说话。我僵硬地坐在那里，用双手握着一只膝盖。

他说："但实际上没有任何迹象……能证明那一点，你知道吗？证明这段关系对你非常重要。我真的不知道。我是说，我们平时聊些什么？工作。虽然也聊朋友和同事，但主要还是聊他们的工作。我们一起睡觉，这很棒——真的很棒——但接着我们翻个身，就开始谈论明天的工作内容。工作很重要，这是当然。但工作不是唯一，不是吗？"

他在红灯前停下车，坐在那里看着灯光，仿佛其中蕴含着某种答案。我也看着那灯。

"我还是觉得，我几乎对你一无所知。"他看我一眼，试着露出微笑，"我想要了解你。我们已经约会超过一年了，我认为是时候该好好了解你了。你……我不知道我的解释是否合理……似乎有些事情……"他一只手离开方向盘，打了个手势，手掌朝外像撑在墙上一般平着滑了一段。"……有些障碍。有些东西挡在中间。你好像只展示了自己的一小部分……我不知道。我不知道该怎么说。"

片刻过后,他又看着我,试图再露出一个微笑。"但这是一个问题,我想你应该知道,这是个问题。"

绿灯亮了,我们继续前进。

我吓坏了。我完全不知道他竟然有那样的感觉。他的意思有可能是一切都结束了,我对此感到震惊,而另一件让我震惊的事情在于,那对我竟然如此重要。

你必须了解,我从未想过,我能真正地爱上任何人。在我看来,没有这种可能性。老实说,我曾经以为,我不具有那种激烈的情感。当我"找到"丹尼尔,如果我用这个词的话,我想我是有点儿被他的存在冲昏了头脑。我没有太过深入地分析我的情感,也没有为他的反应而感到折磨,这或许是因为我害怕,如果我发现我爱上了他,对他的需要已经太深,那他一定会消失。我珍爱和需要的人总是会从我的生活里消失。出于同样的原因,我也不允许自己过度思考未来——我们的未来。我只存最好的希望。

只有当事后回望时,我才能够说清楚这些事。但在事情发生的当时,我并没有丝毫意识。我没有想过我们的关系是否在演变——我从未觉得有那种必要,甚至渴望。我是宿命论者,我只会觉得事情能成,或者不能成,但我对此几乎无能为力。存最好的希望。我想这应该就像闭着眼睛开车。

我不知该对他说什么。该怎么让他理解。我非常难过。我说:"丹尼尔,我只是不擅长……谈论那种事。比如爱情等等。但那并不意味着,我对此没有感觉。"

"我知道的。但是不仅如此,凯特。"

"那还有什么?"

他一时没有发言。接着他才说:"你可以让我进入你生活的其他方面。参加到其他对你来说重要的事情里面。"

你可以把我介绍给你的家人,他并没有说这句话,但我知道他想说的就是这个,或者有一部分是这个。他的意思是,首先,我应该带他回家,将他介绍给卢克和波,还有马特。

问题在于,那件事我甚至连想都不敢想。我完全不知道原因。我几乎还是无法理解。我知道他会喜欢他们,我知道他们会喜欢他,但我发现自己还是完全不想考虑这件事。太荒谬了。我告诉自己这样太荒谬了。

他将车子拐上一条支路,停在路边。我不知道我们在那里停留了多久,车子没有熄火,雪花落在挡风玻璃上嘶嘶作响。

我对他说:"我会试一试的,丹尼尔,我真的会试一试的。"

他点点头。我希望他能说些什么——说他理解——但他没有。他给车子挂上挡,然后送我回了我的公寓。那以后又过了一个月,我们都没有再提这事。但它就挡在我们之间。它不曾消失。

所以,如果他看见了马特的邀请,我知道他会怎么想。他会觉得这是一个完美的机会,当然这的确就是。

他小心地将西蒙的照片放在桌子上,仿佛猜到它对我特别重要。因为他的小心,我几乎就要邀请他了,就在当场。几乎就要强迫自己,克服所有的障碍,不管那是什么。但由于那个梦,马特占据了我的大部分思绪,我的脑海中突然出现了他们两个见面的生动画面。他们微笑着握手。我看得非常清楚,马特问起路上如何,丹尼尔说棒极了,风景优美。他们两个向房子走去。马特说:"你在大学工作对不对?凯特说是微生物学……"突然间,愤怒从我体内喷涌而出,如此激烈,让我无法呼吸。我低头看着面前的报告,嘴里泛起一股金属般的苦涩味道。

"凯特?"

我无奈地抬起头看着他。他冲我皱起了眉头,看上去一脸困惑。丹尼尔·克兰,动物学系最年轻的正教授,正一脸困惑地站在我的客厅中央,因为他的人生中有一个细节算不上尽善尽美。

我想说,你的一切都拥有得如此轻易,如此轻易。你可能的确付出了辛苦的劳动,但幸运之神一直站在你这边,我敢打赌你甚至都没意识到。你是个聪明人,我知道,我不否认那一点,但我必须要说,跟他相比,你没有任何特别之处。没有真正的特别之处。跟马特相比。

"出什么事了吗?"

"没有,"我问,"怎么了?"

"你看上去……"

我等着他继续,但他没有再说。他端起咖啡,轻轻地抿了一口,目光仍然落在我身上。我想我做不到。我就是做不到。如果他看到了那份邀请——好吧,那太糟糕了。那就顺其自然吧。

我说了一句"我就快改完了",然后就继续批改。

九

不久前,我为了写一篇论述杀虫剂对静水池塘生物影响的论文,去埃德蒙顿参加了一个会议。不是一个特别成功的会议,不过在回程途中,我们在非常低的高度从安大略省北部飞了一趟,是这次飞行让这趟旅途拥有了意义。我被那片土地的广袤程度吓到了。那里可以说一片空无。我们一连飞过数英里都看不到任何东西,目力所见只有岩石、树丛、湖泊,美丽而又荒凉,如同身处月球般遥远。接着我突然在我们身下看见了一条灰白色的细线,编织在一片空无之中,绕过湖泊、沼泽和花岗岩,寻找前行的道路。抬头望向前方,在一个湖泊的旁边,出现了一小片林间空地,那条脆弱的细线仿佛一条连接湖泊的细绳,那图案就像一只气球。空地上能看见农田，散落着一些房屋，出现了更多的灰白色线条，将它们全部连接在一起。差不多在中心位置，有一座矮胖的小小尖塔，旁边有一座小巧的墓地，看得出来这是一座教堂。在它的旁边，一片用旧了的运动场的中央，有一所学校。

那不是乌鸦湖，但也有可能是。我想到一个词：家。

接着我想到，我们难道不是很勇敢吗？

我所说的我们并不特指哪一群人，我指的是所有那些敢于远离同类，在一片如此广袤和寂静的大地上生活的人。

总之，从那以后，每当想到家这个字时，我的眼前就会浮现出从空中看到的那幕场景。可以这么说，我将目标导向那里，盘旋得越来越低，于是越来越多的细节就变得更加清晰，直至最终我看到了我们，看到了我们四个。一般情况下，我们好像是在教堂里，出于某个原因。我们两个男孩和两个女孩坐成一排，波不像过去母亲在场时表现得那么听话，但考虑到发生的那一切，她的表现也不是太糟。我们其余的几个则安静又专心。可能我们的衣服不是太干净，鞋子没有擦亮，我不用降到太低就能看见。

奇怪的是，我经常看见的是我们四个一起，但实际上我们只有第一年才四个人都在。后来马特离开了我们。当然，那是最重要的一年。在我看来，那一年里发生的事，比我童年所有其他年份里加起来的都还要多。

*

安妮姑姑陪我们一直待到九月中旬。她被迫得出结论：如果我们四个分开，我可能会挺不过去，于是她不得不接受卢克的计划，同意他为了"养育两个妹妹"而放弃他的事业。她对此并不开心，但别无选择，于是她就留下来，一直等到我们全都安全进入新学期才启程离开。

我记得我们开着新买的二手车送她去车站的那一天。其实没有必要去车站的——我们可以等火车经过北界公路时挥手叫停——不过我想，马特和卢克应该是觉得，那样算不上体面的送别。我记得那辆火车有多么巨大和漆黑，它在炎热的天气里喷气的样子就像一只狗。我记得波有多么惊奇。卢克抱着她，但她一直用双手抱着他的脸，把他的头掰过去看，坚持要他也感受到那份惊奇。

安妮姑姑没有说再见。等到了上车时间，她第二次表示，她任命我为首席写信人，又第三次交代，我们如果遇到问题，就给她打电话，然后她就相当敏捷地爬上了检票员为她放下的车厢步梯，上了火车。我们看着她一路走进车厢，售票员帮她提着包，跟在她身后。她在一个靠窗的座位坐下来，朝我们挥手。她的手指并拢又张开，愉快地挥舞着，充满了孩子气。我记得那幅画面，因为她脸上的笑容与淌落的泪水形成了奇怪的对比。她没有顾及脸颊上的泪水，微笑着挥手。于是我们也就没有顾及那些泪水，仿佛它们与安妮姑姑无关，我们郑重地挥手回应。

我记得那次驾车回家之旅。我们四个都挤在前排，马特开车，卢克把波抱在膝盖上，我坐在他们两个中间。没有人说一句话。车子拐上车道时，卢克转头看了一眼马特，说道："我们终于做到了。"

马特说："是。"

"你一切都还好吗？"

"当然。"

但他看起来很担忧，并不十分开心。

卢克呢？卢克看上去无比高兴。卢克看上去就像个即将光荣奔赴战场的男人，他知道上帝是支持他的。

那天还发生了另外一件事，一个和安妮姑姑离开无关的事件。但在当时，我们谁也没有多想，事实上很久以后我才再次想起那件事，又过了更久我才意识到，它可能造成了一些重要影响。

事情发生在晚间，晚饭之后，马特和我在洗碗，卢克准备送波睡觉的时候。

安妮姑姑差不多把整个房子都打理得井井有条。在她离开前的最后几天，她擦亮了每一个地方，清洗了每一扇窗户，洗涤了房子里从窗帘开始的每一块布料。毫无疑问，她那时就非常了解卢克，知道这是这个家里的许多物品最后一次接触肥皂和清水，但在我的想象中，她关心我们的同时其实也在和上帝达成协议：如果她竭尽全力地为我们保证了一个良好的开端，那么上帝就有义务尽他所能地去保证我们不会受到任何伤害。说话要算数。

所以马特和我站在闪闪发光的厨房中，先将闪耀的炖锅冲洗干净，再用茶巾擦干。而茶巾事先早已洗过，用沸水煮过后还上了浆，熨烫过，直至看起来和摸起来就像抛光纸一样。波和卢克走了进来，波穿着异常干净的睡衣，说想喝点儿东西。卢克从冰箱里给她倒了一杯果汁，等着她喝完，然后再将她抱起来，吩咐她说晚安。他的态度很坚决，用言语让波知道，现在他才是老大。而波的情绪如此高昂，因为在她看来，是她战胜了安妮姑姑，因此让卢克误以为自己取得了成功。

"对厨房里的奴隶们说晚安。"卢克说。

波原本正看着窗外。她转过头，顺从地冲马特和我笑一笑，接着指着幽暗的窗外说："那个人！"

天已经开始变黑了。我们打开了厨房里的灯，但你依然能辨识每棵树的轮廓，到了晚上树林就像是围在房子周围一般。仔细看的话，你还能看见有个黑影站在那里，位置足够远，几乎和树林融为一体。我们都往外看，那影子动了一下，往后滑了一些。

马特皱起眉头："看着像劳里·派伊。"

卢克点点头，走到门口打开门喊道："嘿，劳里！"

那影子迟疑了片刻，然后慢慢走上前来。卢克换了只胳膊抱波，用另一只手把着门。"你还好吗，劳里？快进来。"

劳里在门外几英尺远的地方停下脚步。"不用了，"他说，"我没事。"

"进来吧，"卢克又说了一遍，"喝杯果汁什么的，我们能为你做些什么呢？"

马特和我也走到门口来了，劳里黑色的眼睛看了我们一眼，目光从我们身上一扫而过。他摇摇头说："不用了，我没事儿，没什么要紧的。"说完他便转身离开了。

事情就是那样。

我们看着他消失在树林中。马特和卢克看着彼此。卢克轻轻地关上了门。

"奇怪。"马特说。

"你觉得有什么不对劲吗？"

"不知道。"

我们没再想这件事。马特和我继续洗碗，卢克把波抱上了床，事情到此结束。

现在回想起来，我想劳里当时一定是想找卢克或者马特谈谈。我想不出他当时过来还能有别的什么目的。他们两个差不多算是他除家人外最熟悉的人——他们同他一起在他父亲的田地里工作了许多年——如果说他有信任的人，那应该就是他们两个。

尽管如此，我却无法想象劳里·派伊找任何人谈话。那张冷酷苍白的脸，那双令人不安的眼睛，我无法想象他如此迫切地想要说出来的是什么话语。

我唯一能想到的另外一个可能性就是，他是碰巧过来的。他外出散步，突然间就发现自己来到了我们的房子外面——不过就连这种可能性也在暗示，不管有意还是无意，他都在寻找某个可以说话的人。

不管是出于什么原因,他就站在屋外逐渐变黑的树林里,向房子里张望、观察。我能想象屋内的情形在他眼中会是什么模样。让马特和卢克依然在苦苦挣扎的压力和不安,波的脆弱,我依然受伤的状态——这些他都不可能看得见。他看见的是干净、有序的房子,安静、欢喜的家庭生活场景,我们四个生活得很顺利,我们互帮互助,最大的将最小的抱在怀里。这画面一定充满了田园风情。走进屋来,聊一聊他自己家里发生的事,这似乎是不可能的,完全没有可能性。如果波一直在大吵大闹,马特和卢克在吵架,或者哪怕我们没有齐聚在那个亮光闪闪的厨房,这种可能性就还存在。他只是选错了时间。

*

城里没有工作愿意在卢克指定的特殊时间接纳他,不过他在麦克莱恩家的商店找了份工。现在想来,我觉得值得怀疑的是,麦克莱恩夫妇真的需要帮助吗?他们经营那家商店已有二十年,而且一直打理得不错。但他们还是假装每天可以雇用卢克一两个小时,我们谁都没有想过,那可能只是又一项慈善之举。

麦克莱恩家是一个奇怪的家庭。每个家庭成员都很奇怪,合成一家人甚至更怪。如果你随意找来一群孩子,让他们站在房间的一头,再随意找一群父母,站在房间的另一头,然后按要求将他们一一匹配,你绝对不可能把萨莉匹配给麦克莱恩夫妇。首先,麦克莱恩夫妇两人都是小个头,很腼腆,而萨莉的个子却相当高,还长着一头极为鲜亮的头发。然后麦克莱恩夫妇的羞怯是出了名的,而萨莉完全相反,尤其是她在十几岁的时候。以她的身体语言为例,她站立的时候骨盆会向前倾,胸脯挺立,下巴微微扬起……我敢肯定麦克莱恩太太从来不会那样,麦克莱恩先生完全不会理解。

夫妇俩另一个闻名之处就是爱护孩子。他们平时总是站在足有店面一半长的黑色柜台后面,如果有孩子进来买东西,他们羞怯的微笑就会变成最纯粹的灿烂笑容。他们本该生上一打孩子的,却只有萨莉这个独生女。萨莉出生时,他们一定都已四十好几了——跟我认识的其他父母相比,他们的年纪要大许多。我想他们应该"尝试"过多年,但一直没有结果,于是他们就接受了上帝的旨意,接受了不能有子嗣的命运,结果很久以后,他们迎来了萨莉。正如他们所说，这是一个惊喜。我能想象得出，萨莉一直在给他们制造惊喜。

所以，卢克就开始为麦克莱恩夫妇工作。我不记得我当时对这份工作的想法了。我想应该是没有想太多。不过我喜欢他们的商店，或者说我以前喜欢，那时我每周都会陪妈妈去那里展开采购之旅。商店在一座很大的旧谷仓里，由未抛光的板材搭建，四周摆着一排粗糙的木架，货物一直堆到屋顶的椽子，你想要什么都能找到——以夸脱或蒲式耳为计量单位的一筐筐水果和蔬菜，切片面包，豆子罐头，一包包的葡萄干，干草叉，香皂，毛线，捕鼠器，胶靴，长内衣裤，厕纸，擀面杖，猎枪弹，书写纸，泻药。母亲会将部分采购清单交给我（字迹非常整洁，以便我阅读），我会在货架之间的走道里走来走去，直至找到要买的物品，把它放进篮子。母亲和我经常会擦身而过，那时我们两个都会微笑，她会问我找得如何了，或者我看没看见葡萄干，或者桃子罐头。等我们两个都找齐了要买的物品，我们就把篮子拿到柜台去，麦克莱恩先生将它们打包装好，麦克莱恩太太则用黑色粗铅笔记下价格，整个过程中两人都会朝我们露出灿烂的笑容。

我喜欢那些采购之旅的记忆。那是我少有的和母亲独处的记忆之一。

现在卢克也要站在那个柜台背后了,尽管他的笑容并不自然。他的工作时间是这样安排的,周一至周五从下午四点马特放学回家后开始,做到商店六点打烊。周一晚上他下班的时间会晚一些,因为要开着麦克莱恩家的卡车进城,取一周的补给,然后将它们摆上货架。

萨莉有时会陪他一起去。根据后来发生的事推测,我想她坐得离卢克太近,近得超出了必需,每当车子压过石块,或是经过坑洼时,她都会伸手扶住卢克的大腿以求安稳。卢克对此的态度我却只能猜测。毫无疑问,日常事务就够他忙的了,再加上意识到自身处境后,他一定感到十分迷茫。

周六这天,他上午去卡尔文·派伊的农场工作,马特则下午去。据我所知,他们没有谈论过劳里那次的突然出现。卡尔文本想一周雇用卢克六天,但卢克决定亲自照顾波和我。不止一个邻居曾经提出,每天下午可以照顾我们几个小时,但他和马特都没答应。波很抗拒陌生人,我也令他们担心。这时的我显然还是非常孤僻,他们觉得干扰越少,对我就越好。

当然了,马特照顾孩子的办法就是带波和我去池塘,只要天气好——那年的好天气持续到十月过半——我们几乎每天下午都去。顺便说一下，我建议将观察池塘作为一种心理治疗方法。水拥有一些特质，哪怕你对水中的生命形式并无特别兴趣。我们毕竟是在水中孕育的。我们在生命之初都曾被水摇晃。

就我个人而言，在那些下午的治疗中，唯一令人生厌的部分就是，我们在回去的路上经常会遇见玛丽·派伊。我总是对那个场景感到厌烦，再加上饿，心里又想着回家，于是我就会围着马特转圈，在他和玛丽交谈时不耐烦地踢铁路的枕木。我想不出，他们有什么必须要说的话不能留到周六马特去农场工作时说。他们两个都背负着重物，玛丽提着买的东西，马特的肩膀上则扛着沙袋一样的波；你会觉得他们两个应该都想尽快回家。可他们站在那里，在重负之下不停地转换着身体的重心，说着一些并不重要的事。时间一分一分地拉长，我用鞋子在尘土里挖了许多大坑，还焦急地啃起了手指。最终马特会说："看来我得走了。"玛丽会说："是的。"然后他们还要继续聊个十来分钟。

有一次她犹犹豫豫地对他说："你怎么样，马特？你⋯⋯还好吗？"

一直以来，每个人都会问我们那些问题，你只能说，是的，谢谢，我们过得不错。但这一次，马特没有直接作答。我抬头看他一眼，发现他正看着别处，目光越过铁轨飘进了树林。接着他才重新看向玛丽，笑着对她说："差不多。"

她的双臂不自觉地动了一下，做了某种手势，尽管她两只手都提满了东西。马特耸耸肩，又笑着说："总之，我得走了。"

现在我想知道的是，父母的死对马特造成的打击是否比对我们其余人更大。每个人都认为，我是最受打击的，但我感到怀疑。我至少可以向马特求助。他却没有任何人。九月初他就满十八岁了，他自己以及其余的每一个人都认为，他是成年人，他能处理。

我希望波和我曾经对他起到了某种安慰作用。我敢肯定，池塘对他是一种安慰。我敢肯定，他从池塘生物的延续性中得到了安慰。事实上，一个生命的失去并不会摧毁整个群体。事实上生命的结束本身就是这种延续的一部分。

至于玛丽……现在我明白了，他可能也在那些与玛丽短暂碰面的时刻找到了安慰。

十

我该给你讲讲派伊家的事。我了解到的绝大多数内容，都源于老弗农小姐，高中时代我在帮她打理菜园来着。她的记忆可能并不十分可靠，不过话说回来，她毕竟切实地经历过，她几乎见证了派伊家从杰克逊·派伊以来的每一个阶段，所以她是个相当好的信息来源。当然了，她告诉我的不只是派伊家的事，在我打理一畦畦胡萝卜和豌豆之间，乌鸦湖的整个历史和早期居民的故事，都会从她口中展开。她会在我工作时讲述，所以当我沿着一畦菜苗走得越来越远时，她会提高音量相随，直到后来她突然喊道："好了，快来帮我动一下啊，看在上帝的分儿上！你走得那么远，我该怎么给你讲啊？"于是我过去搀着她起身，然后将厨房的椅子挪远一些，挪到菜地旁的小路上，保证不管我走到什么地方，她都能轻松地讲述。

据她所说，杰克逊·派伊是个相当聪明的人。我记得她问过我，有没有注意过派伊家的房子。我不知道她想说什么——派伊家的房子我怎么说也见过上百万次了——不过事后我又去派伊家看了一下。那是一座木结构的大房子，造在离公路有一段距离的地方。房子的正立面就比例而言配得上弗农小姐所谓的"宏伟"。正门的两边都设计有非常大的框格窗，而且房子的三面都包着一条宽敞又优雅的外廊。杰克逊保留了近处的几棵大桦树，夏天它们能提供荫凉，冬天能有点儿防风的作用。你可以想象一下，夏季的夜晚，劳动一天后坐在那条外廊上，聆听微风吹过桦树林的声音，该是多么悠闲。那一定是杰克逊建造房屋时就曾设想过的画面，不过我很难想象他坐在那里的样子。事实上，我不记得看见过任何人坐在那里。休息不是派伊家的人会做的事。

但正如弗农小姐所说，那的确是一座高出平均水平的房子，尤其是考虑到它的设计和建造者没有接受过任何教育。他还帮贾尼家和弗农家设计了房子，承担了许多建造工作。"他希望一座房子呈现出怎样的面貌，他在脑海中有张图。"弗农小姐说,"而且他知道该如何将纸上的内容落实到现实。他不仅聪明,也是个好农民。他挑的土地也很好,派伊家的农场拥有本地最好的土地,你知道的。排水良好,土质好,这些条件都比我们家的好,比贾尼家的好。他原本可以把他家的农场打造成一个货真价实的好地方,可惜他和所有的儿子都关系不睦。农民需要儿子,你知道。女儿的价值没那么大。虽然有些女儿还不错,但大部分都没有肌肉。农业工作是很艰苦的。你应该不知道,但那是一份艰苦的工作。"这时候我已经顶着七月燃烧的艳阳为她的菜园锄了两个小时的草。

"他有多少孩子?"我问。那时候,她讲的那些过去的故事并不是很吸引我,孩子们对过去不感兴趣,他们的注意力聚焦的是未来。但派伊家的故事是例外。每个人都对灾难感兴趣,不过我也有自己的原因,那时候我很渴望了解他们。

"七个。你继续锄啊。你一边锄,我一边讲,那样一来我们两个都能做各自擅长的事。七个孩子,五个男孩和两个女孩。女孩是一对双胞胎,不过两个都在婴儿时期就死了。我不知道原因,我当时也是小孩子。也许是猩红热吧。总之,两个都死了。

"至于男孩,现在我们来数一数。诺曼是老大,比我大许多,他逃走了,我告诉过你对不对?一年冬天从湖上的碎冰里钻出来后,因为太害怕他的父亲,所以不敢回家。老二叫爱德华,有点儿迟钝。派伊太太生他时有些艰难,或许就跟这有关吧,我不清楚。不过他从来没学会读书和写字,他的迟钝快把他的老爸给急疯了。他经常冲爱德华大吼大叫,但爱德华站在那里,根本不知道发生了什么。

"有一天在被骂的途中,他就直接走开了。他转了个圈,然后就走开了,就像那些年里他一直在试着计算二加二等于几,最后他终于算出来了,答案就是,事情永远不可能有任何好转。所以他就离开了。

"这是头两个,老三叫皮特,你听过这个名字吗?皮特·派伊。所有人都叫他彼得·派珀,当然也会一直问他能挑几品脱腌胡椒,[1]一定快把他给逼疯了。不过我猜那不是他最担心的事,对。"

她弯腰驼背地坐在椅子上回望过去,牙齿磕得咯咯响。我记得我当时想过,她过去究竟经历过多少事,竟然能讲

---

[1] 皮特·派伊与彼得·派珀音近,后者出自一首著名英文儿歌,歌词中有"彼得·派珀挑了一品脱腌胡椒"之句。

出这么多故事。

"你要喝点儿柠檬水吗?"她突然问道。

我点点头。

"那去拿些来。"

我每天下午到她家后的第一项任务,就是做一夸脱的柠檬水,然后塞进她那台散发着臭气的老冰箱里。每锄完几畦地,她都会派我去倒两杯来喝,每喝几杯我就不得不帮她去一趟洗手间,而且总是相当紧急。

"我们说到哪儿了?"喝完柠檬水后,她问我。我已经把她的椅子挪到萝卜地旁边了。

"杰克逊·派伊的儿子们。"

"哦对,讲到哪一个了?"

"你刚开始讲皮特的故事。"

"皮特,"她点点头说,"对。"她用敏锐的目光看着我,她的眼睛是奶白色的,但即便如此,我还是经常觉得,她看到的东西比绝大多数人都多。

"我喜欢过皮特,真的喜欢他。他也喜欢过我。"她淘气地看我一眼,"你可能不会相信,你毕竟年轻,你以为我一直都是这么老。"她的长下巴动了动,似在反刍。她让我想起一匹马——一匹非常老的马,皮肤松弛,胡须垂落,睫毛几乎一根不剩。

"他是个好男孩。和他母亲一样讨人喜欢。他的母亲是个好女人，是个可怜人。有趣的是，派伊家的男人选女人的品位一直非常好。你不会想到。不过皮特像他的母亲，安静、讨人喜欢，还很聪明。如果有机会上学的话，他成绩应该很好。不过他比其他兄弟都更早地弄清楚了，离开才是明智的决定。他告诉我他要走，说他要去多伦多，希望我和他一起去，我不知道该怎么办。"

她再次停顿下来，开始回忆往昔。我看着她，几乎看见了她年轻时的样子，几乎看见了她年轻美丽的脸庞，她看着男孩的脸，想和他一起走，也想留在家里。她被撕碎了。她努力地想象，离开后她的生活将会是什么样子，留下来又会是什么样子。

"我没走。我害怕。我当时只有十五岁。我的妹妹内莉——只比我小一岁——我们两个非常亲密，我无法想象离开她的生活，哪怕是为了皮特。"

她在椅子上静止了片刻，后来才转身看向我。

"你多大了？"

"十五。"

"那你或许明白我的意思。如果你喜欢一个男孩，你会跟他离开吗？我是说就现在，起身就走。"

我摇摇头。我内心里知道，我永远也不可能跟某个男孩离开。等我准备好了，我会自己一个人走。我知道那一点。我正在为之而努力。弗农小姐付我的钱都被我用在那个目的上了——都被存进了一个特设的账户，我的"大学"账户。是卢克为我安排的，我感谢他，因为我知道余下来的钱他本可以自己用掉。我在学校非常用功——比我认识的任何人都用功。我不喜欢社交活动——我从来就不是"那些女孩中的一个"——但我喜欢学习。艺术类科目——语言、历史、美术、音乐——对我来说并不容易，不过我还是努力地学习。我热爱科学，尤其是生物学。怎么可能有其他的结果？我的所有成绩都很好。卢克仔细研究过我的成绩单，他的表情看上去很困惑。"你就和马特一样。"他说过一次。不过他说错了。我知道我不可能像马特一样聪明。

"你可以给我一个萝卜，"弗农小姐说，"我可以配着萝卜喝。"

我挑了一个大个儿的萝卜，拿过去递给她。

"看样子是个好萝卜，你想吃的话，自己也拿一个。"

我拒绝了。萝卜配柠檬水对我没有吸引力。

"我们所有人都面临选择。有时候你永远也不可能知道你所做的选择是否正确。现在为此焦虑没多大意义。总之,这就是皮特的故事。三个走了,剩下两个。想想那个可怜的女人,眼睁睁地看着她的家庭一点点地瓦解。她生了七个孩子,现在却只剩下两个。我想他们离开后没有给她写过信,他们不会那么做,他们就只是从地球表面消失而已。

"好了,剩下的两个是亚瑟和亨利。他们达成了一致,不管发生什么,他们都会留下来,所以他们两个就继承了农场。对两个人来说,那是一座相当大的农场,他们认为自己为农场付出了如此之多,所以不管发生什么,他们都能继承农场。

"当然了,时间一直在前进,内莉、我和派伊家的男孩们都站在了十几岁的尾巴上——亚瑟可能已经满了二十岁。他们的未来对内莉和我来说就变得很重要了,因为我们已经决定要嫁给他们。"

她咯咯地笑了几声,声音很尖厉。"我猜你会觉得很奇怪,尤其是我刚刚才说过我喜欢皮特。但是我等了皮特很长时间,希望他能回来,哪怕我在内心深处知道他不会。十九岁的时候,我觉得时间好像正在变短。就年轻的男孩子来说,那时的乌鸦湖并不存在多少选择。你可能会想,现在选择也不多，但是当时还要糟很多。我们那时只有三户人家，去斯特鲁恩要花一整天，你不可能经常过去。弗兰克·贾尼家倒是有一群男孩，但是他们家平庸得很。这么说不太礼貌，但事实就是那样。贾尼家的男孩子都骨瘦如柴，皮肤苍白。他们人很好，但年轻的时候，你想要的远远不只是人好这么简单。反正内莉和我不是那样。实话告诉你吧，我们并没有过多地考虑派伊家的男孩们的真实面目。我们两个的脑海中有这样一幅画面，内莉和我在老杰克逊建造的那座气派的农场大宅中安了家。我们看到自己在厨房里有说有笑地准备餐食，我们早上五点钟就烤苹果派，这样一来就不用忍着白天的热浪站在炉灶旁，我们打理花园，养鸡喂猪，打扫房子——都是我们的母亲要做的事，但是因为内莉和我可以一起做，所以就很有意思。我们的孩子也将是差不多年纪，孩子们一起长大，永远都分不清谁是他们的母亲，谁又是他们的姨妈。哦，我们把所有的一切都计划好了。我们看到自己晚上坐在那漂亮的宽外廊上，一边缝补衣服一边聊天，而我们的男人也说着这样那样的话题……"

她停下来，看着脑海中的画面，然后轻蔑地哼了一声。"两个傻女孩，那就是我们。拿成人生活当游戏。我们的脑海中就没有一个合理的想法。"她用爪子般的手指急躁地按压另一只手上肿大的关节。七十年过去了,她依然对自己年轻时代的愚蠢感到恼怒。她的目光越过菜畦,狠狠地等着我,愤怒地说:"不像你,年轻的莫里森小姐。我猜你的脑袋里除了理智的思想再无其他念头。太多太多的理智思想。你想趁着年轻努把力,趁你还有能力的时候。人生不是只有好成绩,你知道的。而生活也不是有副聪明的头脑就能搞定的。"

我没有回答。我讨厌她拿我的事情来说嘴。上周,她告诉我说,我看起来总是很生气的样子,不管是谁惹得我如此生气,都是时候原谅他们,继续过我自己的生活了。我听到她说的这番话非常生气,最后没拿钱没说再见就直接离开了。

现在她一边喃喃自语,一边看着我锄掉萝卜周围的杂草。天气极其炎热,我光着脚,黑色的土壤快把我的脚跟烫焦了,我只能刨出小小的坑窝,然后站在里面。在我身后的灌木丛中,蝉虫鸣唱着赞颂太阳的歌谣。

"你现在再去取些柠檬水来。"弗农小姐的声音依然很尖厉,"再拿些曲奇饼。然后坐下来吃几块。今天真热。"

我于是走进了房子。我不是很喜欢弗农小姐的房子,尽管它也是杰克逊·派伊精心设计的。里面太暗太静,而且闻着有老人和老鼠的气味。我冲干净玻璃杯,再倒满柠檬水,然后拿出饼干罐检查里面的情况。是肉桂曲奇饼,那就意味着是斯塔诺维奇太太做的。酸奶油曲奇饼是米切尔夫人的手艺。红枣和葡萄干方饼则是塔德沃斯太太的口味。乌鸦湖的好女人们惦记的不只是我们莫里森家的孩子们。我将玻璃杯放在饼干罐的顶上,端起来回到菜园。我在弗农小姐的椅子旁坐下来,坐在枯萎的杂草上,我们一边吃肉桂曲奇饼,一边聆听蝉鸣,就那样过了一阵子,直至我们不再为过去、为彼此而烦恼。

"我讲到哪儿了?"弗农小姐终于张口。

"你和妹妹决定嫁给亨利和亚瑟。"

"哈!"她说,"对!就是那儿。"

她在椅子上坐直身体,眯缝起眼睛,目光越过菜畦落在那头的树林中,然后又穿过树林,回到她的过去。现在她开始诚实、严肃地面对它,面对很久以前少女时代的爱情观念。

"内莉和我在脑海中是这样想的,却根本没注意到,他们两个并没有追求我们。就是偶尔会调调情,再无其他。事实上,我们甚至根本就不是十分了解那两个男孩。听起来很可笑，因为我们几乎是在一起长大的，而且没有其余人可供认识。但是他们几乎从能走路起，就从早到晚地在那座农场里劳作，他们从来就没有多少自由时间。而且他们并不喜欢说话。皮特是唯一愿意说话和思考事情的一个。内莉和我对他俩仅有的了解就是，他们是单身，他们很英俊。派伊家的男人都很英俊，每一个都不例外。那一点你也知道。每一个都是，一旦他们度过抽条的阶段，长成一副又高又瘦的身板，再加上一头浓密的黑发，和他们那样的眼睛。内莉经常说，他们的眼睛就和上帝的一样黑。尤其是亚瑟和亨利——他们都长着一双漂亮的黑眼睛。而且他们都是强壮的大块头，比他们的父亲更强壮，比其余所有的兄弟更高大。"

她叹了口气。"总之，那是我们的计划，内莉的和我的。我们要嫁给派伊家的男孩们。所以听说他们决定继承农场时，我们很高兴。当然，我们的期望中都没考虑到老杰克逊。你可能会觉得，他应该已经吸取教训了，对不对？他已经逼走三个儿子了——超过他半数的劳动力——你可能会觉得，在这样的情况下，任何人应该都已经意识到，必须改变，对留下来的儿子多少有些尊重。但他似乎不可能学会那些。

"这年冬天,他让他们清理更多的土地——砍伐树木,清空林下灌木,挖掉树根。非常繁重的工作。我的兄弟们也去帮忙了——所有家庭都会互帮互助——他们说,他们早上到场时,派伊家的男孩们已经干得热火朝天了,他们晚上离开时,他们还在拼命地干,一整天的时间里,老杰克逊一分钟都不放过,不停地骂他们。直到有一天,天就快黑的时候,杰克逊冲亨利吼了一句什么,亨利停下手头的工作,完全静止地站在那里,眼睛盯着地面。过了片刻,他放下斧头,走到他父亲跟前——你记得我说过派伊家的男孩们都是大块头吧?是的,他抓着杰克逊的脖子一把将他提了起来。"

弗农小姐用患有关节炎的衰老的手一把抓住自己的脖子,紧握住下巴之下的位置。

"就像这样,把杰克逊直接提了起来。他将杰克逊狠狠地按在一棵树上,停了一两分钟,杰克逊的双腿又蹬又踢,发出短促的尖叫。我的兄弟们说,那本该是一个非常滑稽的场景,结果却无比骇人。接着亨利扭头看看亚瑟,后者正和我的兄弟们站在一起,没有做任何事情来帮助他的父亲。亨利说:'农场全归你了,亚蒂。'于是他就放手让父亲掉在地上,起身离开了。他回到家里收拾了东西,当夜就沿着公路出发了。"

她再次叹气，双手搭在膝头。

我从罐子里掏出一块肉桂曲奇递给她，但她摇摇头，所以我就自己吃了。我安静地咀嚼，希望不要惊扰到她，以便她能继续讲，后来她的确继续讲了下去。不过，她的声音听起来很疲累，仿佛记忆本身对她造成了严重的影响。

"亨利原本将要成为我的丈夫，"她说，"我忘了内莉和我是怎么划分的了，但我记得亨利原本将要成为我的丈夫。但他可能并不知情，因为他没有过来道别。我想起他沿着那条公路离开的样子，想象着他的脚印和之前离开的皮特的脚印完全重叠在一起。当然还有爱德华和诺曼的——派伊家四个男孩的脚印全部朝着南方去了，他们谁也没有再回来——但我想到的是皮特的脚印。我记得我当时想到，我最后的机会也走了。"

她沉默了一阵子，接着她又哼了一声，但这一次不是轻蔑，她像是在表达对命运无奈的接受。

"所以亚瑟得到了农场。"她说。

她又停顿下来，开始艰难地咀嚼。我担心她不会再继续，所以就催促她："那内莉呢？亚瑟和她结婚了吗？"

"我正要讲呢，"她用锋利的目光看了我一眼，"有点儿耐心好吗。故事很长,把我给累坏了。"

那正是我所担心的——她还没讲到结尾就已经筋疲力尽。我感觉我需要知道那个多灾多难的农场里发生的每一件事。我不想等到第二天。如果她今晚就死了,或者中风丧失了讲话能力呢?那我就永远也无法知道故事剩余的部分了。出于某种原因,那在我看来将是一场灾难。我几乎感觉到,如果我能了解过去发生的全部,如果我能弄清楚派伊家前几代人的结局,那我就能穿越到过去,修改他们的故事,让其沿着另一条路径发展,如此一来便不会与我们的发生碰撞。

因此我很难压抑我的急切心情。我必须强忍着冲动才没有催促她,才没有念叨让她继续。我们两个都忘了,我正在为她的菜园锄草。我们坐在那里,她坐在椅子上,我坐在她身旁的枯草上,白日的炎热逐渐退去。

"那么,接下来发生了什么……"她咯咯地咬着牙齿,在记忆里来回翻找。"接下来发生的是,派伊太太死了。对,因为肺炎,就在亨利离开后不久。大约两个月后,亚瑟向内莉求了婚。我记得我透过厨房的窗户看到了那一幕。他们在外面,就站在谷仓旁边。我知道他说了什么,因为内莉的身子在衣服下面扭来动去。虽然她背对着我,但你还是看得出来她有多开心。那个女孩,她的臀部很有表现力。她当然答应了。但我们的父亲表示拒绝,他说他对亚瑟个人没有意见,但总有一天那个农场有人会被杀死,他希望当那一天到来时,他的女儿们都不在现场。所以就是这样了。一年后内莉跟一个巡回传教士私奔了。那段故事我改天再给你讲,那是一个独立的故事,内莉是活该。

"杰克逊和亚瑟就开始各过各的。有人说,亚瑟在父亲生命的最后三年里一句话都没和他说过,不过我不知道那些人是怎么确知的——吃晚饭时能不说话?那些人怎么可能知道亚瑟就没说'把盐递给我''你把切面包的刀放哪儿了'?总之,有一件事可以确定,老杰克逊入土的那一天,亚瑟很高兴。那一点我是知道的,因为我去参加了葬礼。他就是忍不住要咧嘴笑。整个葬礼期间一直在傻笑。就算你告诉我,等所有人都走后他又返回来,在坟墓上光着脚跳舞,我都不会有丝毫的惊讶。

"第二天,他给马备上鞍,沿着公路出发了,六周后他带了一个妻子回来。"

我担心地看着她。我开始有一种预感——几乎是一种不祥的预感,仿佛我自己没有意识到其实我一直都知道这个故事将走向何方。仿佛我的内心早已了解,但直到这一刻我才意识到。

弗农小姐对我点头,仿佛知道我的感受,并且完全同意。"所以她就成了下一位派伊太太,"她说,"是个可爱的小家伙,长着一双大大的蓝眼睛,看着其实有点儿像亚瑟的母亲。

"她和亚瑟在那座灰色的大宅子里安了家。你可能会说,那座房子完全属于他们自己,那将是一个新的开端。一年后,她生了一个男孩,次年她又生了一个。他们一共生了六个孩子,三男三女,一个规模还不错的家庭。事情本该很和美。但是猜猜看发生了什么?亚瑟同他们所有人都吵个不停,同每一个孩子吵。女孩们才十几岁就嫁人了——只要能离开,怎样都好。我不知道她们都去了哪儿,但谁也没有再回来。两个男孩也走了,沿着那条公路,追寻着他们的伯父和叔叔的足迹……"

她摇摇头,用舌头抵着牙齿,发出啧的一声。

"唉,派伊家的女人一定很痛恨那条路。在她们看来,那里一定有一个'单行道'的路标。就像你小时候那些童话故事里告诉你的一样,说那座大山会吃掉所有的小孩——你知道,就是有老鼠的那个故事。"

我点点头。

"叫什么来着？我总是忘记很多东西的名字。逼得我要发狂。"

"《花衣魔笛手》。"

"就是那个，孩子们全都被那座山给吃了。在派伊太太看来，在派伊家历代女主人看来，一定就是那样。他们都走了，沿着那条公路……"

我想起了那条路。苍白，满是尘土，再普通不过。那是一条出路。我也想沿着它走下去，但即便在那时——在我认为我最痛苦和最愤恨的时候，可怜的弗农小姐发现了我最糟糕的一面——我知道我对那条路的渴望也依然不像派伊家的孩子们那么强烈。

"总之，只剩一个儿子留了下来。知道是谁吗？"

我开始整理派伊家历代人口，试图将她告诉我的事与我之前就知道的对照起来，接着我意识到，那只可能是一个人。

"卡尔文？"

"对，卡尔文·派伊。他就是留下来的那一个。我的看法是，他比其余任何一个男孩都更恨他的父亲。他也更害怕父亲。但他还是留了下来。他很固执，那对他来说一定很难。他小时候瘦得只剩皮包骨，比实际年龄看起来要小，一直到大概十八岁才有了力气——所以农场的活儿对他来说一定非常繁重。而且亚瑟还一直对他大吼大叫……"

随着她口中故事的进展，在每一个阶段，我在脑海中为每一个人都安排了一张画像，但此刻我发现，我无法想象卡尔文小时候的样子。取而代之的是，我一直看到劳里的面孔。劳里，一个瘦得只剩皮包骨的小孩，看起来比实际年龄要小，日复一日地在田地里苦干，耳边一直——一直——伴随着父亲的辱骂。

"他从不回嘴。"弗农小姐说道，我困惑了一会儿，直至想起她说的是卡尔文。"即便是在他成年以后。他从来不敢，他太害怕了。他就站在那里受着，把心里的感觉一股脑儿地咽下去。一定都快把他的五脏六腑烫伤了。"

所以终究还是有区别。劳里小时候也因为强咽愤怒而憋得快要烧起来了，但是他长大后曾回过嘴。他绝对回过嘴。

弗农小姐继续讲："接着他的母亲死了。我想想啊……卡尔文当时多大年纪来着……大概二十一二岁的样子。她死的时候正站在厨房炉灶旁做肉汁。没有一个人大惊小怪。当时她已经把晚餐的所有食物都煮好了，除了那道肉汁。我之所以知道，是因为我帮忙把她抬了出去。肉汁沾在锅底上——男人们都没想过把锅从灶台上拿起来。我费了好大的劲才把它洗干净。

"我们所有人都不明白,卡尔文在那之后为什么还留了下来。都以为他肯定会走。无法想象他竟然那么想要那座农场。但他留了下来。或许他觉得他的父亲很快就会过世,但他错了。亚瑟的身体很健康,他又活了十八年。想想看,十八年里每一天都在一起生活和工作,却对彼此恨之入骨。光是想想就够惊悚的。"

她摇摇头,舌头又轻点了一下牙齿。"这就是家人。"她说着在椅子上活动了一下,东转西转地舒缓筋骨。我希望她不要说她想去厕所。我害怕她会失去头绪,此刻已经是最后关头,马上我自己的记忆就能接续上了。不过还好,她开始继续讲述。

"我讲到哪儿了?"

"剩下亚瑟和卡尔文在一起。"

"对。对。那座大宅子里只剩下他们两个,忙着痛恨彼此。到最后他们一定都恨得很熟练了,熟能生巧嘛。最后亚瑟中了风,他当时正在甜菜地里,冲着那一头的卡尔文大声吼叫,然后就直接倒地死了。你可能会说,他是怒火攻心死的,这对每个人都是一种天赐的解脱。"

她又停顿了一下。"那么卡尔文终于获得自由时是多少岁？你算一算，我一直没算清楚。"

"三十九或者四十。"

"差不多吧。已经是个中年人，不过没关系，他终于自由了，而且拥有了一座好农场。你觉得接下来会发生什么？你来告诉我。"

我咽了口唾沫。我之前感受到的恐惧此刻已经冻结在内心深处。我说："他去新利斯克德找了个妻子？"

她点点头。"对。你听明白了，发现了这里头的规律。"

我们在那里坐了一阵子，聆听寂静的声音。蝉已经停止鸣叫。好多年来，我一直想要捕捉它们停止的时刻——听到一天里最后一只蝉的最后一声鸣叫——但一直未能做到。现在树林里静得出奇，等待着夜间动物开始活动。

"我再吃一块曲奇。"弗农小姐说。

我递了一块给她，她吃得很慢，咕哝着，碎屑都落在她的身上了。她含着满满一嘴的饼干说："她也是个好女人，但是我忘了她的名字。派伊家的男人在挑女人方面品位一直很好。她叫什么来着？你应该记得。"

"爱丽丝。"我说。

"对，爱丽丝，她是个好女人。一开始充满活力，就和之前所有的派伊太太一样。为教堂烘烤食物，参与缝纫会的活动。我记得她有一阵子甚至还为教堂演奏过管风琴。对，她是干过。后来卡尔文说这太浪费时间，所以她只好放弃了。接替的是乔伊丝·塔德沃斯，她根本分不清音符，听她演奏纯粹是折磨人……"

她凝视着黑暗的树林，似乎在回想那些不和谐的音符。一分钟后她含糊地说道："爱丽丝流产了许多次。每生下一个孩子都要流产大概两次，可怜的女人。所以她最后只生了三个。我一直没记住他们的名字，不过你记得，他们的事不需要我来给你讲了。"

我想起了罗茜，她就像人们在后门口不小心偶然间播种的可怜幼苗——纤细，瘦弱，暗淡，每次抬头都会遭到践踏。我突然清晰地记起她站在课桌旁的样子——我们的桌子挨在一起，所以她也等于是站在我的桌子旁边。那时我们两个都差不多六岁，念一年级。一定是卡林顿小姐问了她一个问题，回答问题时必须起立。但是罗茜答不上来。她安静地站在那里，一分钟后，我注意到她整个身体都在发抖。卡林顿小姐非常和善地说："我敢肯定你知道答案，罗茜，试一试。"我隐约听到一阵液体流淌声，还闻到尿的气味，我突然间发现罗茜的鞋子周围出现了一个小水洼。

卡林顿小姐从那以后再也没问过她任何问题。

那就是罗茜。然后是玛丽,她不拎东西的时候,总是站在那里抱着自己的手肘,仿佛自己很冷,哪怕是在热天也不例外。她的声音总是柔软又羞怯——太过柔软太过羞怯,让我恼火。我想起以前听她和马特说话的时候,她那声音令我恼火。

然后是劳里,到目前为止,他已经很大程度上继承了卡尔文的怒气。这时候我完全不知道他的人生是什么样子。那些事完全超乎我的想象。我所意识到的就是,他几乎从来不看你的眼睛,当他看的时候,他眼睛里的某种东西会逼得你移开视线。

弗农小姐活动了一下,叹了口气说:"现在你给我讲讲吧。你应该很聪明,他们都是这么告诉我的。派伊家的男人为什么都这么讨厌自己的孩子?怎么会这样,三代人都跑了?是因为他们血脉里的什么东西吗?还是说,那是他们所知道的唯一办法?因为那在我看来是不自然的,完全说不通。"

"我不知道。"我说。

"是,我也没想过你能知道。你没那么聪明。没有人知道。"

我们坐在寂静中,树林的影子在扩大,正悄悄地爬上我们的身体。我拍死一只蚊子,手臂的皮肤感觉凉凉的。

"总之,"弗农小姐说,"我猜你应该知道剩下的故事。或许知道得比我更清楚。"

我点点头。我知道剩下的故事。

她伸出一只扭曲的老手,掸掉膝盖上的碎屑。

"需要我摘些蔬菜,给你做晚餐用吗?"我问。

"豆子吧。不过你得先扶我去一趟厕所,我已经憋了好一会儿了。"

于是我们就拖着脚去了她的洗手间,弗农小姐和我一起,任由派伊家族的历史再一次隐没,如同湖面的雾气,缓缓地没入夜晚凉爽的空气中。

十一

弗农小姐给我讲派伊家族的故事时,我十五岁。在那个年纪,我能够——虽然只是刚刚好——完全理解她所说的一切,并且对其感到惊讶,看出那段历史对我这一辈所发生之事的影响。我不会说它加深了我的同情和理解,但它至少帮助我将事情放在周围环境中去看待。如果我是在七岁听到那些故事,那我敢肯定它根本不会对我产生任何影响。首先,小孩子一定是以自我为中心的。他们会关心邻居家的悲剧或杂乱的生活吗?他们的首要任务是生存,他们的注意力都聚焦在那些帮他们生存的人身上。当然他们的任务还包括了解周围的世界,因此他们会对小动物有着无限的好奇,但生存依然是最紧要的事,而对我来说,那一年，至少在情感层面上，生存就已经要我竭尽所能了。

那可怕的一年其实和每一年都一样，我每天都沿着铁轨走进学校。那是最短的路径，公路拐来拐去，铁路却是一条直线。事实上，那条铁路的笔直程度至今仍让我感到惊讶，只是小时候的我从来就没想过。当工人们在修筑铁路中遇到障碍时，他们会从中炸出一条通路，或者将其砍倒，或者将其填平，或者在上面修一座桥，不管具体的障碍是什么。

我看过修路工的照片，他们看上去并不是什么英雄人物。照片中的他们靠在鹤嘴锄上，将帽子推到脑后，龇着一嘴的烂牙对镜头笑。他们大多数人看上去都很矮小，算得上消瘦，他们的肌肉像是用绳索扎在一起的纤维，而非从衬衫里凸出来的那种。有相当多的人像是在成长过程中缺乏足够的食物。但他们一定很有耐力和毅力，这一点毫无疑问。

他们开辟的道路有铁轨本身的三四倍宽，许多年过去，路边长满了野花和杂草，有火草、马利筋、一枝黄花、野胡萝卜花、风信子和升麻，因此我每天早上沿铁轨行走时，感觉都像是在穿越一片草地。九月里，所有的植物都结了籽，当你经过时，种球会在你的头顶上摇晃，将你的衣服刮出毛边。有时候，在阳光的炙烤下，成千上万的马利筋会一起爆开种荚；绵延几英里的铁轨沿线，还有更多无声的爆炸在重复发生，将种子齐齐射出来。在那些日子里，我就像是行走在柔软的云朵之中，清晨的微风吹来，云朵如烟般四处漂移。

我穿行在这一切之中，犹如在梦境中梦游。我意识到了这一点，但并没有真正地看见。学校里还是一样，卡林顿小姐教我们算术、语法、历史和地理，我礼貌又专心地坐在那里，却听不进一个字。我或许在观察尘埃，看着它们飘浮在从窗口斜照进来的宽大光带中。或者我是在听甜菜根被装进底卸式货运车厢时所发出的轰鸣声，这些甜菜根将要展开南下的旅程。铁轨从校园的那一头经过，货运火车就在学校正对面的支轨上等待装载。那里有磅秤，底卸式车厢是破烂的木头结构，形如一个倒金字塔，此外还能看到传送带的金属和橡胶长臂，它们倾斜地伸向天空，可以悬吊到车厢上方。整个九月，铁轨旁的小路印满车辙，各个农场的卡车都会沿着那条小路开过来，将车上的甜菜根倾倒进底卸式车厢，那轰鸣声总会吓得卡林顿小姐站在那里无法动弹。接着传送带会被打开，将甜菜根送进中空的巨大车厢里，一开始是一个一个地送，接着就会以稳定的速度持续进行。在其他年份，大约在开学第一周以后，我就不会太注意机器所发出的噪声了。我们在成长过程中都习惯了那种轰鸣，它们就像浪涛的声音一样，成了我们生活背景音的一部分。但在那个九月，那声音似乎有一种催眠的效果。我听得入了迷，那单调、沉闷的轰鸣声似乎沉入了我的心灵世界。

卡林顿小姐同我一起回了家。她说："我能同你一起步行去你家吗，凯特？我有一阵子没看见你那两个英俊的哥哥了。你觉得他们会介意我顺便去看看吗？"

那时一定是十月初了。白天依然很暖和，但夜晚已经变得凉爽，而且天黑得很快。

我没有带卡林顿小姐走铁轨旁的近道，因为她穿着长裙，我想那样一来她永远都捡不完粘上去的刺头。我们沿着公路走，虽然路程更长，而且灰尘很大。她在路上谈起了她的老家，是在另外一个农业社区，比这个大，而且位置离城市更近。她出生在一幢农场大宅，家里养过一匹马。

她说："我也有兄弟——事实上我有三个兄弟。但没有姐妹，你在这方面赢了我。"

她低头冲我微笑，头发松松地垂在脑后，用一条素色蓝丝带绑在一起。她是个瘦高个儿，脸幅太长，所以称不上漂亮，但她有一双美丽的眼睛。是一双深棕色的大眼睛，她的头发也是棕色的，所以天气晴朗的时候，会泛出红色和金色的光芒。

我们走上车道时，卢克和波正在房子侧面晾衣服，虽然时间已经很晚，阳光早已失去热量。马特还没回家——校车四点会将他放在公路的尽头。卢克看见卡林顿小姐，就停下了手里的活儿。他把那块刚夹了一只夹子的尿布留在绳子上，抱起波朝我们走来。那块尿布看上去洗得并不是非常干净，上面还有污渍，而且远远称不上洁白。

卡林顿小姐说："你好，卢克，希望你不要介意，我只是来看看你们过得怎么样。"

卢克看起来很尴尬，他不希望卡林顿小姐看见他晾尿布。"唔，还好，谢谢。我迟了点儿……"他说着指指晾衣绳，"本该早上就拿出来的，但波什么事都要捣乱。"

他总是很晚才去晾尿布，那是他最不喜欢干的活儿，所以一整天都在拖延。

他将波放下来，但波嘀嘀咕咕地往他的裤腿上爬，所以他又把她抱了起来。他用空着的那只手梳梳头发，说："总之，您想喝点儿什么吗？"他稍稍扭头看一眼房子。

"不，不，"卡林顿小姐说，"我不进去了……我只是想看看你们过得怎么样。"

卢克点点头。"不错，谢谢。过得还好。"他犹豫了一下，"不过您可以进屋坐一会儿。外面很热。您一定要喝点儿东西。屋里有，唔……茶……"

"那就给我一杯水吧，"卡林顿小姐说，"一杯水就好。不过我就不进去了。我只想看看你们的情况，说句话……"

"哦，"卢克看着她说，"哦，好的。唔，凯特，你能进去给卡林顿小姐倒杯水吗？你……唔……可能得把杯子洗一下。"

我于是上坡进了房子。里面一团乱，厨房里最糟，用过的盘子和杯子都堆在案台上，到处都是食物残渣。在某个阶段，波总是喜欢将所有的锅碗瓢盆都从橱柜的底层搬出来，所以你必须小心，不踩到任何东西。我找出一只玻璃杯，拿到水龙头下洗干净，然后倒了一杯冰水拿出去。杯子里之前装过牛奶，干掉以后在杯底留下了一个白圈，我希望卡林顿小姐不会注意。

她和卢克在说话。卢克仍然抱着波，波则在吸自己的大拇指，另一只手里还攥着一只晾衣服的夹子。晾衣夹戳到了她的脸，不过她似乎没有注意到。她眯着眼睛看卡林顿小姐,但卡林顿小姐正专心地听卢克说话。他问了她一个问题,跟克里斯托弗森医生有关。

"我看不是这样,"卡林顿小姐说,"我怀疑他也做不了什么,说实在的。我想可能只是时间问题。我只是觉得我们应该保持联系。你知道,为了监督进展……"

她看到我端着一杯水出来,就冲我微笑。"谢谢你,凯特,我正口渴着呢。"

"果汁。"波说着伸手去够杯子。

"你能抱她吗,凯特?"卢克说,"你能给她弄杯喝的,切片面包什么的吗?她中午没怎么吃饭。"

他将波递给我,我被她的重量压得晃了一下。波掏出指头,冲我咧嘴笑。"凯蒂凯蒂凯特。"她说着把手里的晾衣夹展示给我看。

我抱着波进了屋子,给她倒了一杯果汁。接着从面包箱里拿出一条面包,切了一片给她。

"吃些面包吧,波。"

她拿着面包疑惑地打量。我走到窗口,卢克和卡林顿小姐还在谈话。时间已过四点,但马特还没回来。每次只要校车迟到,我就会想象是出了事——又一辆伐木工程车,校车侧翻在地,四处都是尸体,马特死了。但是,他突然出现了,正沿着车道往下走,将书本夹在腋下。他看见了卢克和卡林顿小姐,于是朝他们走去。我看到卡林顿小姐转身冲他微笑,等着他走上前来。她站在他们旁边看上去很奇怪。难以相信她曾是他们的老师,他们两个都比她高大许多,尤其是卢克,而且她看上去并不比他们大多少。

卡林顿小姐对马特说了句什么,马特点点头。她说话的时候,他看着她的脸,然后低头看向地面。他将书本换到另一边腋下,头低着慢慢地点了点。卡林顿小姐用双手轻轻地打了个手势,他看着她,露出一个浅浅的微笑。马特的脸是我的宇宙中最熟悉的事物,他的微笑中有一丝不安,那让我怀疑他们在谈论的对象是我。他们在说什么呢?我在班上做了什么错事吗?我的胃吓得收缩起来。卡林顿小姐轻声责备过我几次,说我不专心。是因为那吗?卢克不会在乎——他自己也从来做不到专心听讲。但是马特……我不害怕他对我发火,可我非常害怕惹他失望,或者达不到他希望我应有的聪明程度。

卡林顿小姐又说了些什么,他们两个都看着他,然后都做出了回答,于是她笑着转身,走上车道离开了。马特和卢克朝房子走来,都低着头,他们在交谈。

"总之,我得去商店了,本来就迟到了,"卢克进门时说,"你能把尿布晾一下吗?我晾到一半,她就来了。"

"好,没问题。"马特将书本丢在桌子上,冲我和波笑笑。"嗨,女士们,"他说,"今天过得怎么样?"

波从面包上撕了一大块,正往嘴里塞。接着,她的下巴开始上下移动,忙着咀嚼食物,不过她还是冲马特露出了一个灿烂的微笑,还拿着一块面包皮朝他招手。

"我走了。"卢克说着从窗台拿起车钥匙,然后走了出去,门在他身后发出砰的一声。

马特靠在门框上,审视屋子里的烂摊子。一分钟后他说:"我来告诉你们问题出在哪儿,女士们。问题在于,波制造混乱的能力比卢克清理的能力要强。简单来说,那就是问题所在。"

他说得像是在讲笑话,但这种混乱的景象的确让他感到困扰。我想他是把这场景当成了一个象征,屋子里的烂摊子反映了我们生活的混乱。这加深了他的恐惧,让他觉得卢克的宏大计划不可能行得通。卢克却不这么看。在他看来,烂摊子就是烂摊子,那又怎么样?

但在那一刻,我不关心他们任何一个的想法。

我说:"卡林顿小姐有什么事?"

"哦,她只是想看看我们过得怎么样。你知道,就和每个人一样。她能来这儿一趟真是非常好心，不是吗？"

他开始收拾茶碟，用手擦掉底部的污物，然后将它们摞在一起。

"她说起我了吗？"

"当然，她说了我们所有人。"

"是的，但特别是我？她说我什么？"

我的嘴唇在发抖。我想把嘴唇抿住，但它们还是在发抖。马特认真地看着我，将茶碟放在案台，然后朝我走了过来——绕过了正用脚趾把面包屑踩成糊糊的波——责备地拉了一下我的辫子。

"嘿，你在难过什么？她没说你任何不好。"

"但是呢？"

他强压着声音叹了口气，与其余的所有事情相比，我最害怕的是，我在加重他的疲累，让他变得更不开心。

"她说你有时候太安静了，凯蒂。就说了这些，好吗？那不是什么坏事。安静没有任何错处。实际上是好事。我喜欢安静的女人。"他冲波皱皱眉头，"你在听吗，波？我喜欢安静的女人。吵闹的女人能把你逼疯。"

夜里我躺在床上，聆听飞过屋顶的雪雁的鸣叫。它们日夜不停地往南飞,成千上万只一起,排成参差不齐的V字形,飞过天空,并用它们刺耳、悲伤的叫声催促彼此。把冬天留给我们。

*

我想差不多就是在那个时候,校园里发生了一场打斗。校园里经常有打斗,男孩毕竟是男孩,但这一次比以往更加凶残。

地点在被男孩们当成棒球场的沙地外面,学校周围用作界墙的绿化带里。如果是在露天场地,卡林顿小姐很快就会发现,进而加以阻止。发生在绿化带树丛中,消息就传得很慢。男孩们当时在打棒球,有几个注意到树丛里的动静,悄悄溜过去查看。年纪大些的女孩们原本簇拥在校园的角落里,她们发现了他们的行动,于是停止讲话,站在那里往树丛中看。接着发现的是年纪小些的女孩们,她们正在台阶下面一块铺砌过的小场地上胡言乱语。最后是卡林顿小姐,她坐在台阶上批改拼写作业,突然间意识到四周静得不正常。

她站起身往树丛里观望了片刻,然后迅速朝那里走去。

一个男孩跑了出来。我们看见他在挥手示意，卡林顿小姐于是跑了起来，长裙剧烈摆动。接着她消失在树丛中，我们都站在那里等待，不知道发生了什么事。

接着卡林顿小姐出来了，大步朝学校走去，跟在他身后的两个男孩半抬半拖地拉着第三个男孩。那第三个男孩浑身是血。他的鼻子、嘴巴、耳朵都在流血，血水流下他的脖子，沾湿了他的衬衫。卡林顿小姐从我们身旁大步走过，脸色煞白。她对男孩们说"把他带进来"，然后就进了学校。受伤的亚历克斯·柯比是个农家子弟，完全是个恶霸。

其余的男孩们也跟了过来，不住地回头张望后面那个落队的人，那个男孩步伐僵硬，走得非常缓慢，身上也有血。大家的表情都有轻微的敬畏，以及轻微的惊讶。落队的是劳里·派伊。

剩下的男孩和女孩们一起围在台阶周围。劳里在稍远处停下了脚步。我看着他。我当时一直站在墙边，看其他的女孩们跳绳。（那一年我在学校里只旁观。罗茜·派伊之前也一直站在墙边——罗茜一直都只会旁观，但孤绝并未将我们连接在一起。）

劳里的鼻子在流血，右手的指关节裂开了。他在那里站了一两分钟，面无表情地看着台阶周围的人群。罗茜看着他，脸上和他一样毫无表情，但他没注意到罗茜。

接着他一定注意到了他的那只手，因为他在看着它，因此也就看到了他的衬衫，实际上已经快从他身上掉下来了。衣服侧缝下面和背后的一部分已经被撕掉了。他把垂落的部分拿起来，轻轻翻过来，仔细检查损坏情况，我看见了他的后背和侧身，他的肋骨像搓衣板一般。他的背上有一些痕迹，小小的弯曲的痕迹，像小小的马蹄。有些是蓝红色的，在皮肤上显得很醒目，有些是白色，已经褪色，变得平滑。他的背上被这样的痕迹盖满了，都是一样的形状，从侧面看像是一个字母U。接着劳里将侧缝的边缘拼在一起，将衬衫塞进牛仔裤，没有用右手，所以动作十分笨拙，然后你就看不见那些痕迹了。

他刚刚塞完，卡林顿小姐就出来了。她站在门口看着他，然后似乎意识到了我们其余人的存在。"解散，"她对我们说，"你们都可以回家了。亚历克斯没事——医生就要来了。你们都可以回家了。"

接着她的目光越过我们，再度落在劳里身上。她看起来很担心。我想劳里以前从没打过架。他不被其他的男孩们喜欢，可他们会避开他，而非把他单独挑出来。如我所说，他的眼神中有某种东西。

卡林顿小姐说:"劳里，你进来，我想和你谈谈。"

劳里转身离开了。

我不知道那次打斗是为了什么，但我敢肯定是亚历克斯·柯比挑起的。他的鼻子断了，左耳被撕掉了一块。第二天他回到学校，耳朵被可怕的黑色缝线缝了回去。

劳里没有再回来。

至于我所看见的东西——好吧，我不知道那些小小的马蹄是什么。它们没有意义，并不重要。就算我当时知道派伊家的农场那年秋天发生了什么，我也怀疑我是否有能力根据事实做出推断。那一年，我能理解的事很少。

所以我没有再提那些痕迹。当然，就算我提了，我也不知道是否会带来任何改变。

十二

亲爱的安妮姑姑：

你好吗？我希望你一切安好。我们都好。波很好。卡林顿小姐来过，米切尔太太宋（送）来了炖菜，斯塔诺维奇太太宋（送）来了派。[1]

爱你的

凯特

10月11日，周日

---

[1] 凯特信中常有拼写错误。

亲爱的安妮姑姑:

你好吗？我希望你一切安好。我们都好。斯塔诺维奇太太宋（送）来了一只鸡，塔德沃斯太太宋（送）来了火腿。

爱你的
凯特
10月18日，周日

我现在还保存着那些信件。安妮姑姑一年前死于癌症，她死后威廉叔叔将它们寄给了我。我很感动她竟然都还保存着，尤其是考虑到它们实在都缺乏风格和内容。有整整一箱，时间持续了好几年，我读了最早的那些，天哪，里面简直什么都没写。但在再次阅读的过程中，我试着想象安妮姑姑当时阅读的模样，脑海中浮现出她展开那些皱巴巴的小纸片的画面，她调整好眼镜，仔细辨认我潦草的字迹，我意识到如果她当时认真阅读的话——她应该读得很认真——那她应该能从字里行间获得一些安慰。

首先，她会知道我们没有挨饿，我们没有被社区的人遗忘。她会知道我的状态足够好，能坐下来写信，卢克和马特把一切都处理得足够好，所以我才有时间。事实上，

我总是在周日写信,这说明我们有固定的时间表,安妮姑姑是个非常重视日常程序的人。信中时不时地还会写一点真正的新闻,比如:

亲爱的安妮姑姑:

你好吗?我希望你一切安好。我们都好。波很好。特特尔先生从学校屋顶上衰(摔)下来,衰(摔)断了一条腿,烟匆(囱)里面有只四(死)乌鸦,他扒(爬)上去打扫。斯塔诺维奇太太来过,她宋(送)来了大米布丁,她说卡林顿小姐说劳里必须回学校,派伊先生很粗卢(鲁)。卢卡斯太太来过,宋(送)了泡菜和豆子。昨天晚上下雪了。

爱你的

凯特

11月15日,周日

说到那些食物,我不知道教会里的女人们是不是排了一个轮班表,还是说完全出于个人良心,但是每隔几天,就会有人送来一道主食。有时候是早晨放在家门口,有时候会有一辆农场卡车从车道上开过来,从里面钻出十二位农民妻子中的一位，腋下夹着一锅炖菜。"给你，亲爱的，我只是顺道路过。放到炉子上加热二十分钟，应该够吃两顿的。大家都怎么样？我的天哪，看看波！她长得真快！"

她们不会停留太久。我想她们是不知道该怎么和卢克打交道。如果卢克是个女孩，或者年纪再小一些，或者处理一切事物时表现得别那么坚决，那她们可能会坐下来聊一聊，提供许多有用的建议。但卢克就是卢克，所以她们会将食物递过来，巧妙地不去注意家里的混乱场景，然后直接离开。

说到这些举止得体的太太，有一位是例外。斯塔诺维奇太太每周至少会来两次，她会开着丈夫的那辆破旧卡车过来，艰难地从方向盘后爬下车，气喘吁吁地走上前门口的台阶，一边腋下夹着一个容量为一蒲式耳的篮子，里面装满了玉米，最上面搭着两条面包，另一边腋下则夹着一袋土豆。她会站在混乱的厨房中，双腿叉得老开，开襟毛衫下的丰满胸膛激动地起伏，她的头发都梳到脑后，打成一个圆发髻，就好像她知道耶稣不在意她的外表一般。她环顾四周，下巴悲伤得直发抖。

她并没有对卢克说过任何事，她足够敏感，但她的脸代替她说了。如果她看到波或者我，那么她的悲伤便会奔涌和倾泻出来。

"我亲爱的,我的甜心,"她将我拉到胸口,她只拉我,经过第一次尝试后,她就明白过来,不想再让波窒息。"我们必须试着接受慈爱天主的意志,但有时候会很难,要从中看到理性很难,要看到意义很难。"

有时候我觉得我从她的声音里听出了怒意,就好像她实际上并不是在对我说话,而是在对某个不在视野范围内,却能听见我们声音的人说话。她那些话是说给我的,但她实际上是希望主能听见。她对他很生气。她认为他带走我们的父母,尤其是我们的母亲(我想她真的很爱我的母亲),是犯了一个相当可耻的判断失误罪。

"她们会送多久?"马特问,"送到永远吗?一周又一周,送上三十年吗?"

卢克看着案台上那块切了一半的火腿,是塔德沃斯家的猪肉火腿。"你必须承认,"他若有所思地说,"这火腿的味道非常好。"

我们刚吃完晚饭,他将波抱上床了。我正坐在厨房餐桌旁,表面看来是在学习拼写。

"那不是问题所在,不是吗?"马特说,"问题在于,我们不能再接受这些食物了。"

"为什么？"

"拜托，卢克！我们不可能一辈子都靠别人的接济来生活！你不能指望别人来照顾我们。他们有自己的家庭。你知道这里的人都不富裕。"

"他们也不穷。"卢克说。

"上周的梭子鱼是谁送的？你告诉我，祖马克家还不穷吗？"

"他们就是鱼多，"卢克说，"尤其是梭子鱼。"

"多余的是用来卖的，卢克。他们会把多余的鱼拿去卖掉，因为他们需要钱！"

"是的，那我该说什么？嘿，吉姆，谢谢你，伙计，但是我不能收，因为你们很穷？看在上帝的分儿上，他是来聊天的，先前一直在钓鱼，所以就给了我一条！你说得好像这种情况会持续到永远！等我们自己理清头绪就够了。等我们找到合适的工作，然后她们就不会送了，因为她们会明白，到时我们就不再需要了。"

"是的，但要等到什么时候？这份合适的工作什么时候出现？"

"会找到的。"卢克平静地说。

"好吧，我很高兴你有那份信心，卢克。光有信心就够了。"

卢克说："你就是喜欢担心，不是吗？你总是喜欢担心。"

马特叹口气，将书包里的东西掏出来放到桌子上。

"她们喜欢给我们送东西，"卢克仍抓着这一点，"那让她们觉得自己很神圣。反正道谢的人又不是你。你白天都在学校。女士们一个接一个地站在门口，必须思考该说什么的人是我，那些话都已经说了几百万次。有时候，一整天里，女士们会络绎不绝地上门来。"

马特看着他。你看得出来，他的大脑在思考着什么事情。他在桌边坐下来，坐在我的旁边，从带回家的书本里抽出一本。一般的安排是，我坐在他对面学习拼写，他做家庭作业的空隙对我进行测试。如果我的表现令他满意（或者更有可能出现的情况是，他自己放弃希望），他就会允许我坐到他旁边，在他做作业时画画。

但是现在，他没有直接开始做作业。他拉开文具袋的拉链，将里面的东西倒在桌子上，然后用眼角余光看着我，对我大声耳语道："你觉得卢克好看吗，凯特？诚实告诉我。我需要女人的意见。"

他是在逗笑，我很高兴，因为这意味着，他已经放弃争吵。我讨厌他们吵架。

卢克轻蔑地哼了一声。他将从盘子里刮下来的食物残渣倒进垃圾桶。他并没有经常倒垃圾桶，所以闻着已经有臭味。他只做最基本的家务活儿。所有蔬菜都放进一个锅里煮，然后重重地摔在我们的盘子里，堆得老高，以节省清洗时间。衣服只在达到了卢克定义的脏的标准时才会被清洗。我在学校里的午餐包括一个苹果，以及中间夹一大片奶酪的两片面包。但我不记得他有忘记给我做午饭的时候，此外如果仔细寻找，你总能找到衣服穿。重要的东西我们从没缺过。

"我是说，他说得对。"马特依然在大声耳语，"这么多女人上门来，一定是有某种原因。你说，难道不是因为卢克这个人吗？难道不是因为他漂亮的身材吗？"

卢克重重地捶了他一拳。从前，在一切正常的时候，他经常捶马特——事实上，只要他无法对付马特的损话，就会捶他。但他不是因为发怒，他们很少打架，可一旦打起来就很吓人，但这并不是打架。这只不过是卢克在用自己的方式说：当心了，小弟，不然我就要灭了你。马特从不还手，他也是在用自己的方式说：还手有失身份。他只会揉一揉被捶打的部位，然后继续做自己的事。

"整个白天，你瞧瞧，性感美女排着队地上门来。卢卡斯太太，塔德沃斯太太，斯塔诺维奇太太，全都在门口排队，舌头挂在外面，气喘吁吁，摇头摆尾。"

"你滚。"卢克说着开始随意地清洗碗碟。马特的椅子就在他背后，所以他们背对着背。

"别学他说话，好吗?"马特继续耳语，"只有不善言谈的人才会那样说话，每当看到自己站不住脚的时候，他们就会诉诸身体暴力。"

"是啊，对，他们又准备诉诸暴力了。"卢克说，"随时都有可能。"

我咯咯笑了起来，我已经很久没有咯咯笑了。马特看上去一本正经的样子。

"问题在于，"他皱着眉严肃地看着我，"有谣言说，有几个女人实在是无法抗拒卢克的魅力。特别是一个红头发的女人，我知道她的名字但我不能说。她们被迷得神魂颠倒，根本不想让他一个人待着。我觉得很疯狂，但我毕竟是个男人。你是女人，你觉得呢? 你觉得卢克迷人吗?"

"马特，"卢克说道，"闭嘴吧!"

他的双手还泡在水槽里，但已经停止清洗的动作，站在那里没动。

"我真的想知道,"马特说,"你觉得呢?你觉得他迷人吗?"

"不。"我仍在咯咯笑。

"马特!"卢克低声叫他。

"我也和你一样。那为什么会有个红头发……哎呀!嘿!你怎么回事儿啊?"

马特在椅子上转过身,紧紧地握住自己一侧的肩膀。卢克的拳头差点儿把他砸倒。卢克没有笑,他站在那里,双手垂在两侧,正往下滴洗碗水。

马特看着他,一分钟后,卢克严肃地说:"我让你闭嘴。"

我现在明白了。许多年后我才拼凑出真相。发生了一些事情,马特并不知道,因此卢克听到萨莉·麦克莱恩的话题就很生气,而且完全不觉得这是在开玩笑。

事情发生在上周六的下午,马特去派伊家的农场工作去了。秋季的耕作早已结束,但还有篱笆需要修理,卡尔文·派伊还想给一个棚屋的地面浇上混凝土,所以马特出门去了,家里只有卢克、波和我——我们在门外劈柴。

之前的几周断断续续地下过雪,虽然地上没有积雪,但冬天已经在路上。空气中的那份宁静是你在其他任何季节都不可能感受到的。湖面也很平静。岸边结了一圈冰，像是薄薄的一层花边，里面还掺着沙子。下午有时候冰会融化，不过到了第二天早上总是又结了出来，而且每一天都在加厚。

所以劈柴就成了第一要务，那天下午我们一直在柴堆里忙碌。卢克负责劈，我负责收集引火柴，波则忙着把卢克堆起来的东西拿开，往别处放。时间很晚了，大概已经过了四点钟，天开始黑了。我走进树林里，到一棵被风吹倒的老树上折取更多的树枝，以便折断后用作引火柴，我拖着几根树枝回来，看到萨莉·麦克莱恩正靠在柴堆上跟卢克说话。

她穿着一件暗绿色的厚针织毛衣，那颜色把她的皮肤衬得比平时更白，头发则显得更红。她画了一圈黑色眼影，那让她的眼睛看起来很大。她一边和卢克说话，一边不停地摆弄她的头发，将它们缠在手指上。她时不时地还挑起一绺放进嘴里，用嘴唇将它们拉直。

卢克在摆弄斧头玩，先是握着手柄，将其头朝下扔在地上，然后给它转向，让它重新直立起来，用大拇指摩擦斧刃，仿佛在测试它的锋利程度。接着他又把它丢在地上，若有所思地上上下下地锤击它。

萨莉一直在说话，看到我回来就停下了话头。有那么一瞬间，她看起来像是被激怒了，不过接着就恢复了镇定，冲我微笑。她转身对卢克说："你的两个妹妹都好可爱。你对她们真好，你知道吗，每个人都这么说。"

"是吗？"卢克说着无意识地看向波。波在离柴堆十英尺的地方，搭了一个自己的柴堆。她将木头一块叠一块地码起来，一直忙个不停，但木块总是滚落。你看得出来，她已经开始生气了，她说："那个，还有那个，还有那个。"她说"那个"的音量一声比一声高。

"是的，"萨莉说，"每个人都觉得很了不起。你做的每一件事都是为了她们，不是吗？"

"我想是大多数事情吧。"卢克说话间依然看着波。

萨莉也看了波一会儿，她的脑袋歪向一侧，嘴巴弯出一个微笑。那微笑中有种奇怪的东西。她仿佛是在对着镜子试衣服，比如试一条连衣裙。

萨莉依然笑着说："她真可爱，不是吗？"

"你说波？"卢克觉得她一定是在说别的某个人。

"那个。"波严厉地说，她把一块和她差不多大的木柴丢在她自己搭的柴堆上，整个柴堆都塌了下来。

"坏棍子！"波喊了起来，"坏坏棍子！"

"过来，"卢克说着将斧头靠在柴堆上，朝波走了过去，"要像这样码，知道吗？把大的放在两头，小的放在中间，像这样。"

波把大拇指伸进嘴里，靠在卢克的腿上。

"你也会帮她们洗澡吗？"萨莉问。她垂下眉眼，害羞地看着卢克。

"有时是我，有时是马特，"卢克说，"你累了吗，波？你想睡一会儿吗？"

波点点头。

卢克环顾四周，看见我拖着树枝回来了。他说："把她抱进屋里去好吗，凯特？波，你跟凯特进去。我把这儿收拾完。"

波冲我跺脚，我们于是一起进了屋子。我等着听斧头重重劈下的声音，但什么都没听见。我们走到门口后，我转身回头看，卢克还站在那里跟萨莉说话。

波和我走进门，我给她脱了外套。你必须用拔的才能把她的大拇指拔出来，这动作弄出了啵的一声，把波给逗笑了，不过她马上又把拇指塞了回去。

"你想喝点儿什么吗？"我问。

波摇头。

"你想要我给你读会儿故事吗?"

波点头。

她领着我回到我们的卧室。我在一直无人收拾的衣服堆里腾出一个地方,然后在地板上挨着她的婴儿床坐下来,开始朗读《三只叫格鲁夫的公山羊》,不过不等我读到它们踢踢踏踏地过桥,她就睡着了。我停止朗读,继续翻动书页,看里面的图画。但是我已经看过太多次了,于是我就合起书,重新穿上外套,走出门外。

卢克和萨莉消失了。我回到柴堆那里找他们,斧子还在原地,周围的土地因为年复一年地吸收锯末已变得非常松软,我的脚步没有发出一点儿声音。天就要黑了,寒冷随着夜色悄然渗入。马特以前给我讲过,寒冷只是因为热量的丧失,但感觉并不是这样。寒冷给人感觉是真实存在的。它鬼鬼祟祟的,像一个贼。你必须把衣服裹得紧紧的,不然它就会偷走你的热量,等所有的热量都不见后,你就只剩一个躯壳,像死去的甲虫一般变空变脆。

我绕过柴堆的后面,想着如果萨莉已经走了,那卢克应该是去棚屋里取东西了,然后我就看到了他们。萨莉靠在一棵树上,卢克站在她面前,离她非常近。树林里很黑,所以我几乎看不清他们的脸。但我分辨得出,萨莉在笑——我能看见她的牙齿。

卢克的双臂将她围在中间，他的双手撑在树干上，但在我看见他们的时候，她牵起卢克的一只手腕，然后握住了他的手。她惊叫了一声——他的手一定很冰——然后用双手帮他揉了一会儿。接着她又对他微笑，牵着他的手伸进自己的毛衣，然后拉着它往上滑。我看见她裸露的皮肤在闪光，她像是喘了口气，接着笑了起来，将他的手继续往上推。

卢克非常安静地站在那里。在我看来，他甚至没有呼吸。他低着头，我的印象是他闭着眼睛。他将那样的姿态维持了大约一分钟，萨莉睁大眼睛看着他。接着他慢慢地抽出了手。有一分钟的时间，他身体的任何部分都没有再动，他就那样停在那里，脑袋低垂，一只手臂撑着树干。接着——问题在于，即便是在那样的光线中，我也看得出来他费了很大的劲，好像有一股巨大的磁力在将他吸向萨莉，他用尽他所拥有的每一丝力气来抵挡——他将自己推开了。

我看见他用了很大的劲。当然，那对当时的我并不具有任何意义，但后来，当我懂事以后，我再次回想起来，发现自己清楚地记得当时的场景。那只刚刚触摸过她胸部的手垂在他的身侧，像是丧失了能力一般，他的力气全都用在另一只手臂上。那只手臂撑在粗糙、黑暗的树皮上，用力一推。

接着他就站直了身体，无须任何支撑，双臂垂在两侧。他看着萨莉，但什么也没说，只是转身离开了。

那就是我所看到的全部，是马特并不知晓的一幕。因此卢克才会觉得马特的嘲弄一点儿也不好笑。萨莉·麦克莱恩不是随便哪个普通的女孩，她是他雇主的女儿，卢克害怕了。他害怕一旦萨莉觉得自己受到了冒犯，一旦她觉得自己是个被人轻视的女人，她肯定会让他丢了工作。

第三部分

十三

我不理解人。我这么说不是因为傲慢——我并不是想说，因为人们的做法和我不一样，所以他们就令人费解。我想说的是一句事实陈述。我知道没有人能宣称真正地了解任何其他人，但那只是程度的问题。许多人对我来说都是一个彻头彻尾的谜。我根本不能理解他们的思维运转过程。我想这是我的一个缺陷。

丹尼尔有一次委婉地对我说："'共情'这个词对你有什么意义吗，凯特？"

我们当时正在讨论一个同事，他的一项研究完成得极不专业。他其实并没有篡改数据，应该说他是在报告中进行了"选择性筛选"。那种行为对于系院的名誉没有任何好处，因此第二年他没有拿到续签合同。我认为这个结局完全合理。我敢肯定，丹尼尔的看法也是一样，但他似乎不愿意承认，这惹怒了我。

"我不是要为他辩解，"他说，"我只是想说，你可以理解他所受到的诱惑。"

我说我不能理解，为什么会有人用明知是欺诈的方式来争取荣誉。

丹尼尔说："是这样，他一直苦干了许多年，他知道在同一领域也有其他人在努力钻研，而且有可能抢先成功，他可以肯定的是，不管怎样，他最终都会被证实是正确的……"

我说如果你问我的话，这真是一个相当卑鄙的借口。丹尼尔停顿片刻问道："'共情'这个词对你有什么意义吗，凯特？"

那是我们第一次吵架。只不过我们没有吵，而是各退一步，礼貌地疏远了几天。

在某些方面，丹尼尔是天真的。他一生中从来不需要争取任何东西，这造就了他随和的个性。他对自己也好，对他人也好，要求都不高。他慷慨、公平且宽容，这些都是我所佩服的特质，但有时候我觉得他表现得过了头。有时候他为人们找的借口几乎让你觉得，这些人甚至不用为自己负责。我相信自由意志。我不否认基因和环境的影响，哪个生物学家能否认？我明白，我们做的许多事都是生物程序使然。但在这些限制性因素中，我相信我们是有选择的。我们被命运裹挟了，无法抵抗或改变方向，这样的说法在我听来是一种值得怀疑的借口。

不过我这属于离题。我想说的是，我当时就认为丹尼尔那句有关"共情"的评价非常不公平，但让人恼火的是，每当有人做出某种真正荒诞的行为，我就会想起他的话。二月里，当家庭往事重新被提起，我再一次想起卢克和萨莉时，我发现我在试着想象，许多年以前，萨莉知不知道自己在做什么。她当时的脑海中在想什么呢？怎么会有女孩想和卢克这样负担深重的人扯上关系？

我能想到的唯一解释就是，她没有真正地意识到卢克的处境。我想她非常性感，但不特别聪明，因此她比一般人更容易受荷尔蒙的支配，而卢克的处境中有某种东西吸引了她。照顾两个小妹的大哥——这种身份让她感受到某种禁忌的性兴奋吗？或者理由更纯洁一些，萨莉看到我们，也许就像看到一幅美好的图画，于是也想把自己画进来？英俊的男孩，漂亮的女孩，两个现成的孩子——也许在内心深处,萨莉·麦克莱恩是在玩过家家?但当时卢克转过头,破坏了游戏。

我能想象她对父母编的故事。她肯定是个讲故事的好手。她应该是那天晚上在回家的路上现编的,等到家时她编得连自己也相信了。她应该是冲进了商店后面的小客厅,她的头发蓬乱,脸颊因为自尊受挫而烧得通红,但她假装是因为悲伤。她的父母应该惊恐地抬起头望着她,她也望着他们,一两秒钟后就抽泣起来。

她应该是用嘶哑的声音叫了几声"爸爸……爸爸……",可怜的老麦克莱恩先生一向沉默寡言,他好不容易组织好语言,说:"怎么了,宝贝?"(或者他也可能叫的是"甜心"。)"出什么事了?"

萨莉会抽泣着说:"爸爸,你知道卢克……"

"卢克?知道啊。他怎么了?"

"他……他想……"

你自己就能想象出来,不是吗?

他们有可能并不相信她——不管他们有多么爱她,但他们一定对自己的女儿有所了解。但那不会有任何影响。他们肯定知道,如果萨莉不喜欢卢克,那他们就不能继续雇用他。

他们没有立即解雇他。他们一定挣扎了一周左右，其间萨莉一直在背地里发火，而卢克却心存希望。我想象不出他们最后是怎么告诉他的，他们夫妇二人即使在最好的情况下也总是不知该说什么。最后可能是卢克帮他们解了难。或许是有一天打烊时，麦克莱恩先生清了五六次嗓子，才终于开口："呃，卢克……"

卢克等了一分钟，仍抱着一线希望，事情不会如他设想的那般发展。接着麦克莱恩先生却依旧沉默不言，直至卢克终于明白，就是他想的那样，所以可能是他开了口："好的，行，我知道了。"

麦克莱恩先生可能面带愧色。他可能小声说了一句："对不起，卢克。"

但也可能我低估了父母之爱的盲目程度，或许他们的确相信萨莉，于是很厌恶卢克，感觉他用最卑鄙的方式背叛了他们的善意。

但我对此持怀疑态度。我们依然会去他们的商店买东西，我每次走进去他们还是会对我露出灿烂的笑容，等我回到家里，我总是会发现，购物袋里不知怎么多了几个东西，两个黑巧克力球、一块甘草糖，都是他们知道我们买不起的各种小零食。

*

正如我所说，是在二月收到马特儿子生日派对的请柬后，我才开始重新思考这些往事的。一般情况下，每当我要回家探亲时，记忆都会漂进我的脑海，但这一次它们是以真正的洪水的面貌涌进来的。我猜部分原因是西蒙年满十八岁对我产生了重大影响。不过我敢肯定，还有部分是因为丹尼尔的"问题"。

丹尼尔的确看见了那张邀请函，他还读了。他知道如果我选择带上他，那么他也能在受邀之列。

我是慢慢地才意识到的，不过请柬送达的那天下午我们在看展时，我收到了第一个严肃的暗示。展览的名称激动人心，叫作"古往今来的显微镜"，不出所料，我们是现场仅有的观众。展出实际上并不像听起来那么糟糕，展品有1600年左右的小跳蚤镜，还有一台为乔治三世国王制作的虽壮观但完全无用的仪器，放在桌子上太高，放在地上又太矮，怎么都不方便使用。除那以外，如丹尼尔所说，这台仪器在各方面都堪称完美，符合国王的身份。

不过，我之所以知道丹尼尔有心事，是因为一些更加结实的仪器，它们被陈列出来，可供观众自由摆弄，但他动都没动一下。丹尼尔，一个完全闲不住的人，一个微生物学家。他站在那些仪器面前，一台接一台若有所思地打量，却几乎连碰都没碰它们。接着他在一张百年历史的显微照片面前驻足，照片拍摄的是维多利亚时代一只普通家蝇的吸管，但他观察了很久时间，甚至长到让人觉得荒谬。接着他看一眼手表，说该进城跟他的父母碰头用餐了。

一般而言，我很高兴能时不时地与克兰教授夫妇见见面。要想一整晚都待在他们身边，我的心理素质必须相当过硬，但我们第一次见面时，他们就毫无保留地接纳了我，考虑到我们背景的差异，那让我深受感动，也让我对他们有了一份偏爱。刚开始的时候，我觉得他们在餐桌上的争吵让人很有压力，但我认为那是因为我期待他们中的某一方能赢。当意识到他们是多么势均力敌后，我就稍稍放松了一些。直到现在，有时我依然会被他们中的某一方拉过去助攻，甚至会同时被他们两个当作后备，不过我正在学习应对方法。

但那天晚上，他们夫妇二人都很容易动怒。我很难集中精神听取他们的发言，因为我的注意力完全在心不在焉的丹尼尔身上，整个晚上，我感觉我的心理紧张程度一直在飙升，就像气压表里的水银柱。用餐的地方是他们最爱的餐厅之一，地方小，价格贵，而且不通风，或者说那天晚上好像没有风。丹尼尔的母亲一晚上大部分时间都在回忆丹尼尔小时候，这在以前是前所未有的，我生平第一次感觉到，父母不在人世原来也是有好处的。

"凯瑟琳，他小时候是最安静的。从还在穿尿布的时候，你就能带着他去任何地方，他用尿布的时间非常长，尽管如此，你还是可以把他放在鸡尾酒会的中央，放在美术馆、大讲堂……"

"有这样的事儿吗？"丹尼尔的父亲听上去来了兴致，"我不记得在大讲堂里见过穿尿布的丹尼尔。说起来，也没在鸡尾酒会上见过。"

"你当然不记得了，雨果。很明显，你只记得你第一时间的印象。你的心思在更高的东西上，亲爱的。你在精神层面上很少'与我们同在'。肉体层面毫无疑问，精神上就不然了。我们有许多娱乐活动，凯瑟琳，全体教职工聚会或者晚餐什么的，为欢迎客座教授的到来，你知道那类活动，所以丹尼尔当然早就习惯了见陌生人。他会穿着睡衣裤走进客厅，跟客人们说晚安，但是一小时过后，你会突然发现他还在那里，瞪大眼睛听着大家谈论各种话题，政治、艺术、人类学……"

"还有天体物理学，"丹尼尔的父亲说道，他的语气单调乏味，像是在朗读一份名录，"经济学——尤其是凯恩斯理论，听得异常认真；哲学——他两岁时一周里要吸收三位哲学家的理论。你当时被笛卡尔的作品深深地打动了，对不对，丹尼尔？"

丹尼尔正全神贯注地阅读菜单，片刻之后，他察觉到席间的沉默，于是抬起头来："什么？"

"我说，你两岁的时候被笛卡尔的作品深深打动了，是这样没错吧？"

"哦，"丹尼尔点点头说，"对，确实是被深深打动了。"他继续看菜单。

"他小时候让人非常有成就感，"他的母亲继续平稳地说道，"不过他在那么小的年纪就接触到那么多的思想和观点，他当然也从中受了益。那毫无疑问是一个巨大的优势。绝大多数孩子都缺少激励，这导致了严重后果。大脑跟任何其他肌肉一样，越用越发达，不用就萎缩。"

丹尼尔听到了这句话。"我只补充一个小细节，"他放下菜单，温和地说，"大脑不是一块肌肉，比那要稍微复杂一些。我想我要点牛肉。"他环顾四周，找来一名服务员。

"胡椒酱辣吗？我是说，是胡椒多，还是偏奶油质地？"

"我想是偏奶油质地，"服务员犹疑地说，"我不确定。"

"那我就冒个险，再加一份烤土豆，还有胡萝卜。"

"尤其是当我们出国的时候，凯瑟琳。尤其是当我们在英国的时候。还有在罗马的时候！丹尼尔当时六岁，是六岁吧？或许七岁。总之，我们在罗马待了一个月，他的意大利语变得比我还好。"

我说："我不知道你会说意大利语，丹尼尔。"

"我不会，"丹尼尔说，"服务员等着点单呢。各位想要什么？"

"而且话说回来，他母亲也不会。"他的父亲说道。

"鸡肉。"他的母亲说完冲服务员笑一笑，那位服务员明显畏缩了一下。"不要土豆。要沙拉——请确保它非常新鲜，不要沙拉酱。喝的要矿泉水，不加柠檬，不加冰。"

服务员点点头，快速地记下来。我发现我开始想象丹尼尔的母亲身处乌鸦湖的场景。那不可能。我试着想象她走进麦克莱恩家的商店买土豆或是厕纸，但我完全想象不出来。我试着想象将她介绍给斯塔诺维奇太太的场景，却发现我根本无法让她们两个在我的脑海里同时出现。如果我试着将丹尼尔的母亲放进去，那么就连卡林顿小姐的身影都会不安地溜走。

一时之间，我开始怀疑，我之所以不愿带丹尼尔回家，是不是因为这两个世界之间存在一条鸿沟。我感觉到欣慰，因为这将成为一个简单又巧妙的解释。或许那正是问题所在，这两个世界实在太过不同。但即便想到这一点，我也依然觉得这不是最终的答案。我可能无法想象丹尼尔的母亲在乌鸦湖的样子，但我毫不费力地就能想象丹尼尔在那里的场景。他看起来会格格不入——如果说有天生的城里人，那丹尼尔就是——但没有人会介意。他是最开放，最不会评判人的。

他们全都看着我。"哦，"我说，"抱歉，我选鸡肉。配一份烤土豆和沙拉。"

"牛排，"丹尼尔的父亲说，"熟度要带血。薯条。什么蔬菜都不要。都喝红酒可以吗？"他转头看有没有人反对。"很好，那就来一瓶波尔多。"

丹尼尔的母亲说："你不可能否认，丹尼尔，童年早期的经历对孩子的智力发展非常重要。所以父母的角色才不可或缺。你成人后的生活会是怎样的面貌，答案从童年时代就开始显现了。'三岁看老'，还有很多这一类的俗语。"

丹尼尔慢慢地摇头。我想捕捉他的眼神，想看到他用某个小手势对我暗示，他知道这个夜晚不会顺利，我们会尽量早走，但他根本没往我的方向看。

他的父亲开始对我讲话，弯腰凑过来，靠嘴角的移动小声地说，以免被妻子听见。"我从来都不明白那句俗语想表达什么意思，"他说，"'三岁看老'。你知道吗？"

"我想意思只是说，小时候表现出的性格，在你成年后依然会拥有。类似这种意思吧。"

"哦，所以爱因斯坦从他还在母亲的怀抱里，就已经是爱因斯坦了？"他暂停一下，眯缝起眼睛，试图想象那个画面。"而且丹尼尔从前是丹尼尔，以后也总会变成丹尼尔，不管他的母亲是否带穿尿布的他去参加晚宴？"

"我想有相当多的东西都是预先设定好的。不过我知道环境也会起到一定的作用。"

他点点头。"换句话说，那句俗语的意思和我们这位尊贵博士的想法完全相反。这正是我所期待的，不过能得到一个切实明白自己言论的人的确认，还是更稳妥。"

"我不确定……"我说。

丹尼尔的母亲向我侧过身来。"别理他，凯瑟琳。我不是要否认除父母外还有其他影响因素。比如说，老师也能发挥极其重要的作用。你就是例子。你在那么小的时候就失去了双亲,但你依然取得了这么出色的成绩,很大程度上都是因为你自身的努力,但我想在你成长的道路上,至少有一位极其出色的老师?"

马特的脸浮现在我眼前。我想起我们共度的数千个小时。"是的,"我说,"的确是有。"

丹尼尔的母亲用她修长、美丽的手指将头发顺到脑后。那是一个熟练的胜利手势。"我想她应该出现在你年幼的时候,这么说没错吧?在小学时代,而不是高中?"

丹尼尔又开始研究菜单。如果他露出无聊、厌倦或恼火的表情,我的担忧可能会减轻,但他完全没有。他看上去……心不在焉。仿佛他已和我们解绑,离开了。我艰难地集中思路。"其实是男性。不过的确,是在我八岁之前。不过我一路走来都受到了良好的教导。"

"男人引导小孩子,这可不常见。男人在教育孩子上一般都无可救药。丹尼尔的父亲就是例子。在丹尼尔成为正教授之前,雨果完全都没意识到他的存在。有一天早上,大学寄来一封信,收件人写的是D.A.克兰教授——丹尼尔当时正在搬家,过渡期间暂时将信件寄到我们家——雨果相当严肃地问:'D.A.克兰教授究竟是谁?我们在这所大学都待了二十年了,他们竟然还搞错我们的名字!'我告诉他，他有个儿子，就叫这个名字，他兴奋得不得了，说我们应该邀请他来用餐。谢谢你，服务生。看起来很棒，除了土豆。我说了不要土豆。算了，没关系，可以给我丈夫吃。当然了，凡事都有例外。比如丹尼尔告诉我们，你和妹妹是被一个哥哥带大的？我觉得那实在是令人惊叹。我想脱帽向你母亲致敬。这完全证明了我的观点。她打造了一个这么出色的儿子，那她自己一定也很优秀。"

丹尼尔的父亲眨眨眼睛说："我想，在我今年，或者说这辈子听过的逻辑推论中，你这番话是最令人费解的，可以拿头奖。你听明白了吗，丹尼尔？"

丹尼尔茫然地看着他。"什么？哦，抱歉，没有。我没听清。我在想别的事。"

"好家伙，"他的父亲赞许地说，"喝点儿葡萄酒。"

在回家的路上，我试着告诉自己，一切都是我的想象。我们从餐桌起身的时候，丹尼尔似乎就已经恢复了。仿佛问题在于血液循环不畅，他需要做的只是舒展筋骨。我们向他的父母道别，然后快速穿过冰冷的细雨回到车上。在回家的路上，我们谈论了这顿晚餐，还有服务员，以及这样一个事实，他的父母把遇到的每一个人都吓坏了，但令人难以置信的是，丹尼尔不知为何从未发现。他有一个非凡的童年，他像往常一样讽刺地笑着说，是可以那样形容。我分析了他的这句回答，认为这是他的标准答案。我说能有那样的机会，在幼年时代就能四处旅行的孩子不多，他说的确如此，接着又补充道，能在某个地方一直待着，时间长到能交朋友，或者适应一所学校，那应该也很棒，但事无万全。我说至少他曾见过一些非常有趣的人，他重重地点头。

"你想说什么？"我说。

"没什么。只是，当你还是小孩子时，你对有趣的人是不会感兴趣的。来自父母的关注，哪怕是一星半点，都能让我满足。说什么我在派对上待了几个小时，倾听宾客的谈话？那是因为我想跟我母亲说话，但她一直说：'等一会儿。'不过我这么说的话，好像我的童年很悲惨似的。并不悲惨。孤单，但不悲惨。"

我看着他，于是他笑着看我一眼。"总之，你这一晚上应该受够我家人了。我自己也受够了。"

我说其实我觉得很有趣。他歪一下头，像是在回应一句礼貌的评价。他的姿态中有某种东西……还有他刚刚那句评论的否定语气。我形容不清，只能说他缺乏热情。他并不真诚。仿佛这一切都不重要……仿佛没有一件事是重要的。

这太不像丹尼尔会有的做派了，我当时就确定无疑，他看见那份请柬了。由此也就说明了两件事。首先，我没有邀请他，这件事对他来说非常重要——程度甚至远远超出我的担心。他认为这代表着我在这段关系中的投入程度。事实并非如此，但他是这样认为的，而且他的想法才是关键。其次，我们的关系已经走到了一个转折点，如果选错了方向，我们就会像迷雾中的两艘船一样渐行渐远。我之前并没有真正地意识到会走到这一步。我想我之前一直希望的是不管他说过什么，我们都可以像从前一样继续交往。

他将车子拐上一段坑坑洼洼的路面，开进我公寓楼后面的停车场，停在靠门的位置，然后熄灭了引擎。我们沉默地坐了一分钟，其间我接受了事实，现在抉择时刻已到，我根本没得选。去年的某段时间，在我没有意识到的情况下，丹尼尔已经成为我生活中必不可少的一部分。

我说："你知道四月里要在蒙特利尔举行的那个会议吧？"

"跟污染有关的那个？"

"我去不了了。有别的事情。那个周末是我侄子的十八岁生日，要举行一个盛大的家族聚会，我得回去参加。我是昨天才知道的。"

"哦，"丹尼尔说，"行。不过，如果会上有什么有趣内容的话，你可以拿到论文抄本。"

寒意从车子的缝隙里渗了进来，冷空气形成的阴险细流。丹尼尔点燃引擎，以提升车内温度。车子发出片刻的轰鸣，接着他再度熄火。

我说："他们说，如果我愿意，可以带人回去。我本来是想问你的，转念一想，那个周末的两天除了追忆往事就什么也做不了了。你可能会无聊透顶。"

丹尼尔看着窗外，车窗上已经迅速凝结了一层水雾。他说："我会很着迷的。"

"真的吗？"我其实非常清楚，他说的是真话。

他转身看着我，双手仍握在方向盘上。他努力地想要表现得随意一些，但宽慰已经写满了他的脸庞。"是的，"他说，"真的。我愿意去。"

"好。"

我不知道那一刻我感觉到的是什么——释然、绝望、困惑，全都有。我原本是想要告诉他真相的——解释我为什么之前没有邀请他，以便卸下我心头的重担。但是你自己都不理解的东西，你该如何解释？

十四

在那艰难的一年里,我想那个冬天一定是马特最难熬的季节之一。不是最难的——最难的还在后面——而是最难的之一。我经常会觉得他比卢克大很多,他看问题更清楚,提出的解决方案也更实际。他在许多方面都很随和,但他不会将麻烦推到一边,寄希望于它们自行消失。如果出了问题,那马特会一直努力,直至将其解决。理论上来说,那是他所拥有的力量之一,但那年冬天我们所面对的问题超出了他的解决能力。而且他在背后应该一直心怀内疚,卢克放弃了上大学的机会,而他马特还在继续念书。他很快就能逃离我们的种种问题,这个事实一定让一切都变得更糟。

举例来说，卢克丢了工作，我知道马特对此的担心要远超卢克本人。不是说卢克不在乎，而是因为他从决定留在家里照顾我们的那天起，他似乎就拥有了一份不可动摇的信仰，他相信一切都会好起来的。毫无疑问，社区中信仰越坚定的人就越是会相信——想想田野里的野百合——但我认为把马特逼疯的是卢克态度中的那份冷静和笃定，而这也是他们分歧越来越大的主要原因。

"会好起来的。"十一月底的一个晚上，我听到卢克说道。

当时已经很晚了。我一直睡了几个小时，醒来想上厕所，于是我光着脚轻轻穿过走廊，然后站在那里听他们说话，脚趾被浴室冰冷的油地毡冻得蜷缩起来。又小又硬的雪粒子拍在浴室窗户上，发出嘶嘶的声音，如果你把脸贴在窗玻璃上往外看，会看到夜幕上好像布满了几百万个小坑。

"会有办法的。"卢克说。

"比如呢？"马特问。

"我不知道。但会有办法的。"

"你怎么知道？"

卢克沉默下来——可能耸了耸肩。

"拜托，卢克，你怎么知道？你怎么知道一切都会好起来？是什么让你这么确定？"

"就是会。"

"老天哪！"马特说，"老天哪！"

我以前从没听过他这样说话。

圣诞节就要到了——这是属于家庭团聚的时刻，对于新近丧亲的人来说却是最糟糕的时刻，所有紧张关系都会被无限放大。

"我们要给米切尔家的孩子们准备什么礼物？"马特问。

我们当时在厨房，马特在提前清洗火花塞，想要重新发动汽车，但只是又一次徒劳的尝试而已。这是一个艰苦的冬天，有记录以来最冷的冬天之一，汽车早早地就坏了。虽然不太可能发生，但如果城里出现了时间合适的工作，卢克需要开车进城。

卢克在为晚餐刨胡萝卜。刨下来的皮像长长的丝带，有些无力地垂挂在案台边缘，有六条掉在地上，波正拿着玩。

卢克茫然地看着马特。"什么？"

"米切尔家的孩子们，"马特说，"有两个。米切尔一家肯定会给凯特和波送礼物——可能也会送我们——所以我们必须回赠他们家的孩子。"

米切尔神父和妻子已经邀请我们到他们家过圣诞节。我们都不想去,但又无法拒绝。塔德沃斯家也邀请我们节礼日过去,但我们也不想去。我想象着教会里的母亲们焦急地商量着该由谁家来照顾我们几个,无法容忍我们自己在家过节,而且看不出我们可能更喜欢后者。

卢克放下胡萝卜,转身认真地看着马特。"他们想要礼物?"

"不,他们不是想要礼物。但我们还是得送他们些什么。"

卢克慢慢地转过身,他先前又故意截断了一些皮,此刻波正将它们优雅地挂在头上。

"他们的孩子多大?"他最后问道,"是男孩还是女孩?"

"你怎么可能不知道?"马特说,"你都认识他们一辈子了。"

"我没注意哪个孩子是哪家的。"

"是女孩,差不多……十岁。"马特看着我,"你知道她们多大吗,凯特?"

"有三个孩子。"我紧张地说。

"是吗?"

"你怎么可能不知道?"卢克说,"你都认识她们一辈子了。"

"是三个吗，凯特？我还以为只有两个。"

"还有个很小的婴儿。"

"哦，好吧，还有个婴儿。"马特说。

"哦，好吧，"卢克说，"婴儿不算数。"

"玛莎十岁，詹妮七岁。"我立刻说道。

又一堆胡萝卜皮掉到了地上。波发出一声狼吞虎咽的声音，然后把它们都捡了起来。

马特说："看在上帝的分儿上，别在案台边上刨，都掉在地上了！"

"我晚点再收拾。"卢克说。

"不到案台边上刨的话，你根本都不用收拾。"

卢克回头看着他。"有什么所谓吗？"

"是的，有所谓！因为你过后根本不会收拾，你会忘，而且会在上面踩来踩去，把它们带得满屋子都是，跟以前的污垢和在一起！所以这屋子才像猪圈一样。"

卢克放下胡萝卜和刨皮刀，转过身来，一分钟后说道："如果这事让你这么困扰，那你可以试着自己收拾，做个交换。"

"太荒唐了，"马特轻声说道，他弓下腰来，双手撑着膝盖，"实在是太荒唐了。我整个该死的人生都跟在你后面收拾。我整个该死的人生。如果你觉得……"他停了下来，看看波和我，然后起身离开了房间。

亲爱的安妮姑姑：

非常感谢你寄来的毛衣。我真的很喜欢。波、马特、卢克也都很喜欢他门（们）的。他们自己（己）会给你写信的。波知道她毛衣上的图案是一只羊羔，她很喜欢，我也喜欢我的鸭子。谢谢你寄来的书，真的很棒，袜子也很棒。还有帽子。圣诞节我们去了米切尔神父家，我坐在詹妮身边，他们准备了一只大火几（鸡），但我没能吃多少。昨天我们去了塔德沃斯家，他们也吃火几（鸡）。米切尔太太给了我一个刷子和苏（梳）子套装，还有一本书，她给了波一个玩偶，詹妮给了我一支钢笔。塔德沃斯夫人给了我一只玩偶。马特给了我一本关于昆虫的书，卢克给了我一本关于青蛙的书。斯塔诺维奇太太给了我和波两条一样的连衣裙，都很合身。塔德沃斯太太给了我们一整块火腿，上面有丁香，真的很好吃，斯塔诺维奇太太给了我们一只圣诞蛋糕，派伊太太也是，克里斯托弗森医生和克里斯托弗森太太来看我们，宋（送）了我们一些很好吃的小橘子……

12月27日，周日

这样的内容写了大约有半页纸。他们都是好人。没有比他们更好的人了。

*

到了一月底，房子周围的雪堆积起来，形成光滑的弧线。夜里房子冻得直呻吟。几场暴风雪后，湖面整个封冻起来。北极风赶着浪涛前进，拍碎了湖岸上早就凝结的冰层，将碎冰块都抛到了岸边。有一周的时间，它们立在那里就像闪耀的玻璃碎块，又像是锯齿状的鲨鱼牙齿。接着寒风再度吹来，气温下降，浪涛拍碎了那些碎块，溅起的水雾未及落地就结成了冰。冰晶哗哗地坠落下来，在鹅卵石和碎冰块里垒成堆，最终将它们完全覆盖，形成一座座锃亮的玻璃小丘。接着整个湖都冻住了，夜里只能听见呼啸的风声。

马特和卢克在积雪中挖出一条壕沟，从前门通往车道，然后一路上坡连至公路，每天早上他们两个都会轮流铲雪。其实没必要将整条车道都铲出来的，因为车子依然无法发动。壕沟里有些地方雪墙如此之高，我甚至看不到外面。波觉得好玩极了，但她不怎么出去，卢克担心把她长时间放在外面的话，她会冻病。

我早上出发去学校时会穿上厚厚的衣服，厚到几乎无法移动；衬裤和汗衫外面是秋衣秋裤，然后是长裤和裙子，上身则是法兰绒衬衫和毛衣，再套上防雪的绑腿和派克大衣，围巾拉起来一直盖住鼻子，帽子拉下来盖住眼睛，再戴上两层连指手套，穿上三层袜子，冬靴是卢克传给马特，马特又传给我的。我担心如果摔倒，我可能爬不起来，只能躺在原地，等到冰寒彻骨。

有时，当我早晨走到公路边时，会发现马特依然在那里等待校车，一边跺着脚走来走去，一边拍手取暖，他的两只手也戴着连指手套。校车可能出了故障，可能被困在雪堆里了，可能跟在扫雪机后沿支路缓慢前行——没办法知道具体是因为什么。碰到那样的日子，马特一般会等到我出现，然后同我一起沿着公路走，希望能在半道上遇见校车。

"是你吗？"我出现后他会弯下腰来问我，往我围巾和帽子之间的空隙里看。

"是。"我的声音被围巾蒙住了,听起来很低沉。

"可能是任何人。"

"是我。"

围巾里面已经被我呼出的气体打湿了。闻上去有湿羊毛和寒霜的气息,而冷风一有机会就会灼痛你的肺。

"我猜我只能相信你了。你想路上有个伴儿吗?"

"想。"

"那我们就走起来吧。你有在活动手指吗?"

我会冲他摆摆手指,他点头赞同,然后我们就出发,积雪被踩得吱吱作响。

他仍会同我开玩笑,仍会取笑我,但我听得出他的努力。村子里没有奇迹般地出现兼职工作,天气又太冷,不可能去派伊家的农场接受任何任务,所以他和卢克都已经有两个月没工作了。

亲爱的安妮姑姑:

你好吗?我希望你一切都好。波生病了,起了麻珍(疹)。克里斯托弗森医生说她会好起来的,但她真的长了很多珍(疹)子,她真的真的很生气。学校里的皮尔也长了麻珍(疹),不过我已经长过了。我们学习了亨利·哈德森寻找西北航道的事。他的手下真的很凶狠。[1]我们也学了分术(数)。如果你有两块1/2个苹果,那你就有一个完正(整)的苹果,如果你有四块1/2个苹果,那你就有两个苹果,如果你有三块,那你就有一个半苹果。罗茜·派伊在学校里哭了。

爱你的

凯特

2月11日,周日

那年冬天,过得很艰难的不只我们一家。老弗农小姐在二月里患了感冒,后来发展成肺炎,差点儿死了。斯塔诺维奇太太的长子的房子被烧毁了,他和妻子只能搬回去与父母同住。吉姆·祖马克在冰钓时被冻伤了,切掉脚趾才勉强活下来。克里斯托弗森医生外出行医时至少被困在雪地里五次,最近一次困住时,他的病人只能靠自己产下一对双胞胎,因为产妇的丈夫跑出去找邻居帮忙,结果在

---

[1] 亨利·哈德森(16世纪下半叶—约1611年),英国航海家,遭到船员背叛,下落不明。

门外的冰面上滑倒了,摔断了一条腿。

然后还有派伊一家。马特因为某些事情而对这家人感到担忧。我不确定和罗茜在学校里哭的原因是不是同一个,但可能性很大。

"得有人做些什么。"马特说。

当时是晚上。我本该准备上床睡觉的,但我找不到睡衣,所以出来问卢克。我站在餐厅的门后听他们说话,安慰自己他们没有吵架。

"比如呢?"卢克说。

"告诉别人。告诉米切尔神父或其他人。"

"告诉他什么呢?我们实际上了解什么呢?"

"我们知道情况正在恶化。"

"是吗?"

"我昨天看到玛丽了,放学回家的路上,我看到她在下面走,于是也下了车。"

"是吗?"

"是的。"

"那她说什么了吗?"

"算不上。但是出问题了。"

接着是短暂的停顿。卢克说:"部分原因在于他自己。"

"劳里?"

"对。他回嘴了。"

"好吧,你没有吗?"

"如果会因此挨揍,我可不会回嘴。他该学聪明点儿,闭上嘴。"

又是一阵停顿。马特断然地说:"那么,你认为他打了劳里。"

卢克的声音有些犹豫。"可能是。"

"我也是这么想的。而且下手不轻——劳里有时走路很怪异。所以我才觉得我们应该做些什么。"

"比如呢?"卢克说。

"我们可以告诉米切尔神父。"

"那有什么用?他能做什么?"

"他可以找派伊老头子谈谈,或者之类的。"马特说,"我不知道,但是他也许能想到办法。"

"那样可能会让事情变得更糟。"

"如果他发现人们知道了这事,他可能会停手。"

"如果他认为是派伊太太或玛丽说出去的呢?"卢克说,"他可能会对她们下手。"

"你是说，我们不该做任何事吗？就干坐在这里？明明心知肚明，但什么都不做？"

"我们其实并不了解任何事。"

接着传来一连串捶打桌面的声音——马特愤怒地合上一本课本，然后拿出另一本。"那是你的生活哲学，卢克。心有怀疑时，什么也不做。"

他们本该告诉米切尔神父的。但这只是后见之明。我只能帮他们辩解，他们正忙着应付自己的问题呢，这个时候问题一定已经相当严重。波感染了麻疹，我有时会浑身发抖，他们已有三个月没有工作，他们的关系越来越紧张，就像雷声还未响起但你已经先一步感觉到，矛盾每天都在增长、膨胀和聚集。

十五

三月，积雪依然堆得很深，四周依然是白茫茫的一片，看上去和二月一模一样。不过，当你行走在雪地里时，你能感觉到不同。会有一块薄壳被你踩碎，下面的积雪于是凹陷下去。新落的雪像粉尘一样躺上一两天，然后自己结出一层硬壳。旧雪沉重地躺在下面，宛如一位肥胖的老妇人的肉身。

我想应该是三月的某个时候，卢克开始训练波使用便盆了。那是我们生活中相当戏剧化的一段插曲，波正在成为她自己，我至今仍记得那段日子。我记得我坐在厨房餐桌上，和马特一起写作业，波跺着脚走进来，她上身穿了六层衣服，腰部以下却裸露在外，她用双手端着她的便盆，是空的。她看上去很严肃。卢克跟在她身后,看上去也很严肃。他在说着什么,大概是问波难道想一辈子都穿尿布吗,她怎么受得了,衣服都湿透了,总是臭得像粪坑,而波根本不理会。她将便盆拿到厨房,塞进角落的垃圾桶里,然后又跺了跺脚。

我记得卢克贴着墙滑坐在地上,膝盖蜷起来,双臂搭在上面,脑袋歪在手臂上说:"我被她的屎尿搞得好累。"我记得波在门口停了下来,转身看着他,疑惑了片刻,然后走回来拍拍他的脑袋说:"不要哭,卢克。"但是她没有把便盆捡回来。她同情他,但也没那么在乎。

我记得马特说:"卢克?那是她说的第一句完整的话。'不要哭,卢克。'"接着他们两个都笑了。

我也可能记错了时间,事情可能并不是发生在三月,因为我想他们那个时候都已经不怎么会笑了。我想我们那时已经抵达了这样一个阶段,就像条条大路通罗马,每一次对话,每一个事件,最终都以争吵告终——而且争吵的内容一般都是一样的。

有一个下午——也许是在一个周日,我们都有一点儿自由时间——卢克认为我应该教波唱一些童谣。如果真的能做到,那的确是一个安静的消遣活动。他担心波长大后一首童谣都不会唱,就劝说我唱给她听。那时波的麻疹已经消退,她又变回了以前的吵闹模样,正拿着炖锅往厨房里到处扔。

"教她几首,凯特,"他说,"教几首主要的。"

"哪几首是主要的?"

"我不知道。教她你最喜欢的几首。"

但我一首都想不起来。"我一首都记不得。"我说。

"教《滴答滴答钟声响》。"正坐在厨房餐桌边给安妮姑姑写信的马特说道。

我于是害羞地说:"说'滴答滴答钟声响',波。"

波停下动作,不解地看着我。

"她觉得你说得太快了。"马特说着,继续潦草地书写。

我又试了一遍。"波,你说'滴答滴答钟声响'。"

"伊答滴啊响。"波不耐烦地说了一遍,然后环顾四周,寻找某只炖锅。

"很好!"我说,"说得很好,波。现在你说'老鼠爬到了钟表上'。"

"这个锅。"波说着抓起最大的那只锅,然后按尺寸将其他的锅嘭嘭地塞进去。她做这个也很在行,没出多少错。

"她不理你,"马特在嘈杂声中停顿了片刻,"她觉得你是疯子。"

"快啊,波,"我说,"'老鼠爬到了钟表上'。"

"傻。"波说完还竖起手指朝我挥了挥。

"那首是很蠢,"卢克说,"换一首试试。先给她完整地唱一遍。"

我想了片刻,然后唱道:

> 波利小姐有个洋娃娃,洋娃娃生了病,
> 她给医生打电话,要医生快快来,
> 医生来了,他拎着包,戴着帽,
> 他敲了敲门,咚咚咚。

波眯缝起眼睛看着我,来了兴趣。

"你引起她的兴趣了,"马特像是在低声旁白,"她上钩了。慢慢收线。"

"生了病,"波试探着说,"啦啦啦。"

"很好,波!很好!听我唱:

> 医生见了洋娃娃,摇摇头,

> 他说:"波利小姐,把她放到床上吧。"
>
> 他在纸上开了药,
>
> 说我明早再来把钱要。

"开了药。"波认真地看着我的嘴唇,还跟着我的节奏弯起了膝盖。

"很好,波!你唱得真好!"

"生了病!"波唱道,"把钱要!"

"很好!"

"我们是不是收到克里斯托弗森医生的账单了?"马特问。

卢克说:"什么?"

"给波治麻疹的。我们收到账单了吗?"

卢克耸耸肩。"应该没。"他说完继续看着波。

"生了病!"波拉开嗓门大声唱,"啦啦啦!"

"你觉得要付多少钱?"马特问。

"完全不知道。"

"嗯,但可以大概估算一下。他来了得有四五次,一定是很大一笔钱。"

"等收到账单再去操心行不行?再唱一遍,凯特。每次只唱一句,她学得真的很快。"

但我看到马特站起身,往窗口走了过去。天已经黑了,他除了自己的影子什么也看不见,却还是站在那里往外看。

屋子里安静了片刻,接着卢克说:"你就是喜欢担心,不是吗?你不担心就活不了。你就不能放过一件事,你就不能有一个下午,有一分钟不担忧,不操心。你就不能有一分钟的消停……你一定要毁掉我们想做的每一件事,真要命。"

马特小声说:"我们得做些什么,卢克。爸爸的钱用得这么快……"

"我一直在不停地跟你讲,会有办法的!"

"当然,"马特说,"当然。"

我想那或许就是他的转折点——就在那一刻,他下定决心,不能再维持原样。但这其实很荒谬,因为如果他真的思考过,那他就会知道,克里斯托弗森永远都不会给我们寄账单。

*

那个三月我有三周没给安妮姑姑写信,我记得是为什么。那时候马特和卢克的分歧终于到了最严重的程度,第十一诚已经完全被摧毁了,我们的小世界濒临崩溃边缘。

马特在晚餐时宣布了消息。那仿佛已经成为我们家里的规矩——如果有任何重大新闻,那你就在晚餐的餐桌上宣布,最好是等别人含了一嘴食物的时候。

"我有事要对你们所有人说,"他边说边去取斯塔诺维奇太太送来的炖菜,"我已经退学了。"

卢克当时正含着满嘴的食物。他停止咀嚼,看向桌子那头的马特。前几个月的某段时间里,他们改了座位表,现在卢克坐了妈妈的位置,也就是离厨房最近的地方,马特坐了爸爸的。波和我依然并排坐。

"我今天跟斯通先生说了,"马特继续说,"告诉他我因为经济问题要退学。我在哈德逊湾百货公司找了份全职工作。上班时间是周一至周六,每天九点到五点。显然在车子修好之前,交通是一个问题,不过我已经解决了。我可以乘校车进城,要是晚上回不来,他们允许我在储藏室里过夜。他们很愿意帮忙。威廉斯先生是老板,他认识爸爸,事实证明,他像是个好人。"

卢克依然瞪着他,嘴里含着满嘴的肉。马特平静地回应了他的目光,然后开始吃饭。卢克嚼了两下吞咽下去。嚼得并不彻底——你能看见有一大块食物从他的喉咙咽了下去，就像蛇吞食青蛙时那样。他又咽了一下，第二下，快速移动下巴，帮助吞咽食物，然后他说："你在说什么呢？"

"工作，"马特说，"我找到工作了。我要去挣钱。"

卢克说："你究竟在说什么呢？"

马特看看波和我，皱起了眉头。"看来今天有人听不懂话啊，女士们，我应该再说一遍吗？"他不是想刺激卢克，只是试着开了一个玩笑，不想把事情搞得小题大做。

他转头对卢克说："工作，卢克，工作。就是你为了挣钱要做的事，这样你就能买东西。"

"你说你已经退学是什么意思？"

"就是我已经退学了。你知道的吧？'退学'就类似于'停止上学'？我不去学校了。我不打算再去学校了。"

卢克推开他坐的椅子，他似乎并不觉得这是一个玩笑。他说："你究竟在说什么东西。你两个月后就要参加考试了。"

"我可能会参加考试，拿到高中毕业证书。斯通先生说我能做到，缺两个月的课没关系——反正我已经学到足以通过考试了。"

"光通过还不够——你必须拿到奖学金。你知道的！如果拿不到奖学金，你怎么进大学？"

"我不念大学了。"

卢克瞪大眼睛看着他。

马特轻声说:"听我说,我们现在的做法——继续找兼职工作,好让家里随时都有一个人照顾女孩们——这行不通。怎么可能行得通?我们一定是疯了才觉得行得通。"

马特认真地看着卢克的脸,那张脸正涨得通红,怒火正在皮肤底下聚集,他不安地看着波和我。马特一定很后悔当着我们的面宣布了这条消息。他知道卢克不会同意他改变计划,但他显然也没想到会激起卢克这么大的反应。

"听我说,"他说,"我们晚点儿再谈这件事,行吗?"

"哦,不,"卢克说,"不不不不。我们现在就说清楚,因为你明天要回学校上课。"

他们沉默了有两三秒钟的时间。马特小声说:"这不是你能决定的,卢克。我说了,我已经退学了。"

"好啊,那你也可以撤回申请!你根本没有理由去干一份全职的工作。最多再撑一个月,我们就能回派伊老头子的农场去工作,到时候……"

"那不是正确的答案!就算我们能撑过今年,等我离开后你该怎么办?这是不可能的!我们总得有一个人去工作,有一个人留在家里——这才是唯一的办法。"

"见鬼去吧！见鬼！"卢克的音量和音调都提高了，"我们不用永远都留在家里照顾两个女孩！等到明年，下午就可以找人照顾波——很多人都提出可以帮忙——凯特放学就过去接她。那时候我们不在，她们也没问题。我一周就能工作五个下午。那样挣到的钱就够我们生活了！再说，安妮姑姑也会寄钱来。"

他吸一口气，你看得出来他正在努力平复心情，理性地讲道理，因为他知道只有这样才能说服马特。

"你去上大学，三四年后……"为了能够理性地发言，他开始用手指戳桌子，戳得那样用力，手指都颤抖起来。"你暑假打工，自己挣钱养活自己，要是能存下钱，你就寄回家。你拿到学位。"他抬头看看马特，最后又戳了一次桌面。"你拿到学位，然后再去找一份工作，因为那时候你就能找到好工作。那时候你就能帮得上忙，如果那时我们依然需要帮忙的话。"

马特摇摇头。"你这是在自欺欺人。明年你能找到什么样的兼职呢，允许你只在下午工作？你这是在做白日梦。"

"会找到的，"卢克咬着牙齿压制自己的脾气，"不管怎样，这都不是你的问题。你要做的是赢得奖学金。照顾女孩们是我的任务。"

马特的脸色变得煞白。他们两个很有意思，卢克的怒火往脸上烧，马特的则是往肚子里沉。

马特说："从什么时候起，照顾女孩们成了你一个人的责任？究竟是从什么时候开始的？你把我当什么？她们也是我的妹妹，你知道的。在你甚至找不到一份工作的时候，你觉得我会把她们两个丢给你吗？"

卢克用双手抓住桌沿，头低在那里，像即将进攻的公牛。接着他的身体向前够，俯在桌子上。"我会找到工作的！总会有办法的！"

马特起身离开了房间。

卢克紧握着桌子边缘，坐在那里待了片刻。接着他急忙站起身，跟了上去。

我身体僵硬地坐在那里，不敢呼吸。客厅里传来一声巨响，他们又咆哮起来。

波爬下她的椅子，走到门口后站在那里，将大拇指含在嘴里，看着他们。我上前去站在她身边。一只扶手椅倒在地上，他们在椅子的两头吼叫。卢克说马特是想毁了所有的一切。马特问卢克以为自己是谁，是上帝吗？安排每个人的生活？卢克说马特就是接受不了，不是吗？就是接受不了由他卢克来做一件重要的事，一件真正重要的事。

每次都得是马特来做。可惜太糟糕了。糟糕得要命。说要养大两个女孩的人是他卢克，那是他的工作，他会拼命做好，而且他当然不需要马特的任何帮助。

马特的脸这时候已经苍白如纸。他说，那才是问题的根本所在，不是吗？一切都得符合卢克的愿望。圣人卢克，想把自己打造成首席殉道者和救世主。这其实根本和女孩们无关，不是吗？根本就不考虑什么才是真正对她们好。一切都只是为了满足卢克那要命的自尊心，一直都是。

还有更多、更糟糕的话语。许多个月以来累积的担心、懊恼、悲伤全都一股脑儿地发泄了出来，全都以激烈的言辞喷涌出来，没完没了，直到卢克说出最后那句不可原谅的话。他说他放弃了自己该死的前途，好让马特能拿到大学学位，现在只要马特敢放弃，那他会杀了马特。

我不知该如何形容接下来发生的事。你在电影和电视剧中看过打斗的场景，人们朝彼此出手，将彼此撞倒在地，或者打碎彼此的下巴，但那都是演出来的。他们的愤怒不是真的。你作为观众所感受到的愤怒不是真的。你并不是真的爱影视剧的主人公，你并不是真的担心他们中的某一个会死。很久以前，当他们两个打架时，我曾经担心马特会被打死。但这一刻我敢肯定，我确定卢克也会死去。我想房子的墙壁会倒下来，倒在我们周围。我想世界末日已到。接着我知道末日真的来了，因为在这所有的骚动之中，我身边的一个动静抓住了我的视线，我低头看见波在发抖，抖得就连头发也似乎在颤动。她僵直地站在那里，双臂一动不动地垂在两侧，手指展开，嘴巴张得老大，眼泪从脸上倾泻而下，但她没发出任何声音。那是我所见过最可怕的景象。波是那么勇敢，我以前觉得什么东西都吓不到她。

终于结束了，但并不是自行燃烧殆尽结束的。最后发生的事情是，马特一拳挥向卢克，但卢克抓住他的胳膊，用最大的力气把他抬了起来，抬离了地面。接着传来一个奇怪的声音，一种低沉的断裂声，还有马特发出的凄厉叫声，接着他撞在墙上，又滑倒在地。

一时之间，房子里听不到任何动静。

然后卢克说："站起来。"他喘着粗气，依然怒不可遏。

马特靠在墙上，身体扭曲成古怪的姿态。他没有回应。我看得见他的脸，僵硬、煞白，他的眼睛睁得大大的。

"站起来。"卢克又说了一遍。但马特依然没有回答，于是他走上前去，接着马特说话了。

他说："别过来！"他似乎是强撑着才说出来的。

卢克停下脚步。"站起来。"他又说了一遍，但声音听起来有些犹豫。

马特没有回答。直到那一刻,我才发现他的那只胳膊出了问题。被扭在身后,压在下面,肩膀肿得巨大,而且错了位。我开始尖叫。我以为他的胳膊掉了。在他衬衫的里面,胳膊已经从肩膀上掉下来了。我敢肯定是那样。塔德沃斯先生的长子就是被一辆厢式车压断了胳膊,还没等到帮忙的人赶来,他就失血而死。

卢克在冲什么人大吼,在冲我大吼。"闭嘴!闭嘴,凯特!"他抓住我用力摇晃,我才安静下来。

他看着马特,双手插进自己的头发。"怎么回事?"他问。

"打电话叫医生。"马特说。他的声音如此之小,勉强才能听见。

"为什么?出什么事了?"但卢克也看见了那只胳膊,于是他的声音颤抖起来。

"打电话叫医生。"

我记得等待的那段时间,马特如此安静地躺在那里,似乎没有呼吸。他的脸是灰色的,因为汗水而发亮。我记得克里斯托弗森医生走进房间的样子,他看看躺在那里的马特,然后又看看波和我,最后才看向卢克。那时候,卢克坐在那里，双手抱着头。医生问："发生了什么？"但无人回应。

我记得他在马特身边跪下来，解开他衬衫的扣子，将一只手伸进去，够到上面感受肩膀部位的情况。马特的嘴唇咧开来，露出了牙齿，就和有一次我看到祖马克先生用陷阱抓住的狐狸一模一样。克里斯托弗森医生轻声说："好了，马特。没关系，你就是肩膀脱臼了而已。很快就能接好。"

他起身看了卢克一眼，直视的目光里写满严厉，他说："你得来帮忙。"我记得卢克当时先看看他，又看看马特，然后用手背擦了一下嘴。

克里斯托弗森医生转过身来，若有所思地看着波和我。波差不多已经停止发抖，但眼泪仍在流淌。时不时地，她的身体还会抽一下，然后抖动着吸口气。医生走过来，伸出一只手搭在她的头上，给她理了理头发，然后也对我做了同样的动作。

他说："我也需要你的帮助，凯特。你能帮我个忙吗？莫莉自己留在车上，我如果离开太久，它会孤单的。我在想，你能不能帮我给波穿上防雪服，然后你们两个可以到车上去陪陪它。车子在外面的公路上，我开不进你们的车道,不过我没熄火,所以车上舒服又暖和。"

我记得他抱着波沿着壕沟走到公路上去,我跟在他身后。我记得他打开车门后,莫莉非常高兴,他让波和我一起坐在后座上,坐在莫莉身边。莫莉是我见过的最温顺的狗。它还是个出色的护士。它用舌头轻柔地舔干净波脸上的泪水,一直冲她小声叫唤,几分钟后波也小声回应,还把脸埋在它温暖的脖子里,埋进它柔软的耳朵下面。

至于我呢,我坐在他们身边,等待着有人来告诉我马特死亡的消息。那时候我就知道了,马上要发生可怕的事情,所以得找个借口把波和我支走。我经历过许多,足以想通这一点。所以当克里斯托弗森医生回来找我们的时候,我感到非常震惊,他说他要去看下一个病人了。

当然,最讽刺的是,几周之后,事实证明卢克是对的。总会有办法。

第四部分

十六

有一段时间——相当长一段时间——在我看来,他们没有一个是完全真实的。

或许用"真实"这个词来形容并不准确,说"相关"更合适。我的家庭似乎与我没有关联。当时我正在大学本科阶段。第一年不是那样的,那时我想家想得很厉害,我觉得我可能会因为思乡而死。后来到了大二和大三,我的视野不断开阔,乌鸦湖似乎缩小成了它在地图上的样子,变成了一个毫不起眼的小圆点。

那时我早已发现,对于教育所拥有的力量,曾祖母莫里森的认知比她自己所意识到的要更正确。她认为教育既是一项至高之善,也是逃离贫穷农村的关键,但她全然不知教育可能打开的其他大门。我就读的专业是动物学，大一的考试成绩排班级第一，还被告知只要继续保持，我在读博期间就能拿到资助。我知道如果我表现良好，那么我就能在大学里或是其他地方获得工作。我知道如果到了某个阶段我想出国工作，那或许也可以得到安排。世界正在我眼前自行展开，我觉得我能去任何地方，做任何事情。成为任何人。

接下来，马特、卢克和波就逐渐远离，退到了我心里一个隐蔽的小角落。那段时间——是在我大二那年，我还没满二十岁，所以波只有十四岁——波依然有选择的机会，马特和卢克却只能留在他们一直生活的地方，而且我知道他们将永远生活在那里。我们之间的距离看上去如此之远，我人生中的那一部分留在如此遥远的过去，我想不出我们还有任何共同点。

我的资金太过紧张，无法回家休短假，至于报酬更高的暑期工作，多伦多比家里更多，所以我暑假也没回去。有两年的时间，我一次也没见过他们，而且不见面的时间原本还有可能继续拉长，不过他们来参加了我的毕业典礼。他们三个都来了，穿着最好的衣服。我很感动，但也为他们感到尴尬。我没有把他们介绍给我的朋友们。

那几年我跟在不同课上认识的男孩子出去过几次，但没有一段关系成功。但那方面的失败并没有让我感到困扰。首先，我学习太过拼命，没多少时间想这件事；其次，如我之前所说，我从未想过我会爱上任何人。我猜我喜欢把自己设想成学术怪人的样子，孤僻且自足，热爱自己的工作。

那并不只是一种幻想——我是真的爱我的工作。大学生活对我完全是一份惊喜——各种书籍和资源，实验室里有解剖观测仪器，还有绝赞的复合式显微镜，导师和教授们每一位都有自己的专长领域——只要你开口，一切都在那里。到大三过半时，我已下定决心，一定要继续学习。那年年底，我选定了动物学中想要专攻的分支。

我之所以做出那个决定，是因为去多伦多北部的一个小湖进行了一次实地考察。那个湖很受度假客的欢迎，尤其是喜欢划船和其他水上运动的游客。我们是九月去的，当时度假客们都已离开。那次实地考察的目的是评估人类在夏季对环境的影响，考察中我们提取了湖水样本，采集了水滨植物和动物群落的标本，准备带回实验室做研究。我们将水生生物装进灌满水的罐子和塑料袋里，然后放进填满冰块的冷藏箱，其余的则直接装进箱子或罐子带回多伦多。回到实验室后,我们的第一项任务是辨别和记录收集到的标本,评估其表面健康状态,如果已经死亡,那就推测死因。

我采集到的大部分标本都来自湖尾的一个小水湾,在捞取它们的过程中,我也从水底捕上来少量正在腐烂的有机体。回到实验室后,我将生物标本安全地转移到水箱中,然后将淤泥和残骸倒进一只碟子,迅速翻查一番,确定其中是否含有任何有意思的东西。主要是死去的树叶和树枝,但也发现了一个无法识别身份的黑色小块。我用钳子将其取出,小心地放在一张湿纸巾上,以防止其干透,接着把它塞进了解剖显微镜下。

那个小块原本是一只松藻虫,也即仰泳蝽,是一种凶猛的捕食性动物,一生大部分时间都倒挂在水面,监视水中的动静,以寻找猎物的信号。在跟随马特观察池塘生物的那些年里,我就非常熟悉仰泳蝽了——最早就是通过它,我们才亲眼见识到,表面张力既向上作用,同时也向下作用——在一般的环境下,我也可能立刻认出它来。当时我之所以花了好几分钟才辨识它的物种身份,是因为它被一层黏稠的黑色润滑油包裹住了,外面已经结成了块,应该是湖上众多机动船漏下来的油。它因此变成了厚厚的一块,腹部纤细的感觉毛被堵塞了，呼吸孔也完全被封闭了。

现在我发现我很难解释，我当时为什么会受到那么大的影响。所有的生物都会死，大多数时候它们的死亡方式在人类看来都非常可怕。而且我当时并非对污染毫无认知——这其实是所有生命科学领域的一个重要主题。或许是因为，这个案例中的受害者是我非常熟悉的一种生物。我从小时候起就对松藻虫很感兴趣——在我看来，它们就像是悬挂在天花板上，我一直在等它们疲劳坠落的时刻。

不管原因是什么，当我看着那个已经变黑的小小尸体，我所感受到的是一种复杂的情绪，其中有震惊，也有……悲伤。我已经有好几年都没认真地想过那些池塘了，但在那一刻，它们生动地呈现在我眼前。当然，它们都很小，不能在上面荡舟，但是还有数不清的其他污染物会倾泻在它们头上，或者从周围的土壤渗入水中。我想象着未来有一天，我重返那里，往湖底深处看，看到的却是……空无一物。

我当时就下定决心要成为一个无脊椎动物生态学家，我的研究领域将会是污染对淡水池塘生物的影响。我猜你会说，我的选择是一种必然，而且在我看到那只死虫的很久之前就已经设定好。或许吧。我只知道，那只小小的仰泳蝽唤醒了我内心的某种东西，赋予了我一个目标，一个我以前甚至不知道自己需要的目标。

那之后的很长一段时间里，我完全沉浸在研究之中，几乎没有时间来面对其他任何事。我约会过的那些男孩似乎完全不如我的工作有趣。而我过去生活中的那些人，唉，都留在了过去，似乎与我不再相关。

直到遇见丹尼尔，我才意识到，我并没有将家人彻底抛在身后。我是在到系里工作后经人介绍认识他的，之后我们总是在走廊里碰到——你知道那样会发生什么。接着，有一天我在我的实验室工作——我的实验室是所谓的湿实验室，到处都是养鱼池，我可以控制其中的环境，供我的无脊椎生物生活，研究它们的反应——一转身却发现他站在门口。我当时并不知道有人站在那里，所以有点儿被吓着了。他说："抱歉，我不该打扰你的，你看上去很专心。"

我说："不用——没关系。我只是在观察一只水黾。"

"观察它做什么？"他问。

"滑水。"我说，他听后笑了起来。

"它很擅长滑水吗？"

我没有把握地笑笑，作为回应。我不太擅长闲聊。不是嫌麻烦，只不过是我好像无法掌握其中的窍门。

我说的话很没有说服力:"它很擅长,真的。我是说,水黾总的说来是相当好的……滑水者。"

"我能看看吗?"

"当然,没问题。"

他走进门,往水箱里面看,但他移动得太快,水黾受了惊,一下子跳了大概有十厘米高。好在水箱上覆盖有防止生物逃脱的护网,所以我并不担心,但丹尼尔迅速后退。

"抱歉,"他说,"我今天似乎不停地吓到别人。"

"没关系。"我说。看到他并没有失去兴致,我感到不安。他身上有某种特质是我喜欢的——我想我在他随和的外表下探测到一种认真。我也喜欢他的脸,长且瘦,和他身体的其余部分一样。他的鼻子很坚挺,看上去相当强硬,他的头发是沙色的,很稀疏。"它有点儿紧张,仅此而已。我一直在降低水的表面张力,目前已经降低了百分之八,它有点儿烦躁。"

"你在研究什么?"

"表面活化剂。它们对水表生物的影响。"

"你是说清洁剂一类的产品吗?"

"对,还有其他污染物。有相当多的东西都能降低表面张力。它们还会黏附在昆虫不易被水沾湿的体表,让它们失去防水能力。然后它们就会沉下去。"

"但水黾不会?"

"目前还不会,但它们也有极限。"

"听起来非常残忍。"

"我会救它的,"我立刻说,"它会没事的。"

他笑起来,我才意识到他是在开玩笑,我感觉我的脸红了。接着是片刻的沉默,然后他说:"等你救下它之后,有兴趣去喝杯咖啡吗?"

于是我们就去喝了咖啡,然后继续谈论水黾,它们划一下腿,就能滑出15厘米远,而且速度能达到惊人的每秒125厘米。接着,我们谈论了一般污染,尤其是石油泄漏,而蜗牛据称是会吃石油的,而且显然还很喜欢吃。那之后我们开始谈论细菌(这是丹尼尔的专业)及其改变和适应能力,以及这是否意味着他们将要继承地球。

之后我们就开始约会。

他让我感到惊讶。我知道这话听起来很悲观,让人觉得荒谬,但事实上我从未真正地预料到自己还会再欣赏任何人,但我很欣赏丹尼尔。我说过,我发现他在某些方面很天真,而且随和得过了头,但我想有一部分原因在于,他有一颗慷慨的心。有一段时间,我说服自己,我对他的感觉只有欣赏和喜欢。我罗列了他的优点——他的幽默感，他的好奇心，他的智慧，他的魅力，他拒绝暗箭伤人和小气的行为，最后这两点似乎是学术界的一部分——仿佛这样能让我保持情感中立。我罗列了他的缺点——他像个老妇人一样讨厌适应新情况，他身体上很懒惰，他经常（尽管他会否认）认为自己总是对的——仿佛这样就能抵消优点，说明我对他根本没有感觉。然后有一天，我在浴室里洗澡，往脚上或身上保持情感中立的地方打香皂时，我突然想到，我对他的感情只能被描述为"爱"。也就是在那时，我不自觉地做出了决定，不要太多地思考我们的关系，不要分析，不要自问他是否回应了我的感情，这段关系是否能持久。如我所说，这样也就导致了我们之间的问题，我唯一的借口就是，我以前爱过的人都已从我的生活里消失，我害怕旧事重演。

总之，重点在于，我所感受到的对于丹尼尔的那份爱，与我之前所感受到的任何一种都非常不同，但我还是将它辨识了出来。我想，爱比其他任何事情都更深刻。它直抵你的核心，当丹尼尔抵达我的核心时，我发现马特、卢克和波也在那里。他们是我的一部分。虽然分隔多年，但我依然记得他们的脸，而且记得比我自己的脸更清楚。我对于爱的任何了解,都是从他们那里学会的。

我开始偶尔在假期回家。那时我已经有钱了。感觉很奇怪——身处社区中感觉很奇怪,我是人们口中"那个走出去的"。他们当然全都为我而自豪,开玩笑叫我"莫里森博士"或者"教授"。有些人对我很恭敬,这本该是一件好笑的事,不知为何却让我感到痛苦。卢克表现得像个骄傲的父亲,这本该是件令人痛苦的事,实际上却让人觉得好笑。波让我觉得最自在。波接受你原本的样子。

至于马特?哦,马特为我感到骄傲。马特为我感到如此骄傲,让我几乎难以承受。

*

西蒙的生日派对在四月底,三月的大部分时间我都在思考,送他什么礼物才合适。一个男孩即将步入成年时代,你该送他什么?说得更具体些,作为一个姑姑,该送唯一的侄子什么礼物?再具体些,送什么礼物给马特的儿子才合适?老实说,我希望是西蒙会喜欢的礼物,但同时也是马特喜欢的。

我知道西蒙正盼望着一年后能进入我所在的大学学习

物理学。(我可能得说,对西蒙来说,"盼望"并没有必要。他继承了父亲的智力,轻轻松松就能通过考试。)所以,有两周的时间,我每天下午都在物理系游荡,希望能找到灵感。但一无所获。

接下来的一两周时间,我把这件事放下了,觉得灵感会自动找上门来,但依然毫无进展。对于这个具有里程碑式意义的生日来说,所有普通物品——衣服、图书、唱片——都不足够,况且无论如何我都不敢猜测西蒙在这些领域的喜好。大型礼物——汽车、欧洲之旅——又超出了我的能力。中等尺寸的物品——唱机等等——要么他已经拥有,要么父母会送他。

时间一天天过去,四月到了。我是个有条理的人,不喜欢把事情拖到最后一刻,尤其是重要的事情。

急切之下,我一连两个周六都进城去寻找灵感,在人群中穿梭,满怀希望地扫视各种堆积成山的商品,希望能找到配得上那个场合的礼物。第二个周六,丹尼尔陪我同去,他宣称自己喜欢购物,而且总是能想到绝佳的点子。但实际上他的点子都很荒谬。他喜欢他看到的每一件物品,而且提出的建议一个比一个愚蠢,最后我恼了,让他回家去。

"天哪,你就是太认真了,"他抱怨道,"在这个世界上，有任何事情是你能不认真对待的吗？看在上帝的分儿上，这就是个生日派对而已！应该是为了好玩！"

我指出：(1) 他是家里的独子，而且没有侄子侄女，他不知道自己在说什么；(2) 要在有限时间内买到一件重要礼物，要是有人觉得这件事很好玩，那他的脑子一定有问题。

"听我说，"他的声音里逐渐有了怒意，濒临爆发的边缘，"那边有电话，你为什么不给你哥哥打个电话，问他能不能想到他儿子可能会喜欢什么礼物？"

"丹尼尔，我想自己来做这件事。请你回家吧。"

他走的时候看起来很气愤。但我邀请他去参加派对，他兴致很高，所以我知道哪怕是我的神经质行为让他生气了，他也不会气太久。

最后我决定在大学书店为西蒙开一个账户，然后存一笔钱进去，金额足够支付他大学第一年所有的教科书费用。此外，为了让他在生日当天有礼物可拆，我又给他买了一个小陀螺仪——其实只是一个玩具，但做工精细，能完美地展现他所选专业的美与复杂。

当我把我的决定告诉丹尼尔后，他说他认为这两件礼物非常棒，这句话算是弥补了他之前的恼人行为。但接着他又说，这两件礼物实在是非常有"我的风格"，打破了之前的补救,这种事也只有丹尼尔能做得出来。

"你什么意思?"我怀疑地问。

"我是说教科书。还有别的姑姑会拿教科书作为他十八岁生日的礼物吗?"

"当我想到我在图书馆花了那么长时间,就为了拿到那些已借出的教科书,因为我自己根本买不起……"

他笑着说他只是在逗我。

*

但在西蒙生日前的那个周二,我在工作中遇到了一点小小的危机。我不知道是不是因为我在惦记马特。以前从来没发生过这样的事,我想不出还有任何其他原因——我的论文没有收到批评意见,我的研究没有遇到障碍,任何那一类的问题都不存在。那么一定是因为我想到了家里。

我的职位——无脊椎动物生态学专业助理教授——涉及的职责很多:开展研究,分析和记录结果,撰写论文以供出版,在大会上发表论文,指导研究生,给本科生授课……外加大量行政工作。

我热爱研究。这份工作需要耐心、严谨和条理清晰的方法，这些条件我全部满足。这让研究工作听起来很枯燥，但实际上完全不枯燥。从纯粹的层面来说，它让你觉得你为科学知识的拼图增添了自己的一小块。从更基础的层面来说，如果我们想避免破坏环境，那么了解它就是必不可少的。研究是我工作中最重要的部分，我的时间从来都不够用。

我不介意写论文和其他文章。交换观点至关重要，我愿意做好我分内的准备。

我不太喜欢在大会上宣读论文，因为我知道我非常不擅长演讲。我能做到足够清晰，也能陈述一篇结构合理的论文，但我的演讲缺乏活力。

我完全不喜欢授课。这主要是一座研究型大学，我每周只需要给一个班级上四小时的课，但每节课都差不多要花我一周的工夫去准备，于是占用了我大量的研究时间。此外，我发现我很难与学生们融洽相处。而丹尼尔乐在其中。他假装自己并不喜欢，就像他也会用同样的方式假装不喜欢工作——但他实际上一直都在工作，他只是会换种说法。他私下里觉得学生们很有趣，充满新思想。我私下里却不然，我不理解他们。他们似乎不会认真对待任何事情。

总之，这次"危机"发生在一堂课上，如果用这个词来形容不会太过戏剧性的话。它始于一个小小的波折。我当时是在一间大讲堂里，向在座的大三学生解释某种节肢动物毛发的防水特质，我的眼前突然浮现出一系列清晰的闪回画面，以至于我完全失去了思路。我想起了马特和我以一贯的姿态趴在池塘边缘的画面，我们的脑袋伸在水面上。我们原本一直在观察荧光色的豆娘在水面跳起优雅的舞步，这时我们突然看见灯芯草的草茎上爬下来一只非常小的雄甲虫。我们看到它的时候，它在水面上大约六英寸的地方，正有意识地迅速往下爬。我们好奇，它觉得自己要去哪儿呢，它到了水面以后会做什么呢？它知道下面是水吗？马特说昆虫不像人类，它们没有鼻子，但它们能靠触须来闻和探测潮气，所以它可能都知道。不管怎么说，它在追逐什么呢？喝的？马特说，他原本认为昆虫靠吃植物或吸血就能获取所需的全部液体，但他或许弄错了。我说或许这只甲虫是雌性，要到水里去产卵，就像豆娘一样。马特说他认为甲虫不会那样做，不过在这一点上他也有可能弄错了。我说这只甲虫或许另有目的，比如只是想去进食，并没有关注自己要去向何方，马特说，那样的话，它就要大吃一惊了。

但最后大吃一惊的是我们。甲虫抵达水面后并没有过多停留,而是继续行走。它的脑袋撞进水里的时候,水面泛起了一些涟漪,接着水就将它包裹起来,完全吞没了。

我吓了一跳,以为它淹死了,但马特说:"不——你看!你看它在做什么!"

我往水里看,发现那只甲虫依然在以同样的速度往下走,它被包裹在一个闪亮的银色泡泡之中。

"是个气泡,"马特的脖子向前够,双手在水面投下一片阴影,"它给自己弄了个潜水艇,凯蒂。厉害吧?我想看看它能在下面待多久。"

现在我当然知道那只甲虫是怎么做到这一点的——其中并无神秘之处。有许多生活在空气与水面边界线上的生物在潜入水下时都会带一个气泡。空气被困在天鹅绒一般柔软的毛发中,而那些毛发如此密集,因此能完全防水。当氧气用尽后,周围的水里能提供更多的补充。至于我们的那只昆虫能在水下停留多久,那就要取决于水中溶解的空气含量,以及它消耗自身补给的速度。一般而言,昆虫越活跃,水温越温暖,它在水下停留的时间就越短。

正当我给大三学生解释毛发成分时,那天的记忆突然间划过我的脑海，短暂地打乱了我的思路，导致我结结巴巴地停顿下来。我假装在研究笔记的样子，整合好思路，然后继续讲课。学生们原本短暂地被提起了兴致，以为将会发生一些有趣的事，这时又都坐了回去。前排有个女孩打了一个哈欠，她的嘴张得那样大，看起来有下巴脱臼的危险。

是那个哈欠激怒了我。以前课上也有人打哈欠——所有的学生们都长期处于睡眠不足的状态，大部分讲师都经历过教室里鼾声连天的场景——但出于某种原因，我突然意识到我讲不下去了。

我于是停止讲课，看着台下的听众。我的脑海里开始重播我自己的声音，单调乏味的声音。无趣、扁平的讲述，覆盖在单调乏味的声音上，就像是一部由错误音轨组成的电影。我的眼前一直浮现出我自己最初了解到这门学科的画面：马特和我并排趴在岸边，阳光炙烤着我们的背。那只甲虫在水底闲逛，安全地待在它的微型潜水艇中。马特惊奇又喜悦。

马特觉得这一幕如同奇迹……不，还不仅如此。马特看出了其中奇迹的一面。没有他，我不可能看得出。我不可能意识到，每日在我们面前玩耍的生命竟然如此神奇，用这个词来形容毫不夸张。我可能会观察到,但不可能感到惊讶。

而现在我却害得全班学生昏昏欲睡。斜靠在桌子上的学生们有多少能有机会看到我曾经见过的场景?又有多少拥有马特那样的同伴?他们大多是在城里长大的,在进行实地考察之前,有些人一辈子从未见过一个真实的池塘。这门课让他们第一次了解到这门具体的学科。但他们并不知道自己如此不幸,因为如果当初事情能有不同的结果,那原本站在他们面前的应该是马特,而不是我。如果真能那样的话,那他们中的任何一个人都不会打哈欠。我并没有夸大。我不是在美化马特。这是事实。如果是马特在给他们讲课,那他们会被牢牢吸引。

此刻他们又都坐直了身体,重新燃起了好奇心,意识到出现了问题。我低头看着我的授课笔记,翻了几页,然后抬起头重新看着他们。

我说:"抱歉,我的课让你们一直都觉得很无聊。"

我收起笔记,离开了教室。

"我就不该做这份工作。"那天晚上我对丹尼尔说。

"凯特,每个人都可能遇到这样的情况。没有人能一直保持最佳状态。"

"这不是状态的问题,是基本能力的问题。我没有教书的能力。我讲不清楚。我等于在他们面前杀死了这门学科。"

我说的话很夸张,我并非有意,但感觉就是这样。我感觉伤心、绝望又荒谬。我不喜欢这样,一般情况下我都相当理性。

丹尼尔把双手插进头发里,这动作让我想起了卢克。"你对你自己太苛刻了!你只是上了一堂不达标的课……全世界大多数城市的大多数大学里的大多数讲师都是彻头彻尾的废物。但他们绝大多数都不在乎。"

我说:"问题在于,丹尼尔,不只是这一堂课不达标,是所有的都不达标。这就意味着我的工作做得不到位。我觉得我没法再继续,一周又一周,一年又一年,都把一份工作做得这么糟糕。"

"你反应过度了,凯特。"

片刻的沉默。

丹尼尔用更加温柔的语气说:"基里教授怎么说?"

我耸耸肩。"他总是很和蔼,你了解他。"

"基里和蔼?天哪——你竟然这样评价他。你是系里唯一一个能被基里和蔼对待的人。这是为什么?你问问你自己。"

但我想的是马特。我想的是,我感觉自己仿佛背叛了他。那就是我的感觉。我其实不能理解,因为事实上,是马特背叛了他自己。

十七

整个冬天，我们被自己的问题搞得焦头烂额时，派伊家的情况一定也在不断恶化。我想如果我们当时密切留意的话，一定会发现线索，但派伊家的农场与外界颇为隔绝，而且那年冬天如此难熬，人们并不常出来走动。派伊家的人不再去教堂，但几周以来没有人觉得这是件大事。道路有半数时间都被积雪覆盖，因此会众原本就很少。

如果是在一年里的其他季节，派伊家的农场若是发生了任何非同寻常的事，那么马特和卢克应该会知道，但冬季的几个月里农场没有活计可干，所以他们和派伊家也没有联系。

劳里自从十月里和亚历克斯·柯比打了一架后，就没有再去学校。斯塔诺维奇太太的家在北界公路上,她能看见进出派伊农场的车,根据她的说法,圣诞节前的那段时间,卡林顿小姐曾造访农场几次。据推测她应该是去提醒卡尔文,在孩子们年满十六周岁前,他有送他们上学的法定义务,但她的工作显然没有起到任何效果。劳里当时应该就要满十五岁了,农场子女旷课,教育委员会一般会视而不见,因为他们知道农场需要人手。

到了三月底,冰雪开始融化,马特和卢克重新回到派伊家的农场工作。也差不多就是在那段时间,罗茜的旷课次数开始变多。她以前就体弱多病,每种病菌都会感染,但卡林顿小姐推测,这一次情况不只这么简单,因为卢克和马特重回农场工作后的那一周,她来找过他们。(如果她知道我们家里发生的那场小小危机,那她完全没有泄露出去。所以我想她应该不知道,克里斯托弗森医生不是喜欢说闲话的人。)

她显然知道这个问题会令人不安,所以问得很委婉,她问卢克和马特是否觉得派伊家一切正常。我之所以知道是因为我当时在偷听,但接着马特关了门,所以我不知道他们是怎么回答的。不过,不管他们如何作答,应该都不足以描述全貌。

我在想，如果劳里在个性和外表上都和父亲一模一样，那么事情可能会不一样。依然会有冲突——根据弗农小姐告诉我的那段家族史，一定数量的冲突几乎不可避免——但可能不会这么糟糕。根据弗农小姐的说法，卡尔文不曾反抗过他的父亲。但劳里反抗了。劳里可不怕吓唬。我想那正是驱使卡尔文动手的真正原因。他没有勇气反抗自己的父亲，于是只能承受如此之多的辱骂，而且持续时间如此之久，接着却又被自己的儿子"顶撞"——我想他应该会这样认为。那一定是压死骆驼的最后一根稻草。

这样就能解释，为什么在那一年情况会不断恶化。劳里当时正值青春期。童年时代他没有胆量，但此刻凭借着血液里流淌的荷尔蒙，他变得无所畏惧。

我无法想象派伊太太和玛丽面临的处境，她们眼睁睁地看着，想要平息事态，想要干预，却都是徒劳。派伊太太那年冬天摔断了胳膊，打了几个月的石膏。她说是在冰面上滑倒了，那只胳膊撞到了门前的台阶。我想是有这种可能性。

有一天她来看我们——必定是在冬天刚开始的时候，那时候她还能偶尔出出门。她给我们带了些东西，可能是一些食物，我记得她站在门口，问卢克我们几个怎么样，我记得她虽然在看着卢克，但你看得出来，她完全没有留意卢克的回答。她似乎在倾听别的什么动静，确切说来是在听身后的动静。我想她应该是一直处于那种状态之中，随时在等待下一个危急时刻的到来。

至于罗茜——我想不起她有过百分百正常的时刻，但那一年的绝大部分时候，她哪怕是在经常上学的时间里，也像石头一样沉默寡言。一定是恐惧让罗茜变得蠢笨，一定是感知让她变得麻木。

但我发现最难回想起来的人是玛丽。如丹尼尔所说，共情不是我的强项，尤其是面对你不喜欢的人，要与他们共情就更难。我从来都不喜欢玛丽。我记得有一天下午我出门去找马特，他迟迟没有回家，此类时刻常有的恐惧达到了巅峰，我再也无法忍受，所以就穿上外套和靴子，走上公路去找他。我又像往常一样陷入了胡思乱想，我想象着校车翻倒在水沟里，马特死在一旁。但结果他就在那里，站在扫雪机留下的雪堆的半坡上，和玛丽说话。玛丽抱着双臂，摆出一贯的防御性姿态，她的眼睛是红的，鼻子也是红的，看上去还是一贯的可怜样。我觉得我鄙视她。我猜我是把马特迟迟不归的责任推到了她的身上。

但她一定也在遭受折磨。那一点我的确相信。

*

至于我们,马特、波和我,在狠狠地坠入谷底后,莫里森家的情况终于开始好转了。

亲爱的安妮姑姑:

你好吗?我希望你一切都好。特特尔先生又(一)次从屋顶上摔下来了。他本来是在屋顶上扫雪,免得屋顶塌下来,结果却衰(摔)断了腿。特特尔太太说他大(太)笨了,大(太)老了,所以卡林顿小姐问卢克原(愿)不原(愿)意去学校当看门人。

爱你的

凯特

3月30日,周日

亲爱的安妮姑姑:

你好吗?我希望你一切都好。卢克现在是我们的看门人。他每天早上很早就要去学校,生卢(炉)子,扫雪,完成所有要做的事,他还得扫厕所。但他说他不介意。到了夏天,他要把毒藤清理掉,为因(因为)卡林顿小姐说太烂(乱)了。

爱你的
凯特
4月6日,周日

所以就是这样。正如卢克所说,总算好起来了。事实上,短短几周的时间里,就有了办法。

但是再往回倒一点儿,回到马特和卢克那个"事件"发生后的日子,克里斯托弗森医生来过几次,表面上是为了查看马特肩膀的状况,但也可能是为了看看波和我。最后一次过来时,他将两个男孩叫去客厅,给他们读了不良行为警告。我知道这些是因为我在门口偷听。他把莫莉带进了屋子,用来娱乐波和我,但我那时学聪明了,决心再也不要被蒙在鼓里。我想那应该是我第一次有意识地违抗命令。

警告一开始很有迷惑性。克里斯托弗森医生说,每个人都佩服卢克和马特照顾两个妹妹的行为,每个人都知道为了维持正常生活他们付出了多少努力。

接着是片刻的沉默。我想卢克和马特应该都知道，那不是医生想要说的全部。

他继续发言。他说，有时候尽管你们付出了所有的努力，但问题还是没有解决，这让人很难接受。但承认这一点并不可耻。事实上，承认事实是很重要的。当某件事行不通时，承认失败是很重要的，因为如若不然你就会给自己造成无限的压力。当然了，那样一来，事情就会严重出错。

又是一阵沉默。接着卢克说话了，他的声音如此轻，我不得不把耳朵贴在门上，竭尽全力去听，现在他们已经解决了一切问题，一切都好起来了。

克里斯托弗森医生问，他们能肯定吗？

医生的声音很温柔，但语气中的严肃连我也听得出来。他等了片刻，他的问题仍悬在他们之间。我想象着卢克用手梳头发的样子。接着医生说，他担心的是波和我。之前波和我看到的事情绝对不能重演。我们已经经历了太多，我们太过脆弱。

沉默时间拉长了。卢克咳嗽起来。

克里斯托弗森医生说，尽管他痛恨告状，但只要他再发现任何迹象，怀疑旧事重演，他将只能选择联系安妮姑姑。幸运的是，我当时没有意识到这句话暗含的意味。我以为他只是在威胁他们，要向安妮姑姑告状，我对此感到非常高兴。我当时没有想到，他想说的是，要把波和我送到东边去。

这一次是克里斯托弗森医生自己打破了沉默。他说他需要他们保证两点：首先，以后如果再有分歧，他们要和平解决；其次，如果碰到问题，他们要寻求帮助。他们自给自足的想法固然值得钦佩，但他们也应记住，过度骄傲是一个缺点，有人甚至会说那是罪恶。出于对我们父母的尊敬，社区里很多人都愿意帮忙。因此，请他们保证，以后再也不发生暴力冲突，而且从今以后，他们自身的自尊心将让居次位，他们要以波和我的幸福为重。

接着他们回应了他，先是卢克，接着是马特，他们都做出了保证。克里斯托弗森医生立刻用如下方法测试了他们：他说他知道眼下我们家有点儿资金短缺，他愿意帮忙。但卢克和马特当场就没通过测试，他们压低声音说其实还过得去，父亲的钱还剩下很多，不过非常感谢。医生应该知道他们在撒谎，但他觉得他们这一天所受的屈辱已经够多，就没有追究。接着是椅子嘎吱作响的声音，我迅速回到厨房，跟波和莫莉一起坐下来喝下午茶。

两周后，特特尔先生从屋顶上摔了下来。

马特那时已经重返学校。我不知道卢克是如何说服他的，但可以肯定不是通过让他肩膀脱臼的方式。事实上，我近来突然想到，可能根本就不是卢克说服了他，有可能是玛丽。总之，马特回了学校，像发了疯一般开始准备考试。他不具备你们所谓的理想学习条件。卢克接受学校看门人的工作后，马特放学一回到家就必须照看孩子，而波又不是听话的类型。我的学生们时不时地会为没交作业找借口。说他们病了（其实是宿醉），在图书馆里借不到某本书（去晚了），同时还有其他三门作业（全部留到最后一刻才动手），而我会想起马特蹲坐在地上的样子。他的一侧摆放着化学作业，另一侧则是坐在便盆上的波，她拒绝待在上面，除非马特陪她一起。于是马特只能把便签本放在膝盖上，快速地往里面涂写笔记。

经济上的担忧依然存在。门卫的工作一天只需要做两个小时。（事实证明，工作时间堪称完美，因为卢克可以赶在马特出发上学前下早班到家，等他下午去上班时，马特已经放学回家。）之前的历任门卫也都是农民，所以这份工作只能提供少许额外的补助。我敢肯定教委会已经尽其所能地慷慨资助了，但每周工作时间只有十至十五个小时，他们不可能支付卢克一份足以糊口的薪水。这份工作是帮了忙,但还不够。

那时春天早已到来,农场里有许多活计要忙,但卢克没有接受,因为他还是无法下定决心将波交给邻居们带。塔德沃斯先生提供了一份工作,正是卢克最拿手的。他有两英亩地,上面林木茂盛,但他想要将其清理出来。他想将树木放倒,树根尽数刨出,再用拖拉机将木头拖回来锯成长段,劈开拿到城里当木柴卖。是卢克擅长的工作,但需要在白天进行,而且塔德沃斯先生希望能尽快完成。他不想干等着周末卢克有空。

在这个问题上,出现了一些克里斯托弗森医生所谓的"分歧"。马特坚称,现在每周让别人带波两天是没问题的,卢克却拒绝考虑,他既然说过要带她一年,那他就要说到做到。

我记得那次争吵。我记得马特说:"完完整整的一年?一定得是完完整整的一年吗?一年少一个月会怎样?你会考虑吗?一年少一周又怎样?"

卢克沉默不言。

"如果出现了一份合适的工作,但离一年之期还差一天,你会拒绝吗,卢克?你会说你拒绝是为了波好吗?"

卢克说:"你闭嘴好吗,马特?"

我看见马特的下巴绷得紧紧的，但有克里斯托弗森医生的影子悬在他头顶，他就没有说话。

接着，又发生了别的事。

我曾经听过一场主题为"性格决定命运"的辩论会。是在本科阶段，辩论最后在一片混乱中结束，因为辩论者事先没有限定辩题的条件。他们没有限定"命运"一词的含义。显然，如果你的命运是被陨石随机击中，那么个性对你的命运就不会有太大影响。

但这依然是一个值得深思的话题。卢克就是例子。你可以说，正是他的决心，正是他拒绝考虑失败的可能性，才使得一切有了发生的可能性。马特要理智得多，但到头来起作用的是卢克的不理智，简直就像是命运也顺从了他的意志。

或者以卡尔文·派伊为例。从事后来看，卡尔文·派伊的命运从出生的那一刻起似乎就已经可以预见。劳里也同理。但话说回来，在我看来，这番论述中有一个弱点——每个人的命运，都与其他所有人的命运联系在一起，或浅或深。

当然，你也可以很容易地将这个命题颠倒过来。就卢克来说，你可以辩称，如果不是我们父母的去世，那他可能永远也不会发展出如此坚定的决心。他的个性中一定有这样一面，但如果没有命运的干预，他可能永远都不会表现出来。你可能会说，他是在应对挑战，但首先是因为困难发生了。

那马特呢？你该怎么解释马特？我从来都无法解释马特。无论如何，我都不想分析他。那会让我万分悲伤。

*

亲爱的安妮姑姑：

你好吗？希望你一切都好。斯塔诺维奇太太说，耶稣发话了，她每周可以为我们匀出两个下午的时间。她说她的孩子们都走（走）了，我们比她的孩子们更需要她。卢克说我们根本不需要她，但马特说我们需要，而且这样做很好，因为波和我可已（以）留在我们自己家里。

爱你的
凯特
4月27日，周日

"我早上很忙,"斯塔诺维奇太太说,"早上要给男人们做早餐,准备午餐和晚餐。周一和周五全天都很忙。周一是赶集日,周五要准备鸡肉。周二、周三和周四可以兼做别的事,所以你们可以根据需要挑两天。"

她挑衅地看着马特和卢克。莉莉·斯塔诺维奇未得赐福,没能拥有美丽的容貌,她的小眼睛看起来很懦弱,脸又大又肉,但她依然维持了她的风度。现在回想起来,我认为她的挑衅中有一种近于高贵的姿态。她拥有生猛的勇气。我敢肯定,她一定知道我们对她的看法——所有人对她的看法。我记得我的父亲——就连我的父亲都——说过,他敢打赌,每次只要莉莉·斯塔诺维奇一张口,连上帝也会尴尬得蜷起脚趾,我母亲却坚称,她有一颗毫无杂质的真心,那才是最重要的。我记得父亲当时的回复(尽管是耳语):那是重要条件之一,但并不是最重要的。

在某些社区,她可能根本不会引起人们的注意,但在我们的……好吧,我之前说过,我们大部分人都是长老会教徒。攀扯圣父、圣子和圣灵并不符合礼仪,夸张地表露感情也一样,但斯塔诺维奇太太会强烈地表达她的感情。就连她的丈夫也为她感到尴尬,她的儿子们也一样。

尽管如此,她还是坚定不移地站在马特和卢克的面前,红着脸，脖子也红一块白一块的，向他们的拒绝发起挑战。一周两个下午，她可以照顾两个女孩，做一些烹饪活儿，也许还可以打扫一下卫生（她把清洁工作悄悄地塞进来，伪装得好像那不是她最关心的事情），卢克就可以去农场里做些需要他做的工作。上帝向她发过话了，她将要奉行他的旨意。我想就算是卢克也一定明白，他们除了接受别无选择。

"她会传染女孩们。"他后来小声地对马特说道，仿佛我们的父母在云端之上能听见他说的话，会让他在厨房罚站。

"传染？"马特不安地说，显然他也在想同一件事，"那么说可不是很好。"

"你懂我的意思。她们肯定会见证的，不管那叫什么，目睹吧，她们肯定会目睹她向上帝忏悔。"

"她不会在这里忏悔的，她们不会目睹。"马特说。

"我们要怎么阻止她？我们总不能说：'听着，你可以清扫我们的房子，但你不能忏悔。'"

"我们可以说得友善一点儿。"

"那种事还能说得友善？"

"就说父母希望凯特和波能在我们自己的宗教环境中长

大。我们可以这样说。她会接受的。她爱妈妈。"

"那你去说。"卢克说。

于是斯塔诺维奇太太就在每个周二和周四的下午过来,那时候卢克就去帮塔德沃斯先生砍伐树木,清理林地。斯塔诺维奇太太和波并非对每件事都看法一致,但她们找到了相处之道。斯塔诺维奇太太任由波在厨房里敲炖锅,波于是也任由斯塔诺维奇太太清扫房子的其余部分,接着斯塔诺维奇太太让波把炖锅拿进客厅,波于是就让斯塔诺维奇太太清扫厨房。然后波被允许挑选她自己喜欢的书,拿到床上去待一个小时,其间斯塔诺维奇太太就擦洗炖锅,并且烹煮晚餐。等我放学回家后,波就可以起床,我们两个随便做什么都可以,只要允许斯塔诺维奇太太"继续擦洗窗户",或者继续进行当天预定的清扫工程。我从没见过有谁能在一个下午的时间做那么多活儿。整个房子都变了一个样。

她比以前更好相处了,这主要是因为她的痛苦有所减轻。有一阵子,当我到家时,她会飞奔到门口拥抱我,不过很快她就停止了。我想她是看出了我有多讨厌这个动作。我想她不可能看不出。她拥抱我简直就像在拥抱一只蜥蜴。

我希望她知道我们很感谢她。不——我想换一个说法，我希望我们感谢过她。当时的我们并没有做到，我对此心怀不安。不过这或许并不重要。她做这些并不只是为了我们。

十八

四月里一个周六的下午,劳里·派伊离开了家。我不能确定日期,因为我在给安妮姑姑的信中没有提及此事,但我知道是在四月,因为我们当时经历了一段暖和的日子,因此误以为冬天已经结束,之所以记得在周六的下午,是因为马特当时就在现场,目睹了他的离开。

马特当时并没有就这件事多说什么。他只说老头子派伊跟劳里吵了一架,然后劳里迅速离开,之后就没再多说。毕竟,他和卢克以前就见识过两人的无数次争吵。劳里小时候也跑过两次,但总会自己回来。

那晚的天气展示了气候的狡诈性,温度陡降至零下十度。马特很担心,他说劳里离开时只穿了一件薄衬衫。卢克却说，这样一来他只会更快地回家。事实上，他可能已经回家了，派伊先生可能也平静了一些。马特想了一会儿，赞同了这种说法。

但到了周日，派伊家没有一个人去教堂，这一次也不能再拿积雪做借口。马特在回家的路上相当沉默，这敲响了我脑中的警钟。如果马特担心，那我也担心，在我看来，麻烦一定会落在我们头上。所以我也格外安静，同时格外当心地倾听一切动静。午饭过后，马特和卢克在洗碗，我听说了发生的事。故事虽然令人不快，我却松了口气，因为麻烦总算没有落在我们头上。

周六的下午，派伊先生、劳里和马特宰了一头阉牛。在农场所有的工作中，马特最讨厌的就是宰牲。他不是会为动物难过的人，尽管如此，他还是感到难受，尤其是这一次，那头阉牛很聪明，知道将要发生什么，最后死在恐惧之中。他们三人齐上阵才干完这活儿，而且在此过程中派伊先生还挨了踢，所以他的心情本来就不好。

马特说，派伊先生开始冲劳里大吼，说他没有尽他自己的本分。骂他没用，像个丫头片子一样毫无价值。派伊先生说都十五年了，劳里在务农上还是他妈的毫无长进。不努力，不听话，蠢得就像这头该死的阉牛。

这一切发生时，那头阉牛的血正在流尽。它侧翻在地上，生命正随着鲜血一同渗入土中，它的身体在剧烈地起伏和抽搐。

劳里说："那一定是你遗传给我的。"

马特说，劳里之前一直跪在阉牛的屁股后面，说话间突然站了起来。那时阉牛差不多已经停止抽搐了，只是身体仍在颤抖，一波接着一波，在它的体表形成纹路，就像湖面上的涟漪。血水在它的四周汇聚成一个浓稠的暗色血泊。马特仍蹲在它的脑袋旁边，握着它的两只角，整个身体的重量都压在上面。有一只角已经在地上凿出了一个深深的凹槽。

卡尔文·派伊先前一直在一捆旧麦秆上擦拭屠刀。这时，他回过头来，越过阉牛颤动着的庞大躯体看着劳里。

他说："你说什么？"

劳里说："我说那一定是你遗传给我的。愚蠢，迟钝。"

马特说，当时有一段时间，谁都没有呼吸。他自己一动不动地待在原地，紧握着两只角，低头看着阉牛。他说它的舌头从嘴里耷拉出来，落在地面上，就像一块凝固的血液。

卡尔文·派伊说："我没听错吧？"

劳里说："除非你聋了。"

马特说，他听到一声轻轻的刮擦声，抬头看时，幸好卡尔文将刀放在了混凝土砖上。马特说，如果卡尔文一直举着刀，那很难说他会干什么。当时的情景十分骇人。

卡尔文往谷仓走去，消失在里面，然后几乎立刻就走了出来，手里还拎着一个东西。马特说，是一根皮带。

他朝他们走来，眼睛盯着劳里。马特看着他，仍旧跪在阉牛的脑袋旁边，仍旧抓着牛角。劳里也看着他的父亲。马特说，劳里并没有显出恐惧，但马特自己吓坏了。

卡尔文·派伊没说一句话，他在绕着阉牛身体四周的血泊绕圈子，他一边走，一边将皮带的一端，没有带扣的柔软的那一端，缠在手上。

马特站起身叫了一声："派伊先生？"他说他的声音就像是在尖声抗议。

但那父子二人都没有听见他的声音。他们仍旧盯着彼此，皮带扣在轻轻摇晃，但劳里并没有看。他的眼睛死死地盯着父亲的眼睛。

马特说，那一刻时间似乎变慢了。卡尔文离他的儿子只有不到十二步远，但每走一步所需的时间似乎都像永远那么漫长。劳里什么也没有做，就只站在原地。直至父亲就要走到阉牛尾巴的位置了，两人的距离只剩下三步远时，劳里发话了。

他说："你再也别想揍我了，你这个杂种。我现在就走，但我希望你去死。我希望你像这头阉牛一样死掉。我希望有人拿刀捅穿你的喉咙。"

然后，他转身跑了起来。

马特说，卡尔文追了上去，但只跑出几码远就停下脚步走了回来。他没有看马特。他只站在那里，低头看着那头阉牛，皮带还缠在他的手上，那头阉牛此刻已经没了生气。接着，他像是什么也没发生的样子，冷漠地说："你等什么呢？开始清理。"

和我们没有任何关系。我当时是这样想的。我那时还不知道，派伊家的故事已经开始和我们的故事相互交融。没有人知道。所有人都在跌跌撞撞中前行，莫里森家、派伊家、米切尔家、贾尼家、斯塔诺维奇家，还有其余所有的家庭，一周又一周，我们肩并着肩一起前行，我们的道路在某些地方是相似的，在其他地方又有不同，似乎全都并行不悖。但平行线从不交会。

十九

还有一件事我当时不知道：那年春天将是我和马特一起度过的最后一个春天。我们的池塘之行早已成为我生活中一个如此基本的组成部分，我本以为它们是不限次数、没有尽头的，但实际上它们已经差不多结束了。在我的记忆中，到接下来的九月时，那些池塘本身也将遭到两次亵渎，那之后的许多年里，我一次都没再去过。就算去，也不是和马特一起，况味也不再相同。

那年春天我们的池塘考察之行之所以能如此清晰地留在我的记忆中，或许就是因为这一点。就像和父母共用的最后的晚餐，那些池塘之行也已经拥有了特殊的意义。当然，我终于到了这样一个年纪，开始能理解眼前所见，并且有能力展开思考了。那个时候,马特在我心中激发的兴趣已经发展成一种更深的好奇之心,在那一年,即便无人督促,我也会对各种事物展开观察和思考。

生命周期就是这样,春季是最适合池塘观察的季节,而那年春天,每一种生命形式似乎都下定决心,要将自己的秘密展现给我们。我记得有一天傍晚,我们极其兴奋地滑下小路,来到"我们的"池塘旁边,因为水面当时像是沸腾了一般。水面冒着泡,翻腾着,犹如大锅里煮的汤。我们想不出是怎么回事。原来是所有的青蛙一齐在水面划水,争抢着爬到彼此身上,滑落下来,然后再奋力往上爬,数量得有好几百只。我问马特它们在干什么,马特说:"它们在交配,凯特。它们在孕育蛙卵。"但他看上去也像是被这疯狂、紧迫的场面惊呆了。

接着他告诉我,所有的生物,不管是单细胞生物,还是最复杂的形式,生命的主要目的都是繁殖。我记得我当时很困惑,这太奇怪了,某物存在的目的竟然就只是为了让其他某物能够诞生。不知为何,这让我不能满足。这太没有意义了,来到世界走这一遭竟然就为了这样一件事。

我当时忘了问他,那我们是不是也包括在内——我们所有人类生存的目的,是否也是繁殖。我在想,如果那年春天我问了他这个问题,那他会如何回答呢?

当然,春天还有另一件大事。和现在一样,当时的考试时间也在六月。马特是学校里少数将会参加大学入学考试的学生之一,也是唯一将要申请大学的人。乌鸦湖的大部分孩子能读完十二年级就已经算运气好了。在农民家庭里,如果有哪个孩子能被允许念完十三年级,那很有可能是个女孩,因为女孩肌肉少,所以用处就小。

一般来说,在我知道的农民家庭中,妻子所受的教育都比丈夫多。这被看作一种合理的安排,妻子能管理农场账目,有需要的时候也负责写信。我想丈夫们自身都不会太重视教育。在这方面,曾祖母莫里森就显得不同一般了。

我记得那段时间,马特与十三年级的课程作战(并且轻易取胜)的样子,那是父母去世后我们所度过的最平静的一段时光。我们终于安定下来。经济上的担忧消除了,马特接受了卢克的牺牲,虽然仅仅是因为他已想出了回报的方法,只是他在那时并未提及。

对我来说,卢克在学校工作让我感受到一种安慰,甚至还感受到一种自豪,哪怕他的职位很卑微。有时轮到斯塔诺维奇太太带波的时候,如果农场里不那么忙,他在下午课间休息时也会来学校，看看有没有任何需要做的事。我记得有一次，我看到他和卡林顿小姐双手撑地跪在地上，查看豪猪对木头地基造成的损坏。我记得卢克当时站起身后，将双手在牛仔裤上擦了擦，激动地说问题不大，他可以等夏天再修，然后再用木馏油把整个地基保养一遍，卡林顿小姐点点头，看上去放了心。我记得我当时为他感到无比骄傲，想知道其余每一个人是否都注意到了，我的哥哥刚刚消除了老师的疑虑。

那时，罗茜·派伊也回了学校。劳里消失后，她有好几周都没来——事实上整个派伊家的人当时都从公众视野中消失了。不过慢慢地，事情似乎又恢复了常态。罗茜原本就十分沉默和奇怪，因此回来后也看不出多少变化。玛丽白天一整天都待在拖拉机上，干她哥哥的活儿，如果说她看起来比以前更孤僻，好吧，那也不足为奇。

卡尔文仍和以前一样。马特周六依然会去为他工作，那时候他是社区里唯一一个和派伊家有定期接触的人。他说，其实卡尔文变得比以前好相处了些，因为劳里走后，他不用一直发火。

只有派伊太太发生了明显的变化。教会里的女人们说起她都直摇头，称她因劳里的消失而备受打击。她不再出门，有人上门拜访，她也不开门。米切尔神父试着向卡尔文了解过她的情况，却被告知少管闲事。

至于劳里本人，他从离开的那天起就再无音讯，只有贾尼先生的小儿子有一次去新利斯克德时，说是好像看到他在那边的市场里工作。

回头看来感觉很奇怪，他的消失似乎并未引起人们的忙乱。他没有钱，没有食物，没有衣物，没有在乌鸦湖以外的世界生活的经验。你可能会想，人们应该会向警察或皇家骑警队报告。

我想当时的情况应该是这样，乌鸦湖的人们对此早已司空见惯。派伊家族的挂毯上早已遍布窟窿，劳里的消失不过是让上面又少一针罢了。

*

大半年的时间里，我似乎一直蜷缩在一个硬壳里，那年春天正要开始苏醒。在那之前，许多事情我都不曾参与。我就像一只井底之蛙，目光只能聚焦在一块有限的天地里。在我的眼中，马特、卢克和波是清晰的，其余的一切都一片模糊。但那年春天，我的视野终于开始扩展了。之前的岁月里，米切尔神父家的二女儿詹妮曾是我最好的朋友。五月里的一天，她问我放学后想不想去她家玩，我答应了她。之前她也邀请过我，但我都没有兴致。现在我接受了。

我是在一个周三去的。我记得我们玩了化妆游戏。那天下午我们玩得很开心，米切尔夫人建议我们把这个活动固定下来，又建议我把波也带来。一开始波是和我一起去，结果波适应得很成功，所以米切尔夫人问卢克，也许波愿意去她家待上一整个下午。波的确喜欢。因为米切尔家也有一个小宝宝，波被吸引住了。而且他们也有一只狗——虽然不如莫莉那么善解人意，但也相当友善。

所以卢克又空出一个下午的时间。你看，这又是一个进展。我记得他和马特询问波和我下午都做了什么的时候，表情是焦虑中又带着喜悦。你们都玩了什么？好玩吗？波也参加了吗？有没有争吵？他们就像两个保护欲过强的母亲。

五月底我满八岁，这件事让我们恐惧地意识到，四个月前我们错过了波的生日。波当然毫无波澜，但我们其余人都内疚极了。斯塔诺维奇太太更是吓坏了。她原本为我烤了一只披盖着粉红色糖衣的蛋糕，那一刻她又冲进厨房，另做了一只。她在两只蛋糕顶部的边缘都放了方糖,每一只上面都装饰了一朵小小的粉色糖花。我看得呆住了。我以前从没见过如此精致,如此富于艺术效果的食物。天知道她是从哪里买来的食材——一定花费不菲。我敢肯定她从来都没想过给自己的孩子做这样的蛋糕。

我记得她当时和波的交谈。她们以前就交谈过。她们之间已经建立了某种关系,而且我想她们两个都相当满足。

斯塔诺维奇太太将蛋糕放在边柜上,和我的那只放在一起,然后说道:"来了,我的小羊羔。这是属于你的蛋糕。"

"我不是我的小羊羔。"波一边说一边在舔装糖粉的碗,所以蛋糕对她的吸引力不如预想。

"天哪,你是对的,"斯塔诺维奇太太说,"笨蛋难道不是我吗?你是小小喇叭波。"

波看起来很开心。"喇叭波!"她说着将脸埋进了装糖粉的碗里,很快又钻出来,冲斯塔诺维奇太太摇摇勺子,扬扬得意地说,"像只迷途的绵羊!"

斯塔诺维奇冲她微笑,但这一刻,她看着眼前这个失去了母亲的孩子,甜美的小脸上沾满粉红色的糖粉,旁边是令人悲伤的迟到的蛋糕。这画面中蕴含的心酸让她无法承受,我看到她的嘴开始颤抖起来。我想从房间里溜走,却被她叫了回来。

"凯瑟琳，亲爱的？"

我不情愿地退回来。"怎么？"

"亲爱的，现在有两个蛋糕。"她从丰满的胸脯里掏出一块大手帕，用力地擤了一把鼻涕，然后将手帕塞回去，颤抖着吸一口气。她像个英雄，她真的像个英雄一般英勇地说："现在有两个蛋糕，我在想，你要不要我把你的那只装进金属盒里，给你明天带去学校和朋友们分享呢。"

是个好主意，我喜欢。于是我说："好的，谢谢您。"

或许是因为我对她微笑了，又或许是因为我的那句"谢谢您"，又或许是因为这时候波把粉红色糖粉弄到了头发里面，不管怎样，此情此景让她无法承受，她败下阵来，情难自禁地哭了起来。

马特始终在默默地看他的书。整个四月和五月，家里的其余成员仍像往常一样在他周围闹腾，他却总是坐在厨房餐桌边快速涂写。他有许多时间都在带孩子，毫无疑问他觉得自己应该守着波，但即便是卢克在家时，他似乎也从未想过要去卧室里找个安静的地方。或许我们的喧哗对他来说是背景音。他无疑拥有出众的专注力。

我喜欢看着他。有时候我会坐在他的身边，在他的笔记背面画画，观察他手中铅笔的移动。他写字的速度如此之快，在我看来，那些词句简直就像是从他的手臂里跑出来落在纸页上的。当他做数学题的时候，会有一大排数字弯弯曲曲地横在纸页上，铅笔会在数字之间做记号，我知道这些记号是有意义的，却不知道它们代表着什么。每到一个问题的结尾，如果他得出的答案在意料之中，那他会在下面重重地画一条线。如果答案并非他所设想，如果他在解题过程中的某处犯了错，他会说："什么？为什么？"他的语气中充满愤怒，这总是逗得我咯咯笑，然后他会将答案删掉，重新开始。

我不记得他对考试表露过任何紧张情绪，无论是在考前，还是在考试之中，不过在考前的一阵子，我们去池塘的时间的确缩短了。等考试真正开始后，他就变得闲散起来，表现得很乐观。卢克问他某门学科考得如何，他只含糊地说一声"好"，就不再多言。

接下来，考试结束，他也没有任何大惊小怪或庆祝的表示。他将厨房餐桌上的稿纸收拾起来，整齐地堆放在他卧室的地板上，然后就到卡尔文·派伊家的农场打暑期工去了。

想想他那份工作所包含的全部意义。他的专注与决心，他投入在学习上的无数个小时。他工作仿佛是为了向父母致敬，是为了从那一年的苦难中用力地抢回来一些好东西，是为了证明他自己，向他自己，也向卢克证明，为了我的缘故，为了他自己的缘故，为了工作本身，为了工作之中所蕴含的纯粹的喜悦——这一点或许是最重要的。通过工作，他才能养活我们其余的几个，他工作是为了这个家庭的未来。他工作是因为他知道自己有这个能力，知道他的努力将获得回报。

仿佛生活就是那样简单。

人们说："如果心意坚决，你能做成你想做的任何事。"这当然是一句无稽之谈，但我猜我们所有人在工作时都是相信这种说法的——相信生活是简单的，努力终将获得回报。如果不相信这一点，那你早上起床就没有价值。我敢肯定，曾祖母之所以那么努力地为她的孩子们争取教育机会，一定是因为这种思想的支撑。杰克逊·派伊一定也相信这种说法——想想看他为了从荒野中夺取那座农场，付出了多么令人难以置信的精力与努力。宏伟的农舍，精心修建的谷仓、棚屋和附属建筑，为了在森林中开辟土地，成吨的岩石被挖出来挪走，树木被一棵棵地连根铲除，田地周围都修了防护栅栏。亚瑟·派伊一定也信奉同样的想法——相信他能在父亲的失败之处收获成功，只要他够努力。卡尔文也追随着他。

还有派伊家族的所有女眷——她们第一次见到那幢农舍时，一定都充满了兴奋与决心，她们的脑海中一定浮现出快活的一大家子人进进出出，把通向宽敞外廊的门摔得砰砰响。她们一定都满怀欣喜地支持着丈夫的梦想，相信他们，多年来孤注一掷地坚守着那份信仰。因为在一个理想的世界中，努力就像美德，是会收获回报的，而且没有理由认为这不是一个理想世界。

*

马特考完试的一两周后，我也放了暑假，我们渐渐适应了夏季的日常生活。斯塔诺维奇太太依然会在周二和周四的下午过来，波和我在周三仍会去米切尔家，于是卢克就在这几天工作。塔德沃斯先生在春季里清理好了土地，这时又请卢克帮忙修建一座新的谷仓。他给的薪水比卡尔文·派伊给的高，而且跟他一起工作要轻松许多，因此卢克就答应了。不过我想卢克应该很内疚，因为他把马特一个人留在了派伊家的农场。劳里走后,卡尔文的人手严重不足,马特每天要工作十二个小时。他说玛丽更是差不多一天二十四个小时都在工作,她白天开拖拉机,晚上要煮饭和做家务。派伊太太的状态不好。有一天晚上,她痛苦地在农场周围的道路上转悠,碰到了从城里进货回来的麦克莱恩先生。她说她在找劳里,麦克莱恩先生说她看上去像是跌入水沟后又爬起来的,头发缠在一起,脸上和手上满是擦伤和泥巴,裙子也撕烂了。他想带她去见米切尔神父,但她拒绝了,于是他就驾车将她送回了家。

七月到了。我记得有一天晚上我听见马特和卢克在厨房里谈话,感慨竟然已经过去一年了,真是难以置信。我不知道他们指的是什么。什么过去一年了?我继续听,但他们没有解释。一分钟后,卢克说:"成绩什么时候出?"

"随时都有可能。"马特说完停顿了一下,然后又说,"你还有机会去,你知道的。"

"去哪儿?"卢克问。

"师范学院。我敢打赌,他们还愿意接收你。"

接下来是一阵沉默。我虽然站在门后,依然能感觉得出其中的不祥意味。

马特说:"我想说的就是,如果你改变了心意,那可能还不算迟。我敢打赌，他们依然愿意接收你。我可以留下来照顾两个女孩。"

沉默继续延长。接着卢克说："仔细听着好吗？我留下来照顾两个女孩。从今往后，我再也不想谈论这个话题。就算我们两个还要活一百万年，我也不想再提这件事。"

我等待着，因为恐惧，连皮肤都绷紧了。但马特没有回答，又过了一分钟，卢克平静下来说："你脑子里都在想些什么东西？我还以为你很聪明呢。现在我就算想去，钱也不够啊。所以你才需要奖学金，记得吗？"

我记得我当时松了口气，他们不会吵架。那就是我所担心的一切。我根本不担心他们谈话的内容，因为不知道为什么，虽然他们为马特应不应该"走"这个问题吵了一整年，但我从来没想过，马特真的要离开，要去别的地方，真是不可思议。我不知道我为什么没有意识到，但当时的确如此。我完全没想过。

我想任何人都不会怀疑，马特一定能拿到奖学金，不过我想，就连他的老师应该也没想到，他竟然能取得这么优异的成绩。他打败了所有人。他赢得了全奖。

我记得成绩出来的那个晚上，我们的晚餐吃得很热闹，因为不断有人跳进来祝贺他，所有人都自豪地笑着，乌鸦湖竟然取得了如此巨大的成功。

卡林顿小姐是第一个来的。高中确认成绩后一定当即就通知了她,所以她几乎是和马特同时知道的。我有好几周没见她了,所以看到她有点儿害羞,犹豫着没有上前迎接。我记得她在笑——他们三个都在笑——马特看上去又开心又尴尬,卢克捶了一下他的肩膀,捶得相当狠。我记得我当时看着他们,不确定他们这么大惊小怪是为了什么,但我知道那意味着马特是全世界最聪明的人,反正我一直都知道,我感到很开心,因为其余的人也终于发现了这一点。但依然很不可思议,我还是完全没想过,这会带来怎样的后果。

我记得马特给安妮姑姑打电话的场景。安妮姑姑应该知道出成绩的时间,交代他要打电话汇报。我不知道她说了什么,但我记得马特红了脸,对着话筒露齿而笑。

我记得玛丽·派伊来了。马特看到她从车道走下来,立刻起身迎了出去。我看到玛丽像往常一样露出了紧张的微笑,她对马特说了句什么,马特笑着回应。我还记得其他上门祝福的人,米切尔神父也来了,所有人都想用力地与马特握手。最后来的是克里斯托弗森医生,他不知怎么得知了消息,驾车一路从城里赶了过来。

我至今仍记得他和波坐在厨房里的画面，莫莉绕着他的脚转来转去，他说："真是一项了不起的成就啊，马特。实在是了不起。"

我记得他说："你什么时候走？九月初？"

然后我就陷入了困惑之中。我记得我当时的困惑。

*

我说："去多久？"

他一阵犹豫，然后轻声说："几年。"

"你不想再留在这里了吗？"

"我喜欢这里，凯特。这里是家。我会经常回来的。但我真的得走。"

"你每个周末都会回来吗？"

他紧绷着脸，但我一点儿也不同情他。

"不可能每个周末都回，往返会花很多钱。"

一段长时间的沉默，我强忍着喉咙的疼痛。

"非常远吗？"

"大约有四百英里远。"

一段难以想象的距离。

他伸手碰碰我的一根辫子。"过来，我想带你看个东西。"那时我的眼泪已经滚下来了，但他没有对它们发表评论。他将我带进父母的卧室，让我坐在曾祖母的那张照片面前。

"你知道这是谁吗？"

我点点头，我当然知道。

"她是爸爸的祖母。是爸爸的父亲的母亲。她一辈子都生活在一座农场里，从没上过学，但是她无比渴望学习。她想要了解各种事物，理解各种事物，她的渴望如此迫切，凯特。她觉得这个世界令人神往，她想要了解它的全部。她真的很聪明，但如果你几乎抽不出学习时间，如果你没有老师引导，那学习是非常困难的。所以她决定等她有了孩子，她要让每个孩子都有平等的学习机会。

"她做到了，她所有的孩子都念完了公立中小学。但接下来孩子们只能离开学校，开始工作挣钱养家，因为他们真的太穷了。

"她最小的儿子，也就是我们的祖父，是最聪明的一个，他成年后自己又有了六个孩子。祖父也是个农民，生活依然贫穷，但他所有的孩子也都念完了中小学，接下来兄长们分担了最小的弟弟的那份工，好让他继续念高中。

而那个最小的弟弟就是我们的爸爸。"

他坐在床脚处,有一两分钟的时间,他就那样看着我没说话。或许是因为我经常看曾祖母的照片,所以我知道他的眼睛与曾祖母有多么想象。他的眼睛,还有嘴巴,都继承了曾祖母。

他说:"我终于有机会能走得更加远,凯特。我终于有机会去学习曾祖母连想都不敢想的知识。我一定得去。你明白吗?"

问题在于——这也证明了我们共同生活的这些年里,他把我教得有多好——我的确明白。我明白他一定得去。

他说:"听着,我想告诉你一些事情,好吗?我有一个计划。我没有告诉过其他任何人,我希望你也不要告诉任何人。这将是我们的秘密,好吗?你保证?"

我点点头。

"等我念完大学,如果我成绩足够好,那我就能找个好工作,挣许多的钱。到时候我要出资,让你也能上大学。等你念完大学,我们两个再出资让波和卢克去。那就是我的计划。你觉得怎么样?"

我觉得怎么样?我觉得失去他我可能会死,但如果我没有死,能参与如此光荣的一个计划,那活下去将是值得的。

第五部分

二十

丹尼尔说："你知道这是我第一次真正涉足未被绘入地图的荒野。我以前是从空中路过，从没真的走进来。"

我说："至少一百年前，这里就被绘入地图啦。你好好看看，我们在一条公路上。"

"一条小路，"丹尼尔开心地说，"只是一条小路而已。"

但这不是小路，而是一条铺设过的公路。即便是在没有铺设的时候，这也是一条非常漂亮的公路，春季里会有些泥泞，夏季里灰尘有点儿多，冬季里偶尔会被积雪覆盖，但其余时间状况都很好。不过丹尼尔很喜欢。在他看来，这才是真材实料，这才是原生态的大自然。丹尼尔对大自然的了解，就和多伦多出租车司机的平均水平差不多。

周五的下午我没有课，他那天也只有一节导师辅导课，十一点就结束，所以他一忙完我们就出发了。这一趟要走四百英里，虽然如今看来这已经不再是一段不可想象的距离，但驾车依然需要相当长时间。

天气很好，是个晴朗的四月天。多伦多杂乱无序的城市风景很快就让位给了郊野风光，接着泥土变少，田地让位给了边缘有树丛的草地，时不时能看到一些圆形的灰色花岗岩突破地表，宛如一条条鲸鱼。再往后鲸群开始接管一切，草地缩小成岩石之间的小块草皮。

下午两点时，我们抵达了只有村舍的乡村地带。过了亨茨维尔后，车流逐渐稀疏，从北湾开始，路上就只剩下我们一辆车了。一直到斯特鲁恩，我们走的都是铺设过的公路。只有当你转弯前往乌鸦湖时，柏油路才终于结束，森林将你包围起来，你开始真正地感觉到，你在时间中逆行。

前方靠近公路的地方，长着一小片矮松。我减速靠边停车。

"又要去？"丹尼尔问。

"恐怕是的。"

我下车穿过林下灌木丛走进松林。它们生长在花岗岩裸露纹脉之间的一个浅坑里，周围的蓝莓树丛伸着细长结实的枝丫，奋力地与草丛、苔藓、地衣展开搏斗，它们都想要争夺一片立足之地。有些地方几乎没有表土，你会认为不值得费这么大劲在这里生长，但它们没有放弃。事实上，它们长得可以说茂盛。它们寻找着每一条窄缝，每一条罅隙，每一星土屑，然后将它们结实的根须伸展过去，扎进去紧紧抓住，将每一片落叶、每一条小枝、每一粒被风吹来的沙尘都储存起来，在周围慢慢地、慢慢地累积起足够支持后代的土壤。就这样一百年又一百年地延续下去。离开这里以后，我都忘了我有多么热爱这种风景。我在一小丛勉强能遮身的松枝后蹲下来，将双手伸到背后驱赶黑蝇，然后往一团鲜绿色的苔藓上撒了尿，因为对它们的爱而感到心痛。

"你没事儿吧？"我回到车上后，丹尼尔问，"要换我开一段吗？"

"不用。"

我只是紧张而已。

就在上个周二，我才刚在大讲堂里经历了一次小小的信心危机。事后我的情绪有些低落，连着两个晚上都没睡好。周四我又上了一节课，虽然进展顺利——没有闪回，没有话说到一半说不下去，最后的问答环节也很正常——但上完课我疲累不堪。我回到实验室试图工作，注意力却无法集中。我不停地想起马特，想起他站在池塘边的样子。我走进我的办公室，坐在桌旁眺望窗外多伦多的天际线。外面在下雨，深灰色的多伦多的雨。我想，我有点儿不对劲，我也许生病了。

但我知道我没有病。我犯的是老话说的"心病"，我随之又想起斯塔诺维奇太太在厨房水槽边哭泣的场景，她向上帝倾诉，说她敢说上帝一定有他的理由，但她依然感到伤心。"伤心，生了心病。"她的声音很激动，认为上帝应当知晓。那一次，我想她伤心的理由与我们无关。我想塔德沃斯太太的孙子是死于某种罕见的儿童疾病。

我看着雨水从窗户里渗漏进来，留下蜗牛爬过一般的淡淡印记。现在我所能做的仿佛就只剩下想家。我哪里也去不了。我想，你应该振作起来，弄清问题所在，然后将其解决。解决问题应该是你所擅长的。

但这次我要解决的是一些甚至连名字都没有的问题，这我可没有多少经验。

就在那时，有人犹豫地敲了一下门，我转过身，看见门口站的是二年级班上的一个学生，叫菲奥娜·德容。一般情况下，有学生站在门口总是让我感到一股没来由的烦躁，但在那一刻，任何干扰似乎都是有益的，所以我问她有什么事。菲奥娜·德容是个脸色苍白的女孩，并不是特别漂亮，一头灰褐色的头发软塌塌的。根据我所看到的她在班上的表现，我猜她并不经常社交，不过从学业上来说，她属于少数还有希望之列，她的作业让我沮丧的程度比大多数人要轻。

她说："我能……跟您谈谈吗，莫里森博士？"

"当然，"我说，"进来吧，菲奥娜，请坐。"我冲墙边的椅子点点头，她依然有些犹豫地走进门坐了下来。

我有一些同事——主要是男同事——经常抱怨，学生——主要是女生——总是来打扰，请他们就一些完全跟学习无关的话题提供建议，都是些私人问题之类的话题。不过我倒是很少被那样的要求打扰。或许是因为我看上去并不是一个富于同情心的人，但我猜我的确是这样。毕竟，同情与共情是连在一起的。所以我以为菲奥娜的问题会和学业有关，但让我意外的是，我看到她的嘴在发抖，那让我相当慌张。

我清清嗓子。一分钟后，情况似乎并无改善，于是我用非常平静的语气说："出什么问题了，菲奥娜？"

她盯着自己的膝盖，显然是在奋力地平复心情，我突然想到，天哪，她怀孕了。

我没有能力处理那一类的事情。大学里有咨询服务处，配备的都是有资质的心理学家，他们有处理这类问题的经验，知道该说什么。

我迅速说："如果是私人问题，菲奥娜……如果和你的学业无关，那么我可能不是最佳人选……"

她抬起头。"跟我的学业有关。是……是这样，我只是想告诉您，我要走了。我已经想清楚了，这是最好的选择。我只是想告诉您。因为我真的很喜欢您的课，以及您所提供的一切，所以我想告诉您。"

我看着她，除了惊讶，我也感觉到一闪而过的小小喜悦。这个学生告诉我，她真的很喜欢我的课。

我说："走？你是说离开大学吗？还是要换到其他课上去？"

"离开大学。唔，很难解释，不过从根本来说，我觉得我不想再继续念下去了。"

我惊愕地看着她。"但是你学得非常好。怎么……你的问题出在哪儿？"

于是她告诉了我，她的问题所在，而且完全与怀孕无关。她告诉我，她来自魁北克的一座小农场，她向我描绘了那里的样子，但她其实什么都不用说，我完全明白那里会是怎样的面貌。我几乎都能看见厨房餐桌上白色和蓝色瓷器上的图案。

她家里有五个孩子，她是唯一一个热爱学习的。她拿到奖学金才上了大学。当她告诉父亲她要去上学时，父亲惊讶又恼怒。他不明白学位对她有什么用。他说那是浪费时间，浪费钱。她的母亲虽然为她感到骄傲，但也很迷惑。她为什么会想要离开家呢？兄弟姐妹原本就觉得她很奇怪，所以他们的观点也便没有改变。她的男朋友倒是尝试着理解了。她告诉我时用一种恳求的眼神看着我。她希望我能喜欢她的男朋友，欣赏他尝试理解的行为。

问题在于，她同家里所有人都疏远了。她现在回家后，没有一个人知道该和她说些什么。父亲尖刻地嘲讽她有多聪明。他管她叫菲奥娜·德容小姐，文学士，商学士，随便什么学士。母亲原本和她很亲近，现在看到她也很羞怯，不敢和她说话，因为说不出任何有文化的句子。

她的男朋友大部分时间都在生气，他也试过控制脾气，但控制不住。他觉得她在屈尊俯就，实际上根本没这回事。他觉得她心存蔑视，实际上她很欣赏他。他十六岁就离开了学校,十八岁时他父亲中风,从那以后他差不多就一直是一个人经营农场。她说,他人很好,和班上的所有男孩一样聪明,而且比他们成熟一百倍,但他不相信这是她的真实想法。他虽然没有这样说过,但她能确定,他私下里一定怀疑过她是否真的爱他,她要放弃学业,回家去嫁给他。

菲奥娜说完后坐在那里看着我,脸上写满了无声的恳求。我试着思考该说些什么。

最后我说:"菲奥娜,你多大了?"

"二十一。"

二十一。"你不觉得……就这样的决定而言,你还有点儿太年轻了吗?"

"但……我必须做出决定。我是说,不管选择什么,都是一个决定,不是吗?"

"但你已经念完两年了,学位之路已经走完一半了。如果你现在放弃,那这些年的努力都白费了……毫无疑问,现阶段的明智选择是完成学业,然后……然后你就能站在一个更好的位置上,做出……其他选择。"

她看着自己的膝盖,说:"我只是觉得,这么做不值得。"

"你说过,你享受学习……"

"是的,但……"

"你还说过，你的母亲为你感到骄傲。我敢肯定你父亲也一样。他或许不理解你在做什么，但我敢肯定，看到你取得的这些优异成绩，他也在内心深处为你自豪。你的兄弟姐妹也一样，但他们可能不想表现出来。至于你的男朋友……你不觉得如果他真的在乎你，那他是不会希望你放弃如此重要的东西，放弃这个会极大地影响你人生的东西的吗？"

她看着她的膝盖，依然沉默着。

我说："我理解你的感受，我的出身与你不无相似之处，但我向你保证，一切都是值得的，一路收获的快乐、满足……"

有东西落在她的膝盖上，是一滴眼泪。在她的双颊上，有泪水在慢慢滚落。我移开视线，看向门外，看向我实验室中有序的混乱。我想，我刚才说的都是谎言。你不能理解她的感受。你和她的出身并不相似。说到底，你的家乡被田地和树林包围，这并不意味着你就和她处境相似。话说回来，你在做什么，想要说服她，让她做出你想做的决定吗？她来是想告诉你她要走了，而不是为了寻求你的建议。她来是出于礼貌。

她从夹克口袋里掏出一张纸巾，正在擦眼泪。

我说:"对不起,还是……忘了我刚才的话吧。"

她的声音被纸巾捂住,显得很含混,她说:"没关系,我知道您可能是对的。"

"我可能是错的。"

她还需要纸巾。我站起来在外套口袋里寻找,最终掏出一张递给她。

"谢谢,"她说着吸了一下鼻子,"我一直在想啊想,想啊想,想到现在头疼得厉害,没法再想下去了。"

我点点头。至少那种感受是我们所共有的。过了一分钟,我说:"你能帮我做件事吗?"

她看起来有些犹豫。

"你愿意去咨询服务中心找人谈谈吗?我想他们不会试图说服你做出某种选择,我想他们会帮助你想通,那样一来,你就能坚定自己的心意。"

她同意了,两分钟后,她多多少少平静了下来,然后离开了办公室。

她走后,我将椅子转过去面朝窗户,继续观看雨滴。我想起她的兄弟姐妹们,他们一直觉得她"古怪",而卢克和马特却为我所取得的成绩而自豪。不,我们的背景并不相似。从来没有人表示过,我不该尽我所能地往更远的地方走。相反，他们一直希望我这么做，而且我一路走来的每一步都得到了鼓励。

而且我不曾感到后悔，一刻都没有后悔过，现在也依然如此。因为现在回想起来，我知道不管我的小小"危机"和眼下的问题是由什么所导致，原因都不在于我的工作。跟我的工作完全无关。我或许算不上一个非常好的老师，但丹尼尔是对的，我并不比大多数人差太多。而且我非常擅长研究。我那些小小的无脊椎动物，还有我，我们一起在做贡献。

我在想菲奥娜。她害怕远离她的家人。那是问题所在吗？我的意识告诉我，我当时是做好了准备，愿意付出那笔代价，但我的潜意识或许并不同意。

但我没有远离家人。不管怎么说，都没有远离卢克和波。在我读本科的那几年是有过短暂的分离，但是现在我在情感上和他们紧密相连，与我待在乌鸦湖没有区别。我们拥有的共同点不多，尽管如此，我们还是很亲密。

那么马特呢？

我想到马特，我想……这才是关键时刻。菲奥娜害怕远离家人和男友，而事实上，这的确是有可能发生的。她的男友"在他自己的领域内"或许的确算得上聪明，但他要走的路和她并不相同。

马特要走的路就是我要走的路。原本,我是不可能把马特抛在身后的。

我眼下正在经历的危机,更别提我似乎要背负大半生的痛苦——当然都和他有关。怎么可能无关呢?我现在所拥有的一切都要归功于他。那些年里,我看着他,学习他,分享他的激情——事情最终迎来的结局怎么可能不影响我呢?他曾经那么渴望他的机会,他值得拥有那一切,但因为他自己的过错——这是最糟糕的地方——因为他自己的过错,他丢弃了那一切。

我坐在椅子上,倾听身后大学校园里发出的声音,因为惋惜而感到心痛。我曾经想象过,我们会一直在一起。我们两个永远肩并肩趴在那里,观察池塘里的动静。但他的那个计划——那个荒唐、天真却又值得称道的计划,是那么幼稚。世事多变。每个人都必须长大。

但当然不会像我们这样,朝不同的方向生长?

那才是所有事情的真正核心。我从未像爱马特那般爱过任何人,但现在,当我们看着彼此时,我们之间横亘着一些无法弥合的差异,我们已经无话可讲。

二十一

"在这里建设农场看起来很疯狂啊。"丹尼尔说着挠了挠脚踝。我停车小便的工夫,我们就看到了数不清的黑蝇。

我当时离得很远,所以他说话把我吓了一跳,我花了一分钟时间才弄清楚他在说什么。他当然是指这里的风景,这附近岩石很多。

我说:"土壤不算坏,乌鸦湖周围的土地其实相当好,当然了,就是生长季节太短。"

"但是想想其中需要付出的努力——他们一定是走投无路了,才来到这么靠北的地方。"

"他们当时的选择不多。大部分人都没有钱,这里的土地是免费的,属于公有土地。当时只要你能清理出来,那你就能免费拥有。"

"我看得出原因，如果你不介意我这么说的话。"他开始疯狂抓挠。看样子，他对未知荒野的热爱不会持续太久。当然了，从理论上来说他了解黑蝇，但要研究昆虫，没有什么能取代亲身经验。

"湖的附近没这么糟，"我说，"农场很好——只有挨着树林的那些田地是例外。"

"你是在湖边长大的？"他问。

"是的。"

"你没在农场上生活过？"

"是的。"

就在即将抵达新利斯克德时，我开始向他讲述故事——整个故事。我原本没打算告诉他，主要是马特的故事，而这些年来我一直在避免让别人知道。但是随着距离越来越近，我意识到应该让丹尼尔知道。他只要和马特聊上两分钟就会知道，马特不该是现在这种结局。不过我还是一直拖延到过了科博尔特，丹尼尔说——他指的是我——这不像是能出大学生的环境。那句话激怒了我。最不适合出大学生的地方想必是城市吧？毕竟又吵又混乱，而且缺乏思考和冥想的时间。

我就这个问题与他展开争论，试图解释为什么乌鸦湖实际上有孕育学者的完美土壤，我又另外提出了几个有利条件，比如家人的鼓励、可供学习的时间。于是我就不可避免地举出了马特以及他对池塘的热情作为例子，这样当然就引发了丹尼尔的提问，于是导致了这一切。因为极度苦恼，所以我在讲到结局时很难让声音保持平稳，丹尼尔当然发现了，但他没有表露出来。事情已经过去这么多年了，我却依然如此苦恼，他就算感到迷惑，那他的迷惑程度也不可能超过我。

现在他试探性地问道："卢克和你的妹妹波，他们还住在那里吗？住在你们长大的那座房子里？"

"是的。"

"那他们做什么呢？波一定得有……二十岁了？"

"二十一了。她在斯特鲁恩工作，在一家餐厅当厨师。"

她还是喜欢把炖锅到处扔，还在萨德伯里上了一门烹饪课。她原本可以拿到一个学位，在家庭经济学专业，或者不管那个专业叫什么——我提出可以帮助负担学费——但她说她对学术不感兴趣。

"她交过男朋友吗？"

"交过，到目前为止还没有定下来，不过到了合适的时候她会定下来的。"

在一个定数很少的世界里，那一点是可以确定的。马特说，有个可怜的家伙一直在快活地四处游荡，不知晓命运为他准备了什么。

"卢克还是学校的门卫吗？"

"只是兼职，他的主业是做家具。"

"家具？他已经开始做生意了？"

"差不多吧。他把家里的车库改造成了一个工作坊，从农场里雇了两个男孩，干得还不错。"

他其实干得相当好。乡村风格的家具很流行。

"他结婚了吗？"

"没有。"

"那个女孩……你以前说一直在他身边的那个……"

"萨莉·麦克莱恩。"

"对。这么说，他一直没和她在一起？"

"上天不允许。不是，卢克……拒绝她的一年后，她怀上了别人的孩子。"

"也是乌鸦湖的人？"

"是的。叫托梅克·卢卡斯。我想他并不相信他是孩子的父亲，但她向他发了誓，于是他们就结婚了。可接下来她在新利斯克德的牲口市场看到一个更帅的人，就和他私奔了，把孩子留给了托梅克。后来是托梅克的母亲把孩子带大的。萨莉现在可能又生了十个孩子吧，可能都有十个孙子孙女了。"

我突然想起麦克莱恩夫妇，他们该有多想要十个外孙外孙女啊。

"你像是在讲几百年前的故事，"丹尼尔说，"如果你父母过世时，你七岁，那时间才过去了不到二十年。"

"感觉却像是过去了几百年。"我说。

萨莉·麦克莱恩有一头红色的长发。我十三岁刚开始上高中时，一个新同学问："你就是那个没有爸妈的吧？而且你有个哥哥是个酷儿。"

我当时不知道酷儿是什么意思。当我明白之后，我简直无法描述我的震惊。接着我想起来我无意间撞见的那一幕：萨莉倚靠在一棵树上，牵着卢克的手，引导着它朝她的胸部挪去，她的动作如此顺滑，如此娴熟。卢克站在那里，低着头，一动也不动。然后我想起来卢克将自己推开的动作，他那样用力，像是在抵抗某种无形的巨大力量。

有很长一段时间，我都相信一定是萨莉在散播谣言。

现在我却不那么确定了。我想应该有很多人难以理解卢克做出的巨大牺牲。记得吗，他当时只有十九岁，在这样年轻的年纪就展现如此的慷慨，是会让旁人感到羞愧的。所以他们必须要贬低他的行为。放弃某样你根本就不想要的东西并不高尚。如果你是个同性恋，那么抗拒与女人发生性关系就并无高尚之处。如果你根本就不想去师范学院，那么拒绝入学就并无高尚之处。那是我无意间听见的另一套理论。

但或许那套说法中也蕴含着一些真相。我猜卢克并不那么想当老师。那是我们的父母的愿望，他当时并没有任何其他选择，或者就算有也不敢说出来。也有可能他在向安妮姑姑宣布他将会照顾我们的那天并不曾意识到，为了我们，他将要放弃多少东西。

但在我看来，这些并不能抵消他的牺牲。当他发现他必须放弃哪些东西后——他就放弃了。萨莉·麦克莱恩明白这一点。

我在想，卢克有没有听到那些谣言呢？我在想，那些谣言是否也曾是他不得不对抗的另一个敌人？

"这么说，他的生活中至今依然没有女人？"丹尼尔的语气听起来并不满足。我饶有兴味地看着他。如果你当面说丹尼尔是个浪漫主义者,他会很吃惊的。"他现在多大年纪?"

"三十八岁。就我所知,没有任何女人。"

虽然很奇怪,但我上次回家时就开始怀疑了。和以往每次回来时一样,当时卡林顿小姐也顺道来访,在我看来——我该怎么描述呢?——她和卢克相处得似乎很自然。我猜我本该想到的。卡林顿小姐至少比卢克大十岁,但她现在跟他的年龄差似乎没有那么大。

"或许他已经养成习惯了。"丹尼尔说。

"什么习惯?"

"自我否定,抵御诱惑。"

"或许吧。"我说着,想起了马特。

我打开了前照灯,时间已是黄昏,天空依然晴朗和明亮,但公路、树林和岩石正在消融成一片烟雾缭绕的模糊。每当我们翻越一座小山,都能看到远处有灯光闪烁,是斯特鲁恩。过了斯特鲁恩,再有半个小时,我们就能到家了。

*

有许多事我只能靠猜测。比如,我猜那年夏天派伊太太的情况着实严重,玛丽对母亲的担心超过了其余的所有事，而且她一个人很难承受。所以她就向马特寻求安慰。如果她有更多朋友，如果她母亲有娘家人住在附近，如果卡尔文不曾与整个社区疏远到这种程度，以至于没有人再来他家敲门——如果以上任何一条假设成为现实，那么或许玛丽就不会如此用力、如此紧迫、如此可怜地向马特求助。

你知道，马特有空。他就在那里，虽然大部分时间是在田里，但每天都在，每周六天，持续了整个夏季。他正在费力地积攒他所能挣得的每一分钱，不为他自己——他拿到的奖学金如此之多，甚至连教材费都能覆盖——而是为了折磨他自己的良心，因为他要离开我们其余的人。

所以他有时间。而且他们原本就算得上是朋友，已经相识多年。除此以外，我想他因为父母过世而感到的悲伤，在前一年夏天也已破除掉了两人之间的一些保留空间。他让她目睹了自己的悲伤。我想那样的行为或许在他们之间建立了一条纽带。

即便是在那时，她也没有告诉他每一件事，但我敢打赌她一定伏在他肩头哭泣过。我猜事情就是从那里开始的。

他应该是伸出双臂将她揽在了怀里。他当然会，当有人伏在你肩上哭泣时，这是一种自然而然的反应，即便对长老派会员也一样。他应该抱住了她，或许还尴尬地拍了拍她的背,就像她是波。他们应该绕到了谷仓或者拖拉机棚的后面——卡尔文看不见的某个地方。

绝对是在卡尔文看不见的地方。我敢肯定当卡尔文在附近时,他们应该甚至从来都没跟彼此说过话。

他伸出双臂拥抱着她,出于怜悯和同情,出于自身的经验,他知道痛苦到无法言语是什么滋味。要说他爱上了她,我一秒钟都不相信。但他当时十八岁,当他伸出双臂将她拥在怀里时,他应该感受到了她有多么柔软。在我看来,她不漂亮,根本不算漂亮。肉太多,容貌缺乏足够的特点。但她毫无疑问很娇柔,当他抱着她的时候,她的胸部可能压在了他身上,他的下巴可能触到了她的头发,他可能闻到了她身上温暖的香气。如我所说,他当时十八岁。她可能是除家人外,他抱过的第一个人。

第一次可能是偶然发生的,当她因为某件事落泪时,他们碰巧撞见彼此。他尴尬地站了片刻,然后放下手中所拿的物品,他们可能靠近了一些,或许甚至没意识到自己在做什么。她可能靠在他身上,因为终于有了一个可依靠的人,他可能伸出双臂抱住了她。几分钟后她可能后退了几步,擦干脸颊,用她那羞怯、微弱的声音说:"对不起。"

他可能说了句:"没关系,玛丽,没关系。"

二十二

那年夏天,马特和我共处的时间不多。早上我还没起床,他就已经去农场了,晚上等他回来时,他已经累得什么都做不了,只能跌坐在床上读书。白日里我不情愿地为卢克或斯塔诺维奇太太做家务,遇到有好心的邻居邀请波和我过去做客,以减轻卢克的负担,我就心不在焉地与他们的孩子玩耍。等到周日马特休息的时候,我才算活了过来。一开始,他会像以前一样带我去池塘,告诉我等上了大学他要怎么研究池塘里的生物,大学里会有多厉害的显微镜,能让你看清事物的运转过程。他说会给我写信,一周至少两封,告诉我他在学习什么内容,那样一来,等我上大学时我就能有抢先的优势。他让我明白,尽管我们会分开，但我们两个还是能继续观察池塘，然后向彼此讲述。而且还有暑假，他向我承诺，不管经济条件如何，他都会回家来过暑假。

那是他考试结束后几周里的情况——我们像往常一样，只不过多了许多计划和承诺。但接着事情发生了变化。马特在周日的午饭后会直接消失。有时他差不多一直要等到晚饭时间才回来，整个下午都不在家。

不用说，我感到非常气愤。我质问他去了哪里，他说去散步了。我说难道不能带我一起吗，他含混但亲切地说，他有时也需要时间独处。我问为什么，他说他要想事情。

我于是在卢克面前抱怨他。

"马特现在总是不在家。"

"是的，他要工作。"

"不，我是说他不工作的时候，周日。"

"是吗？"卢克说，"能把那把锤子递给我吗？"他在修理通往沙滩的台阶，每年冬天那些台阶都会被冰冻坏。波在水边走来走去，大声唱着赞美诗："耶稣爱我，我知道，因有啦啦啦告诉我。"我们不知道是该责怪斯塔诺维奇太太，还是波自己在主日学校学会的。

"那他都去哪儿了？"

"我不知道,凯特。把那块木板给我。不对,短的那块。递给我好吗?"

"但他一定是去了什么地方。我想去池塘!"

卢克看着我,锤子稳稳地拿在手中。"他带你去那些该死的池塘都有几千万次了吧,别烦他了好吗?不开玩笑,你觉得他归你所有。"

他开始敲打,声音很响。或许他自己也注意到马特的缺席,希望他能在一周里唯一一天他们两个都休息的日子里留在家中,但他并没有这样表示过。我猜他是说不出口,因为他早已多次念叨,他有能力自己一个人应付。但同时,他可能也觉得马特在为离开我们而担忧,正尝试着清理思绪,所以需要时间来独处。这当然是事实,但不是重点。

当时的我并不能体谅这些因素。我所想的就是,我能和马特相处的时间变得多么少。现在回过头来想想,我仍会哭泣,因为我出于愤恨而把那仅有的共处时间也毁掉了。他偶尔也的确会带我回池塘,但我无法乐在其中。在我看来,他分了心,并没表现出应有的专注。我质问他:"你难道不喜欢池塘了吗?"

他疲累地说:"你说什么呢,凯特?听着,如果你在这里不开心，那我们就回家去。"

我被禁止一个人去池塘。池水太深，而且以前曾经有一个孩子淹死在那里。或许那正是我去的原因——作为一种反叛之举。

那是极其炎热的一天，空气沉闷，一丝风也没有。我沿着铁轨行走，钢轨的热量烧透了我的鞋跟，接着我沿着小路溜下去，来到"我们的"池塘。自己一个人来到这里，感觉非常奇怪。我在地上趴了一阵子，凝视水中的情景，但是所有能动的生物都在躲避阳光。即便你把手指伸进去探索，也只能引起一小阵骚动，接着一切重归平静。我站起身，被阳光晒得晕头转向。如果马特在这里，他可能会到我们的池塘与下一个池塘之间坝埂的另一侧寻找阴凉。我站在坝埂的底部犹豫着，觉得我听到了声音，尽管我知道这不可能。除了我们，不会有别人来这里。我沿着坝埂的侧壁往上爬，手抓着草丛将自己拉上了坝顶平坦的草地。那里有声音。绝对就在那里。我站起身，往那一边看。

坝埂有一块突出去的部分，他们就躺在那下面的阴凉中，离坝顶大约有二十英尺，在我所站位置的左侧。马特脱了衬衫平摊在地上，垫在他们两个身下。玛丽躺着，马特跪在她旁边。

玛丽蜷缩着身体侧躺在那里，膝盖收了起来。她在哭。从我所在的位置，我看不见她的脸，但我能听见她的声音。马特在对她说着什么，同一句话说了一遍又一遍。我记得他的声音有多么急切，几乎像是受惊了一般，完全不像他平时的样子。他一直说着："哦上帝啊，对不起。哦上帝啊，玛丽，对不起。对不起。"

我无法分辨他做了什么。或许他打了她——残忍地将她打倒在地。但我很难相信，要把马特激怒到打人的地步，那得费很大的劲，有史以来也只有卢克做到过。接着我又注意到他的衬衫，意识到他把衬衫摊在那里，不可能是为了把她击倒在上面，所以事情根本不是我想的那样。

过了一会儿，他扶着她坐起来，试图将她拥入怀里。她却转过身去。她穿着一条棉质印花的薄裙，皱皱巴巴的，而且前身的扣子全都解开了。她一边抽着鼻子，一边笨拙地扣扣子。马特看着她，双手握拳垂在身侧。

"对不起，"他又说了一遍，"我不是故意的，玛丽。我只是不能……但是一切都会好起来的。别担心，一切都会好起来的。"

玛丽摇摇头，没有看他。我记得我当时虽然很困惑，但还是讨厌她摇头的动作。你看得出来马特有多么难过，她却不肯接受他的道歉。她扣上扣子，然后坐直身体，将头发服帖地梳到脑后。

就在这时她发现了我，她尖叫了一声，声音中无疑充满了恐惧。马特猛地转过身，也看见了我。有那么一分钟的时间，我们三个都没有动弹。接着玛丽开始歇斯底里地大哭。她的恐惧如此强烈，清晰地传达给了我，我于是转身奔跑起来，连滚带滑地溜下坝埂的另一侧斜坡，绕过我们的池塘，以从未有过的速度奔跑着，我的心因为恐惧而重重地敲击着。我爬坡往铁轨跑去，爬到一半时，马特抓住了我。

"凯特！凯特，停下！"他抓住我的腰抱住了我。我踢着，挣扎着，想要蹬开他的腿。"凯特，停下！你在害怕什么？没有任何东西需要害怕！凯特，停下！"

"我想回家！"

"再等一会儿，我们一起回家。但我们必须先回去找玛丽。"

"我不想回去找她！她太吓人了！竟然那样尖叫——她让人恶心！"

"她只是太难过了,你吓到她了,跟我来吧。"

玛丽就站在马特离开的地方,双臂抱在胸前,在炽热的高温中浑身发抖。马特将我带到她面前,但他不知该说什么。是玛丽先发了言。

"她会说出去的。"玛丽的脸像粉笔一样白,像鱼肚一样白,她在颤抖,哭得直抽鼻子。

"不,她不会的。你不会说出去,对吗,凯特?"

我尚未从惊恐中恢复过来,但已经开始感到愤怒。这就是他最近一直待的地方吗?他就是来了这里?在我们宝贵的周日?

我说:"说什么?"

"哦,马特!她会的!她会说出去的!"她继续哭泣。

马特先是转身看着她,然后又转身面对着我。"凯特,你必须保证,向我保证,你不会把你在这里看到的事情说出去。"

我没有看他。我看着玛丽。玛丽·派伊,比起我,马特更喜欢和她待在一起,尽管她对池塘根本就不感兴趣——你只需要看看她就知道了。

"凯特?向我保证。"

"我保证我不会把你说出去。"最后,我转过身对他说道。但他很聪明，听得懂我的意思。

"也不会把玛丽说出去。你必须保证，不会把你看到她的事告诉任何人。用你的名誉担保。"

沉默在生长。

马特小声说："用你的名誉担保，凯特。用我带你来这些池塘的所有经历担保，用池塘里所有生物的性命担保。"

我当时没有选择，只能闷闷不乐地嘟哝着发了誓。玛丽看上去没那么害怕了。马特用一只胳膊搂着她，将她带到几码开外。我看着他们，嫉妒令我的下嘴唇发起抖来。他用非常小的声音对她讲话，说了很长时间。最后她点点头离开了，横穿沙滩朝那条通往她父亲农场的小路走去。

马特是和我一起回的家。我记得我不住地抬头看他，希望他能笑一笑，然后一切都能回到原来的样子，但他似乎根本没意识到我的存在。在阴凉的树林中，我鼓起勇气问他是不是在生我的气。

"不，不，我没有生你的气。"他说着冲我笑了一下，笑得那样惨淡，我感到无比惭愧，一下子就摆脱了自怜的情绪。

"你还好吗？"我爱怜地问道，几乎原谅了他，"一切都会好起来吗？"

从那以后，他就变了一个人。他仍在农场工作，但晚上和周日他都把自己锁在房间里。我不知道他出了什么事。事实上我几乎都没思考过那些问题。我因为他那扇紧闭的房门而无比困惑，除了我自己，我无法考虑其他任何人。但现在我能想象他当时经历了什么，一周接着一周，他等待着，期待着，毫无疑问他也在祈祷，因为我们在成长过程中就被教导要相信仁慈的上帝。

我能想象，他在脑海中不停地将时钟倒拨回那个决定性的时刻，当时他能阻止自己，但他没有。后来的一些年里，我想到他身上所发生的事，想到卢克和萨莉·麦克莱恩之间发生的事，在我看来，你仿佛能通过一个时刻来定义我的两个哥哥，对于他们两个来说，那是一个相同的时刻。对于卢克，就是那个他将自己推开的时刻。对于马特，却是那个他没有将自己推开的时刻。

上帝并不仁慈。九月里，离马特按原定计划前往多伦多还有几周，有一天夜里，玛丽·派伊来到了我们家门口，她披散着头发，眼神激动，要求找马特说话。

马特当时在他的卧室里，但一定听见了她的声音，或者感觉到了她的到来，不等卢克和我去叫，他就走到了门口，从我们身边挤了出去，将她带到了门外。我们听到他说:"等等，等等。我们到下面的沙滩上去。"但玛丽等不及，她的恐惧太过强烈，根本无法控制，她弯下腰来，几乎蹲伏在地面上。我们清晰地听见了她说的话，她因为恐惧，声音变得无比巨大，我们甚至没来得及关门。她说:"马特，他会杀了我！他会杀了我！马特，他会杀了我！你不相信，但是他会的！他杀了劳里，他也会杀掉我！"

第六部分

二十三

从多伦多回乌鸦湖的最后一段旅程总是让我难以呼吸。部分原因在于我对沿途风景的熟悉,我记得每一棵树、每一块岩石、每一片沼泽,记得如此清楚,即便我差不多总是天黑以后才抵达,我也依然能感觉到,它们就在我的周围,躺在黑暗之中,仿佛是我自身的骨骼。也有部分原因是那种穿越时间的感触,从"现在"返回"当时",我意识到,无论你现在身处何地,无论你以后可能身处何地,都没有任何东西能改变你出发的原点。

一般情况下,这种感触总是喜悦与痛苦参半。它让我内心充满一种无孔不入的悔恨,但它也扎根在我体内,帮我认识到自己的真实面目。但在那个周五的夜晚,丹尼尔坐在副驾驶座上，仍在往窗外观望，仿佛他能穿透黑暗，不管外面有什么，只要有助于了解我，他都想要了解。在这一刻，记忆实在太过贴近。它们是那样沉重。我不知道我该如何度过即将到来的庆典——说笑，狂欢，社交，更不用说还要带丹尼尔进入这一切。在我看来，他们一定会觉得我带他回来是为了炫耀。我故意带他回来，是为了炫耀我的成功。我回来了，带着我成功的职业，这位是我的男朋友，他的职业也很成功，但看看你们这些人。他们如果这样看我，那我宁愿去死。

"还有多远？"丹尼尔突然钻出黑暗问道。

"五分钟。"

"哦，棒极了！没想到这么近了。"他换了个坐姿，试图舒展僵硬的身体。过去的半小时里他几乎没有说话，而我对此深表感激。

我不得不提醒自己在北界公路右转，而不要继续往湖边开。平时我回来都是跟卢克和波住，但农场是在左边，沿着一条支路大约要走半英里。离开湖畔公路的那一刻你就能看见它。农舍里所有的灯都点亮了，青储窖的灯也一样，为了表示欢迎。青储窖是卡尔文·派伊时代结束后新建的，谷仓也不是从前的那一座，马特把卡尔文建的那座烧了。

我们把车子开上车道，马特和玛丽正在路边等待——应该是在我们看到灯光的同时，他们也看见了车灯，于是猜到是我们。玛丽有点儿畏缩，马特和我拥抱了彼此，紧紧地拥抱。小时候我们从没拥抱过——我们直到最近才开始拥抱。就和回家这件事一样，拥抱的感觉也是喜悦与痛苦参半。能感受到他的身体当然很棒，但对我们来说，拥抱似乎只是一个象征性的姿态——一个身体动作，用来拉近情感距离，为本不该存在的沟壑搭起桥梁。

"路上顺利吗？"他说着伸出双臂紧紧抱住我。

"还好。"

我们松开彼此，他对丹尼尔笑着说："这么说，你终于来了。"

"不可能错过。"丹尼尔说。

"不过，他可不是因为被昆虫打动才来的。"我试着让语气显得轻松，而且多多少少做到了，"嗨，玛丽。"

玛丽和我没有拥抱。我们交换了一个熟人之间才会有的礼貌性微笑。

"嗨，"她还是有些畏缩，"你们来得正是时候。"

"你是说昆虫？"马特说，"昆虫出现了？"

"我该给你们介绍一下,"我说,"丹尼尔,来见见马特和玛丽。"

这句话终于说了出来。丹尼尔,来见见马特……这几周以来,我畏惧它、想象它,提前彩排了上千次,现在终于把这句话说了出来。而且我的声音很正常。就算你在现场,你应该也听不出来这些词语背后所隐藏的巨大的无名的压力。它们被说了出来,我挺过来了。世界仍在绕轴自转。我应该松一口气。

"你们一定饿了,"玛丽说,"我们为你们准备了晚餐。"

西蒙从黑暗中钻了出来,他身材瘦长,和他的父亲一样,父子俩像得惊人。

"嗨,姑姑,"他说,"我能得到一个吻吗?"

他叫我姑姑是为了逗笑。我们之间的年龄差不到九岁。我亲吻了他,他也回吻了我,然后他与丹尼尔握手,说他能来真好。

丹尼尔说:"所有人聚在一起就是为了给你过生日?"西蒙说:"对。"之后又补充说:"其实只是叫凯特姑姑回来的借口,因为我们难得见到她。但你们此行不会白费的。我们准备了巨量的食物,妈妈、波,每个人都像疯了一样地煮东西。"

"说到这儿，"马特说，"我们开饭吧。玛丽让我们所有人都要等到你们回来。"他带领我们走进房子。

丹尼尔又开始拍打黑蝇了。马特笑着走到他身边来："你们得一个月回来一趟，那样一来，我们就能把你们也介绍给蚊子了。"

"为什么只咬我？"丹尼尔一巴掌拍在自己的脖子上，"你们这些家伙都做了什么？"

"它们厌倦我们了。里面有药，你可以擦一些。"

我看着他们两个，马特看起来比丹尼尔大许多。他的年纪当然更大——他今年三十七岁，丹尼尔三十四岁——但差距似乎远远不止三岁。确切说来，差距并不体现在外表上——实际上马特比丹尼尔结实许多，而且他的毛发更茂盛。但不知为何，他的脸像是经历过更多岁月。马特的身上也有一种平静的气质，他甚至在小时候就是这样，这也让他从少年时代起就显得比实际年纪更成熟。

"路上顺利吗？"玛丽问道，尽管这个问题刚刚已经问过了。

"很好，谢谢。"

"每个人都急切地想要见到你。"她羞怯地冲我笑着。这些年来，她的变化非常小。若说有什么改变的话，她的容貌变好了。她的表情看上去依然充满焦虑，但她的眼神现在已经没那么惊恐了。我们五个一同往房子走去，西蒙打头。"波和卢克晚点儿过来，"玛丽说，"我们说了让他们过来吃饭，但他们拒绝了，说过来聊聊就好。"

"他们会赶上甜点时间的，"西蒙说，"至少卢克会赶上。"

"行啊，准备了很多呢。"玛丽温柔地说。

"卢克眼下脾气坏着呢，"西蒙说着转过身来，冲我们咧嘴笑，"他又开始教波开车了。"

"是吗？"我说，"反正当时她把卢克折磨得够呛。"

"这已经是第三次尝试了。"马特对丹尼尔解释说，"他大概从五年前就开始教她，当时波十六岁，结果算不上成功。所以他们就休息了一段时间，大概两年后又开始尝试。我想那次尝试大概只持续了十分钟吧。波对驾驶的态度……"他伸出双手画圈，寻找合适的词汇，"很随便。随便又自负。卢克觉得压力有点儿大。"

"你太轻描淡写了，"西蒙说，"他简直都绝望了。"

我记得西蒙在十六岁生日那天就通过了驾照考试。这几乎是他唯一领先波的地方——波比他大三岁，样样事情都领先于他——当然要最大化利用。

"哎呀，我觉得你不该取笑波，"玛丽说，"我敢肯定，她这一次肯定能学好。"她说完转身对我说，"斯塔诺维奇太太急着想见你。当然啦，她明天也会来参加派对。卡林顿小姐也会来。"

"看来，所有的老熟人都要来。"我说。西蒙放慢脚步，等到最后和男人们一起。马特给丹尼尔指了一下什么东西，我听见他说："就在屋顶上。"我抬头看去，只见有六只棕色的小蝙蝠正无声地飞来飞去，仿佛正将蓝黑色的天空碎片编织在一起。三个男人都停下脚步，仰头观看。

"塔德沃斯一家当然也会来，"玛丽说，"还有西蒙在学校里的朋友。"

我将注意力移回她的身上。玛丽对蝙蝠不感兴趣，就像她对池塘一样。

"大家什么时候来？"我问。

"大概正午。"

"听起来不错，我们有一上午的时间可以准备，要忙的事还多吗？"

"不多，就只剩下一些甜点，别的都备好了。"

"我敢打赌，你已经准备好几周了。"

"哎呀，你知道的。我有冰箱，但提前做好准备还是放心一些。"

那就是我们——玛丽和我的相处之道。我们只谈实际情况。什么时间做这个?你想让我把那个放在哪儿?多漂亮的一只花瓶啊——你在哪儿买的?要我削土豆吗?

卢克和波到来时,玛丽正在切第一片奶酪蛋糕。

"你们来了!"西蒙招呼道,"时间赶得刚刚好!"

"还想在外面再转悠一会儿呢,"卢克说着将双手搭在我的肩膀上,轻轻地捏一下,"来跟新人打声招呼。原来是两位新人。"他看见丹尼尔,于是改口道,然后伸出一只手。丹尼尔站起身,两人越过桌子握手。"很高兴你能来,"卢克说,"我是卢克,这位是波。"

"我是丹尼尔。"丹尼尔说。

"嗨,"波说,"我带了一只巴伐利亚蛋糕来。"她说完将蛋糕放在桌子上。

玛丽说:"啊,真漂亮,是为明天准备的吗?"

"明天还有一只。这只是为今晚准备的。顺便问一句,你知道斯塔诺维奇太太已经做了一只生日蛋糕吗?堪称巨大,有三层,上面还站着一只西蒙的糖渍小雕像。"

"是的,"玛丽不安地说,"我知道你已经做了一只,但她也想做，所以我就想，好吧，反正两只我们都能吃掉。"

"当然，"波开心地说，"没问题，我只是不确定你知不知道。西蒙小家伙一个人就能把两只都吃掉。小家伙，你好吗？就要长大成人了，感觉怎么样？"她拍拍西蒙的脑袋，西蒙一把抓住她的手腕，但她不动声色地摆脱了。"嗨，凯特。"她弯腰亲吻了我的脸颊，"你看上去很优雅，就是太瘦。"

她自己看起来也很美。我的妹妹身材高挑，满头金发，漂亮得宛如一位亚马孙女战士。公平战斗的情况下，西蒙根本不可能是她的对手。事实上，我想她甚至可以和卢克一较高下，尽管卢克看上去也相当结实。现如今我每次看到卢克都会又惊讶一番，他是如此英俊。我小时候却从不曾意识到这一点。他现在即将年满三十九岁，却保养得越来越好。你就伤心去吧，萨莉·麦克莱恩。

马特说："你们都坐下，吃点儿奶酪蛋糕，还有波带来的黑巧克力冰激凌派。玛丽，去分一下。"

卢克瘫坐在一把椅子上。我看见西蒙在冲他笑，是在询问驾驶课的进展，但玛丽看见了他的小动作，于是歪歪头作为提醒，西蒙忍不住笑出声来。

"你们路上顺利吗？"卢克问，"趁我还没忘，劳拉·卡林顿托我问候你——她明天过来。大城市感觉如何？我听说邮政上又闹罢工了。"

"有不罢工的时候吗？"我说，"谢了，玛丽，我能两样都来点儿吗？"

波坐在我身旁。"我得给你补全所有小道消息，"她说，"哪些你不知道？"

"我不确定。"

"你知道詹妮·米切尔——不对，她现在是詹妮·拉普兰——正在离婚吗？所以她以后就不姓拉普兰了，她会变回詹妮·米切尔。"

"我都不知道她嫁给了拉普兰。"

"你知道，我告诉你了。你知道斯塔诺维奇太太又当曾祖母了吗？"

"我想这我还是知道的。"

"你还以为是上一次吧，就在上个周日，她又添了一个曾孙。你知道贾尼先生的乳牛群得了大奖吗？至少可以说，奥菲利亚得大奖了。它产的奶是整个北美地区最多的，或者是斯特鲁恩县最多。"

玛丽说："丹尼尔？你要奶酪蛋糕还是巴伐利亚蛋糕？"

丹尼尔看上去有些茫然，可能是因为波说的话，也可能是因为餐厅的吵闹氛围。他说:"唔,两样都要。"

卢克说:"……这么说,他把整个岛都买下来了。他要建一座巨大的狩猎场,估计美国的有钱人会蜂拥而来吧。"

"他打算一路开车把他们送过去?"西蒙问。

"用飞机,水上飞机。"

马特庄重地说:"体验加拿大荒野摄人心魄之美。见证……"他开始搜刮合适的词汇。

"原始的大自然?"西蒙用同样庄重的语气提示道,"原生态的壮丽风光?"

"都不错。见证汹涌河流的原始自然风光。凝望原生态的壮丽森林。欣赏令人惊叹的……"

"用'尽享'怎么样?"

"尽享鹿群汇聚的惊人场面……"

"或者庞大的鹿群……"

"威猛的鹿群……"

"吉姆·祖马克觉得他该把头发留起来,再插上羽毛,然后自雇为导游。"卢克说,"好赚一笔大钱。我希望他们会需要一大批乡村风格的家具。谢谢,玛丽。两样都来一点儿。"

"你觉得他们需要吗?"

"不管怎样,他们总得找地方买家具。不用船运的话,能给他们省钱。"

"忍受卢克打造的耐用又庄重的乡村家具……"

玛丽问:"波呢?奶酪蛋糕还是巴伐利亚蛋糕?"

她的脸颊涨得通红,不过现在招待客人用餐的任务已经几乎完成,所以她的压力看起来比之前减轻了些。事实上,当她拿着蛋糕叉,端着甜点满怀期待地四处走动时,在我看来,她差不多是满足的。

我想的是,那么,你把一切都忘了?住在这里,住在这幢曾经见证了如此可怕之事的房子里,你竟然以某种方法,做到了不去想那些?你就是这样坚持下来的吗?

*

那个晚上——那个难忘的九月之夜——是卢克接管了一切,尽管他自己惊讶到难以相信。马特没有心情做任何事。我记得他和玛丽站在那里,他们依然站在门外,玛丽依然在惊恐地哭泣。他抱着她,无能为力,他身体的每一根线条都写满了无助。我记得卢克走了出去,将他们两个都领进门来。卢克试图安抚玛丽,但玛丽已经吓得失了魂。

我想她甚至都不记得卢克和我在场。她不住地对马特说："马特，我迟了两个月。我每天早上都想呕吐，我迟了两个月。马特，他会杀了我。哦上帝啊，他会杀了我。"

卢克说："好了，玛丽，冷静。"但是她做不到。卢克自己也一副刚刚惊醒，不知自己身在何处的样子。他说："凯特，去把水壶放到炉子上烧些水。给她泡杯茶什么的。"于是我去了厨房，将水壶放到炉子上，接着我又直接回到客厅。

玛丽依然紧抱着马特，卢克在试着和她说话。他说："玛丽，我得问你些事。你说他杀了劳里，是什么意思？玛丽，你听我说，谁杀了劳里？"

马特说："别打扰她，卢克。"这是自玛丽爆发以来，马特第一次说话。他的声音嘶哑又摇颤。

卢克说："不，我们必须弄清楚。玛丽？谁杀了劳里？是你爸爸吗？"

马特说："我说了别打扰她！老天哪！你看不见她现在的状况吗？"

卢克没有看马特，他无法直视马特，他的目光一直落在玛丽身上。他轻声说："我看得出她的状态没问题。你是说，我们应该安抚她平静下来，然后送她回她父亲那里？"

马特瞪着卢克，但卢克不肯直视他的目光。卢克说："玛丽，你必须告诉我们。是你的父亲杀了劳里吗？"

她看着卢克。你看得出来，她的注意力集中在卢克身上，认出了他是谁。她轻声说："是。"

"你确定吗？你亲眼看见的吗？"

"是。"

"但劳里逃走了，玛丽。马特看见他走的。"

她的脸色苍白，眼睛瞪得巨大。她说："他回来了，天气很冷，他回来拿外套，我爸爸抓住了他，把他抓进了谷仓。我们想阻拦，但拦不住，他打劳里，劳里还了手，接着他就一直打一直打，打得劳里倒在地上，他打劳里的头，出了血，出了血……"

卢克说："好了，好了，玛丽。"

"……出了血，然后……"

卢克看也没看马特一眼，就对他说："把她带到别的房间去。"

"你要做什么？"

"我要给克里斯托弗森医生打电话，然后再打电话报警。"

玛丽又尖叫了一声，她说："他不是故意要杀死他的！他打他，我们想阻止，他打劳里，打得劳里倒在地上！脑袋撞在犁刀上了！哦上帝啊，哦上帝啊，别报警！他会杀了我的！"

卢克说："把她带到别的房间去。"

玛丽说："不！不！哦求你了！求你不要，他会杀了我们所有人的！他会杀了我的母亲！他会杀了我们所有人！"

马特不肯走，所以卢克将他轻轻推到一边，把玛丽扶了起来。尽管玛丽一直在尖叫和反抗，但卢克还是将她带去了另外一个房间，马特无可奈何地跟在后面。卢克对他说："让她待在这儿。"接着卢克又回到客厅，给克里斯托弗森医生和警察打了电话。

三个小时之后，卡尔文·派伊自杀了。

警车从斯特鲁恩过来，先来我们家找玛丽了解情况，不过是在克里斯托弗森医生的陪同下。接着他们去了农场，卡尔文亲自开门迎接。警察们表示，他们来是想问他一些有关劳里消失的问题。他说，好，但能不能允许他去告诉妻子一声，因为她会好奇是谁在敲门。警察们答应了，然后就在门前的台阶上不安地等待。几乎立刻传来一声枪响。卡尔文在客厅壁炉的上方收着一把装满弹药的猎枪，他就在那里当场射杀了自己，当着派伊太太的面，不等她从椅子上站起身。罗茜很幸运,她当时正在楼上睡觉。

卡尔文死了,但他没有交代劳里的尸体在哪里,玛丽和母亲也都不知道。警察们花了两周时间才找到,他们之所以能找到,只是因为恰逢一个干旱的夏季,外加一个特殊的机会。卡尔文将劳里的尸体放进一只旧饲料袋,还往里塞了石头以增加重量,接着他将袋子丢进了一个池塘。他选的那个池塘——不是最靠近农场的那个,也不是"我们的"池塘,而是它们之间较深的一个——侧壁很陡,袋子原本是要沉到二十英尺深的水底的,不想却被一块突出的岩石拦住了。十月里,水位降到最低,袋子的顶端几乎就贴着水面,清晰可见。

劳里的尸体被发现的两天后,克里斯托弗森医生将派伊太太送去了圣托马斯的精神病院。不到一年时间,她就因患一种没人叫得出名字的疾病去世了。罗茜被送去了她母亲在新利斯克德的亲戚家。我知道玛丽试着与她保持联系,但罗茜一直没能真正掌握写信的技能,所以联系起来很难。后来她在很年轻的时候就结婚搬出了这片地区。玛丽知不知道她现在住在何处?我从来都没想过要问。

十月里,马特和玛丽结了婚,马特接管了农场。我敢肯定,这是他们两个在这世上最不想做的事。

婚礼前一周，警察结束了所有的调查，不再需要进入劳里死去的那座谷仓，马特就把它烧掉了。这是他送给玛丽的结婚礼物。卢克帮他重新建了一座新的，那是他送他们夫妇的新婚礼物。

次年四月，西蒙出生了。是一次难产，造成的结果就是，玛丽不能再生孩子了。

二十四

清晨五点,我被拖拉机发动的声音吵醒。丹尼尔哼了几声睁开眼睛,说:"那是什么啊?"我说:"拖拉机。"不过他应该没听见就又睡着了。

我躺了一会儿,想念湖的声音。如我所说,我一般回家都同卢克和波一起住,因此每一天最早和最后听到的声音都是静谧而缓慢的浪涛声。但在这里,涛声被农场的声音所取代了。还有丹尼尔在身旁发出的呼吸声。

正如我所预料的那般,昨晚在安排睡觉时,经历了一阵尴尬时刻。收拾完餐桌,卢克和波走了,西蒙道了声晚安也上了楼,我听到仍待在厨房里的玛丽对马特说:"哎呀,你去问她。我说不出口。"片刻之后,马特看上去一脸不自在地走进了客厅。

不过我早已料到这一幕,也就准备好了说辞。我原本可以建议分房睡,以避免尴尬。丹尼尔应该也能接受,虽然他不明白原因。尽管我之前不希望他来,可他真的来了以后我才发现,我希望他陪在我身边。我希望他能成为我和其余人之间的缓冲。他是我的礼物。有他在场的话,那么夜晚的时候,过去或许就不会铺展开来,将我淹没。此外,我略有些对抗地想到,在所有人中,马特有什么权利评判我?我知道这很傻。他永远都不可能想要评判我。

他走进客厅,假装特别专注地审视自己手上的一小条伤痕,我见状便随意地说:"我想我们差不多也是时候上楼休息了,马特。你安排我们睡在哪儿?前面的卧室?"我知道楼上的布局,知道除了马特和玛丽的卧室,只有前面的那间摆的是双人床。马特看上去松了口气,说,对,当然,没问题。

我们拎着行李上了楼,脱掉衣服爬上了弹簧已经松弛的宽大双人床。我以为丹尼尔会详细评论我的家人,让我半夜睡不着觉,但他一定是被这原生态的壮丽风光累坏了,只说了一句我对家人的描述根本不准确,然后几乎立刻就睡着了。我躺在那里，失眠了半小时左右，听着房子里的动静，回想很久以前的事情，最后像坠入深渊那般睡了过去，直至被拖拉机的声音吵醒。

醒来后我躺了一阵子，试着不去想我们住的这个房间。这是这座房子里最大的卧室，视野也最好，能眺望整个农场。以前一定是派伊夫妇的卧室——不然的话，马特和玛丽就该住这间房了。用弗农小姐的话来说，这里宽敞又美观，比例恰当，两侧的窗户都装有纱窗。马特和玛丽的房间在房子的侧面，西蒙住的是浴室旁边较小的那间。此外楼上还有三个卧室，有一间配备的是双层铺，一间摆着一张收纳农场账簿的桌子，另外一间用作了储存室。除了那张嵌入墙壁的双层铺，我十分确定，这座房子里的大多数家具都是在派伊夫妇离开后新添的。我想象着马特和玛丽丢弃所有能丢的东西，在有能力负担的时候慢慢地更换新的物件。他们想尽可能地少回忆过去。

我半睡半醒地躺在那里，模模糊糊地想到，即便如此，你可能仍会觉得绝望的氛围萦绕在这座房子里不肯消失，但不知为何，这里看上去并不是那般模样。接着我一定是又睡着了，因为接下来我听到的声音是拖拉机回来了，马特和西蒙在外面院子里低声说话。已经是七点钟了，所以我捅了丹尼尔几下就起床了。

玛丽正在做法式吐司、培根、香肠、玉米饼、英国松饼和炒蛋。我问需不需要帮忙，她似乎有些惊慌，说："啊，谢了，不过……我想不必了。或许你可以去告诉男人们，早餐再过十分钟开始？我想他们在院子里。"

于是我就走了出去。阳光已经非常强烈，天空是一片淡淡的青白色。丹尼尔找到了马特和西蒙，三人正在那里欣赏拖拉机。

"这东西让你们花了多少钱？"丹尼尔问，"如果这个问题不冒犯的话。"

西蒙和马特茫然地看着彼此。

"最后花了多少钱来着？"马特问，"我们砍价砍掉了一大笔钱。"

"我们费了很大劲砍价，"西蒙说，"说出来你们会吓一跳。太惨烈了。凯特姑姑来了，你喜欢我们的宝贝吗？"他拍拍拖拉机溅满泥点的侧翼。即使透过泥巴你也看得出来，机身在闪烁着红光，看起来威武又专业，巨大的轮胎上有深邃的花纹，给人一种奇怪的优雅感，就像所有精心设计过的商品都会有的那种优雅。

我说："生日快乐，西蒙。你的宝贝很棒。是新买的吗？"

"到今天刚满两周。"

"今天早上,它好像咳得很厉害啊,"我说,"你确定它没问题吗?"

"你这话说得真像个城市里的时髦人,"马特说,"我们正打算带丹出去兜一圈。幸运的话,晚点儿轮到你。"

我说:"我过来其实是要告诉你们,早餐差不多快好了。玛丽说再有十分钟就开饭。"

"哦,"马特看着丹尼尔说,"那再等会儿?等庆典结束?我本来想说早餐后的,不过我想玛丽应该给我们安排了别的任务。"

"没问题。"丹尼尔说。

我们于是朝房子走去,西蒙和丹尼尔仍在谈论拖拉机,马特和我落后几步。

"那么,情况如何?"我问,"我是说农场,看上去很繁荣的样子。"

马特笑着说:"我们还活着。我们永远都不可能暴富,但也不坏。"

我点点头。至少他从来没想过暴富。

接着是一阵停顿。是我在与马特交谈时害怕的那种停顿。我们的交谈礼貌又谨慎,就像是两个陌生人,这本来就已经够糟的了，但我后来带回家的这种停顿更让人难受。

"你呢？"他问，"你的研究如何？"

"很顺利。"

"你……你到底在研究些什么呢，凯特？我不记得你说过。"

我低头看着我们的脚，我们的鞋子扬起了许多尘土。是的，我从没提起过。我正在做的事情是他曾经那么渴望去做的，那为什么要去揭他的伤疤呢？但此刻我似乎别无选择。

我说："大致说来，我研究的是表面活化剂对水表层生物的影响。"

"就是洗涤剂一类的东西？"

"对。还有农药和除草剂中的湿润剂。那一类的东西。"

他点点头。"有意思的内容。"

"是的，是很有意思。"

有意思的内容。

任何一个人都会这样回应。就好像他只是随便的什么人一般。就好像我所知道的大部分东西不是他教的一般。我想，倒也的确可以这么说。但重要的是方法，是开放的心态，是真正看见的能力，不被先入之见蒙蔽双眼，而这些框架都是马特教会我的。从那以后,我所学到的知识都只是细节而已。

他在等待我讲下去,等待我为他描述我的工作,但我做不到了。我不是觉得他不能理解——如果我能将我的工作解释给本科生听,那我当然也能解释给马特。问题在于,我将不得不解释这个行为本身。我无法描述这种行为有多么错误,有多么残忍。

他放慢了脚步,我也只能慢下来。其余人继续前行。我看他一眼,他快速地朝我笑了一下。当他感受到压力的时候,他的笑容会以一种不自然的方式展开。我想大多数人都不会发现,但你知道,我小时候看他的次数如此之多。我对他的脸如此了解。

"丹尼尔看上去是个很棒的家伙。"他终于开口。

"是的,"我不知松了多大一口气,他终于放弃了那个话题,"他的确很棒。"

"是……认真的吗?你们两个?"

"可能吧。我想应该是。"

"很好,很好,那太棒了。"

他弯腰捡起一块扁平的石片。我们如果在湖边,那他可能早就将石片打出去了,但我们不在,所以他把石片翻来覆去地看了好几次，然后又丢掉了。接着他看向我，用他那双明亮的灰色眼睛，用他一贯的冷静眼神。

"你之后应该带他去池塘看看，凯特。它们的情况都很好。"

我迅速移开了视线。我的脑海里浮现的是他的样子，他从无止境的农场活计中抽出少许时间，步行回到池塘，独自站在那里，俯瞰水下深处。

我等待了片刻，为了确保我的喉咙没有障碍。西蒙和丹尼尔已经进了屋子。玛丽正站在门口。

"好，"我终于说道，"好，我会带他去的。"

玛丽似乎在看着我们。我看不清她的表情。

我说："我想早餐已经准备好了。"

马特点点头，用鞋子蹭了蹭石头。"是的，"他说，"我们进去吧。"

*

早饭过后，马特、西蒙和丹尼尔开始挪动家具。他们判断，今天的天气应该足够暖和，可以在户外举行派对，所以就把桌椅都搬了出去，排布在房子的侧面，那里有草坪,还有一小片维持得很艰难的花园。

玛丽和我待在厨房,做女人们的工作。或者至少,玛丽在做女人们的工作,我只是站在一旁观看。她似乎不能专心。一般情况下,玛丽在自己的厨房都是相当自信的,此刻她却忙乱地走来走去,把东西从冰箱里拿出来又塞进去,把抽屉开了又关。她在案台上摆了大约有二十几种甜点,完工程度各不相同,但她似乎不能决定该从哪一种开始。我在想,令她紧张的究竟是派对,还是我的在场。我知道有我在旁边的时候,她总是很不自在。我应该出去让她自己处理,但又觉得这样做不太礼貌。

我第三次说:"一定有我能帮忙的地方,玛丽。让我来打奶油吧。"

"哦,"她说,"这……好吧。如果你想做的话。谢谢你。"她打开冰箱,拿出一罐奶油。"我给你拿搅拌器。"她说。

"就在这儿。"

"哦,对,是,那我去拿个碗。"

她放下奶油,打开橱柜拿出一个大碗。但她没有递给我,而是双手捧着站在原地,背对着我。她没有转身,突然说:"你觉得那台拖拉机怎么样?"

"拖拉机?"我吃惊地问。

"是的。"

"我觉得很棒,我对拖拉机了解不多,但看上去的确很棒。"

她点点头,依然背对着我。她说:"马特和西蒙一起挑的,他们花了几周时间研究想要的型号。他们两个一起,那几周的时间里,厨房餐桌上到处都是他们放的宣传册和杂志。"

我笑了起来,说:"我知道。"

她转过身,将碗捧在胸前。她笑得相当古怪,她说:"你觉得西蒙怎么样?"

我看着她说:"我非常喜欢他,非常喜欢。他是个可爱的男孩子。是个非常出色的男孩子。"

我感觉我的脸红了——她的问题如此奇怪,我的答案听起来又如此老派,而且给人一种高人一等的感觉。接着我突然想到,西蒙现在十八岁,和马特在那个灾难性的夏天同样年纪。我想到,玛丽是不是在担心西蒙。不过我敢肯定,他具备更多的街头智慧,不会重犯父亲的错误,但玛丽还是会担心。

我说:"我觉得他也很明事理,玛丽。他比我见过的大多数学生都成熟。我想他明年会取得很好的成绩。"

她点点头，放下大碗，双臂抱在胸前——还是从前的那个防御性姿态，不过也有一些区别。她的脸涨得通红，但她的表情更多的是严肃，而非尴尬。几乎算得上凶狠。这副模样太不像她，我感到非常不安。

她说："马特给你怎样的感觉？他在你看来过得好吗？"

"我认为他看起来非常好，非常好。"

"你觉得他看起来快乐吗？"

这下子我警觉起来。我们家里的人是不会问这种问题的。

"我觉得他看起来是快乐的，玛丽。怎么了？出什么事了？"

"没什么。"她轻轻地耸了耸肩，"我只是好奇你能不能看出来，没别的意思。能不能看出来，他过得很好，很快乐，有一个出色的儿子，他爱他的儿子，而且和他的儿子处得很好。我只是想让你看见这一切，仅此一次，在经过了这么多事情之后。"

寂静之中，我们能听到家具被抬起的声音。有什么东西卡在了门框里。马特骂了一句，西蒙笑着呵斥。我听见丹尼尔说："或许我们可以试试退回去……"

玛丽说:"如果你能知道,你的看法对他有多么重要就好了,凯特。如果你能看见,当他知道你要回来时的样子就好了,凯特……一开始他高兴坏了……但随着你回来的日期越来越近,他会睡不着觉。卢克好多年前就原谅他了,波从来都不知道有任何事情需要谅解。但你的失望——你认为他的整个人生都是一场失败,你为他感到无比遗憾,因为他放任自己沉沦——对他来说却太难承受,是他最难以承受的。跟那相比,其余所有的遭遇都是轻松的。"

我大为震惊,以至于难以领会她的意思。她如此沮丧,如此激动,在我看来,她的控诉完全说不通。与马特失去的梦想相比,我的失望算得了什么?

我说:"我认为,他的人生并不失败,玛丽。我认为你们两个都做得非常好,我认为西蒙就是证据……"

"你就是认为他的人生是一场失败。"她将双臂抱得紧紧的,双手紧攥着手肘。我感到震惊,不只是因为她所说的话,还因为她选择的时机,她选在一个生日派对上,宾客即将到来的时刻。"你认为已发生的事情是他人生的一大悲剧。你几乎无法注视他,你对他感到如此遗憾、如此愤怒,至今依然没变。这么多年过去,你依然无法注视他,凯特。"

我不知接下来该说什么，不过西蒙走了进来，免去了我的负担。他看看案台上的甜点，把手指伸进其中的一个问道："这个是什么？"

玛丽急忙大喊："别碰！"西蒙跳起来说："好的！好的！"然后退回去，不可思议地看着她。我们听到他说："还是别进厨房为好，妈妈在发脾气。"

玛丽把碗递了过来，我接住放在案台上没有说话，接着我把奶油倒进碗里，开始搅打。我打的次数太多，奶油凝固成了一块。

"我打过火了，"我说，"抱歉。"我的声音听起来很奇怪。我将碗递给玛丽。她说："没关系，你能分一些放到派上吗？"接着她继续装饰奶酪蛋糕。她的声音现在平静下来了，仿佛她已经说出了所有想说的话，剩下的该轮到我说了。但我想不出该如何答复。如果这么多年过去，她依然不明白马特失去的是什么，那还有什么可说的？

我分完奶油后说道："还有别的要我做吗？"她说："目前还没有，你可以给男人们倒杯咖啡。"

我从玛丽一直温着的壶里倒了三杯咖啡，放在托盘上，从橱柜里找出一只小罐，倒了些奶油进去，然后拿出糖碗，又从抽屉里找出三只勺子。我全程没有说话，然后将托盘端出去送到男人们面前。他们这时已经遵照玛丽的指示，在树下支起一张桌子。马特和西蒙在讨论椅子的问题——摆在哪儿，摆多少把。

"你觉得呢？"我走过来时马特问道，"有多少人会想要坐着？坐在阳光下，还是树荫里呢？"

"只有女人，"我端着托盘，他们两个都往各自的杯子里放了三块糖，"会想要坐在树荫里。"

"对，"马特看着西蒙说，"有多少女宾？"

"有斯塔诺维奇太太，"西蒙说，"和卢卡斯太太、塔德沃斯太太、米切尔太太、卡林顿小姐……"

我环顾四周寻找丹尼尔，他正站在房子的墙角，饶有兴味地观察谷仓前空场地上停放的一组机器。我走过去找他。我感到头脑眩晕，仿佛中暑了一般。丹尼尔接过咖啡说："你有没有想过，你也许喜欢住在农场？我说真的。务农，做一些实在的工作，每天结束时都能看到一些进展。"

"没有。"我说。

他看着我，咧嘴一笑，接着他的表情变得认真起来。他说："怎么了？"

"没什么。"

"绝对有事，怎么了？"

我耸耸肩。"只是因为玛丽说的一些话。"她的声音依然在我脑海中回响，她的控诉让我非常烦恼。我一遍又一遍地回想，四处寻找解释，想要理解她为什么会那样想。如果考虑到她的生活环境，那或许是很自然的。她不知道，如果事情的走向不同，马特原本可能拥有什么样的生活。就算她知道，她可能也不想承认。毕竟，她正是马特落败的原因。

"关于什么？"丹尼尔说。

"你说什么？"

"你说玛丽说了一些话，关于什么的？"

"关于……我。我和马特。"

"她说什么了？"

我已经把其余的所有事情都告诉他了，那或许我也应该告诉他这件事。"只是……她认为我觉得马特身上发生的事是一场悲剧。"

他搅动着咖啡，看着我。

我说："这是实话。她说我觉得马特的整个人生都是一场悲剧，这不是事实，但他身上发生的事的确是一场悲剧。"

丹尼尔将勺子放回托盘，什么话也没说。我说："问题在于，她甚至根本就看不出来。这不是她的错，她无法理解。但那也是一场悲剧，你知道的——马特娶了一个不明白，完全不明白他的价值的人。"

丹尼尔抿了一小口咖啡，目光依然落在我身上。在田地的那一头，沿着小路，能看见一团烟尘正在升腾。是一辆汽车——卢克和波来帮忙了。车子开得非常快，似乎整个飞在空中。我的大脑中有一部分感到疑惑，直至我想起来他们是在上驾驶课。丹尼尔说："是这样，在一件事上我赞同你，凯特。我的确认为，其中有一场悲剧。不过我觉得不是你所想的那一场。"

一只蚊子落在他的手腕上，预示着还有一大批即将来临。他眯缝起眼睛，将咖啡递给我，一巴掌朝那只蚊子拍去。接着他在衬衫上蹭了蹭手，接回咖啡说道："你会说我不理解，就像你也觉得玛丽不能理解，但我其实能理解。至少能理解一部分。你的家庭曾经历过一场真正的战斗，这么多代人以来，你们所做的每一件事都是为了朝这个伟大的目标奋进。马特显然很聪明，任何人都看得出来。所以我明白你为什么失望。他有过一次机会，但他错过了，这的确让人觉得遗憾。"

他冲我淡淡一笑，几乎带着歉意。"但那只是一件憾事而已，并非一场悲剧。这并不影响马特是什么样的人。你难道看不出来吗？根本毫无影响。悲剧在于，你把这件事看得太重。看得这么重，以至于你任由它摧毁了你们两个的关系，你们曾经……"

他一定看出了我的怀疑，因为他迟疑了一下，看我的目光也变得不安起来。他说："我不是说，这对他的人生没有影响，凯特……他出乎意料地发现自己热爱务农，所以一切皆大欢喜，或者那一类的废话，我不是想说这些。我想说的是，根据你向我描绘的他，以及根据我对他的观察，我猜他很早就接受了这样的生活。问题在于，你不接受。结果就是，他失去了与你共同拥有的记忆。那才是真正的悲剧。"

当你大脑的某些部分完全停顿之后，其余部分竟然还能正常运转，这真是奇怪。我能听见马特和西蒙的声音，我看见卢克和波的车越来越近，远处有两只乌鸦在吵架，我的大脑忠顺地记录了这一切。但在我的内心里，有很长一段时间，都只有一片彻底的寂静。我的大脑停顿了。接着一切又才慢慢地开始恢复，随着意识的返回，我的脑海里一下子涌入了一大堆怀疑、困惑和愤怒的怨恨。丹尼尔，作为所有人里的局外人，作为一个宾客，他挖掘出了我所有的故事，他才认识马特不到十二个小时，他看着我们的生活，他对我们的生活一无所知，却轻轻松松、毫无负担地得出了这样一个结论。我难以相信，我竟然听完了他的话——难以相信他竟然说了这样一番话。

我看着卢克的车，目光一直盯着它的前进方向。它在房子后面消失了一会儿，然后重新出现，波驾着它猛地冲进院子，停在离我们所站位置十英尺远的地方，激起一阵烟尘。她一边说话一边走下车。"看见了?!"她轻蔑地说。她是在同卢克说话，但同时也朝丹尼尔和我挥了挥手，卢克坐在副驾驶座上——她弯腰往车子里面看，确保卢克能听见。"看见了?!"

我看着她，我的大脑正在记录这幕场景。马特和西蒙正上前来迎接。他们朝我们走来，对我们露齿而笑，我知道他们是在笑卢克和波，但我无法回应。我看着马特，脑海中翻腾着丹尼尔的话语，还有玛丽刚刚说的话。"如果你能看见，当他知道你要回来时的样子就好了，凯特……一开始他高兴坏了……但随着你回来的日期越来越近，他会睡不着觉……"

波重重地关上车门，然后绕到卢克的那一侧，帮他打开车门。卢克的膝盖上放着一只生日蛋糕，两脚之间还夹着一只大得吓人的碗,里面装的是绿色的果冻。我听见西蒙对马特说:"他看上去像是……顺从了。"马特点点头:"我想,当你每天都面临死亡威胁时,你也会这样。过不了多久,威胁就会失去效力。"

波的脑袋钻在车里,没听见他们说的话。她端出蛋糕,卢克弯腰将果冻碗拿到膝盖上,然后端起来钻出车子。

"这次驾驶课进行得怎么样,卢克?"马特天真地问道。

卢克看了他一眼,然后将果冻递给他。"放到太阳照不到的地方。"他说。

"全部?"马特问。

"生日快乐,小家伙。"波无视他们,将蛋糕递给了西蒙。是一只巨大的哥特风格的蛋糕,外面裹着一层巧克力。"你看起来最多十二岁。你拆礼物了吗?早上好啊,你们两个。"这声招呼是对丹尼尔和我说的。我感到丹尼尔的手放在我的后腰上,小心地推着我向前走。

"早,"丹尼尔说,"好漂亮的一只蛋糕。"

"毕竟是要举办庆祝派对,"波说,"我们还以为他永远都长不大呢。"

我们朝房子走去。丹尼尔的手依然放在我的腰上。他的触碰让我的皮肤一阵刺痛,我心怀愤恨,希望他离开我,我希望他们全都离开我。离开，让我自己思考。这时玛丽手里拿着一块抹布走了出来。

"给我们派个活儿干，"卢克说，"我们是来帮忙的。"

"哦，"玛丽说，"哦，好……可以。我想你们现在可以往外搬东西了，盘子什么的。"

世界继续运转。玛丽勉强给我们都安排了任务。我的工作是洗玻璃杯。我觉得杯子都已经非常干净了，不过我很乐意干这个活儿。这意味着我可以站在厨房水槽边，背对整个房间。我一丝不苟地清洗着，一次只洗一个，然后细致地擦干，放在托盘上，等男人们端到外面的桌子上去。丹尼尔走到我身旁说："需要人帮你擦吗？"我摇摇头，他犹豫地等了一两分钟，然后走开。洗完杯子后，我开始清洗玛丽刚刚使用的碗，然后是餐具、饼模、烘焙盘。波和玛丽在我身后对食物进行最后的装饰，男人们站着说笑，到处挡道碍事。丹尼尔也在其中的某个位置，我能感觉到，他的目光落在我身上。玛丽也是。她对我说了几声谢谢，又试探性地表示，我干的活儿已经超过了份额，要不要喝杯咖啡，但我朝她所在的方向浅浅一笑，说不用了。我松了一口气，发现我还能讲话，我的声音听起来是正常的。

我在想，我是不是可以一整天都站在这里洗盘子，一直洗到派对结束，然后说我头疼，接着就直接上楼睡觉。但我知道这是不可能的。有一些场合，你只有死才能逃脱，眼下就是其中之一。但我不知道该如何应对。我的脑海里一片混乱。而在这一切之下，我对丹尼尔的怒意仍在燃烧。除此以外，我的大脑中还不断地冒出过去生活的快照：安妮姑姑宣布我们一家人将要被解散之后，马特和我并排坐在客厅沙发上，他在地图上给我指明新里士满的所在地，试图让我相信，我们还能见到彼此。我能看见童年时代的自己，我坐在他身边，大脑已被绝望的旋风吞噬。

在另一张快照中，马特拿到了考试成绩，带我走进父母的卧室，让我坐在曾祖母莫里森的照片面前，解释他为什么必须离开。他给我讲述我们家族的历史，向我展示我们在其中的作用。我这才明白我们的角色的重要性，明白我们一定非常重要，不然他就不会离开我。那时他给我讲了他为我们制订的计划，我们的宏伟计划。

还有一张，这一次是十二年后，是我出发去大学的前夜。马特从农场过来为我送行。有许多年的时间，我都设法将那个夜晚摒除在记忆之外，但现在它回来了，所有细节都那么新鲜、明亮、清晰，仿佛发生在昨天。那天我们两个下坡去了湖岸。我们坐在沙滩上，看着夜色慢慢爬上湖面。我们僵硬地谈论着一些不重要的事——明天的火车之旅，学校宿舍，每层楼是否都会有电话。我们像陌生人一样交谈。我们那时差不多就已经是陌生人了。十二年来都不曾谈及、不曾解决的事情压在我们身上，让我们变成了陌生人。

到了他要走的时候——回农场，回到玛丽和他儿子的身边——我们爬坡回到家中，一句话也没说。那时天已经黑了。在黑夜里，房子周围的树林总是显得更加贴近，一直都是如此。我走到门口，转身对他说再见。他站在后面一点儿的地方，双手插在口袋里。他冲我微笑，然后说："你得把每一个细节都写下来告诉我，好吗？我想了解你所做的每一件事。"

屋内的灯光从门框里洒出来，在地上切出一个长方形，他站在里面，我几乎无法凝视他，因为他的脸上写满紧张。我试着想象给他写信的情景，告诉他我所做的一切——所有他应该一直在做的事。我想象着他读完我的信，走出门给奶牛挤奶的情景。我无法想象。那样不啻于往伤口上擦盐，不断地提醒他，他所失去的一切。我不相信他会希望收到这样的信，而且我知道，做这件事，我无法承受。

所以我极少写信，几乎不谈论我的工作。我想要放过他——放过我们两个。但现在丹尼尔告诉我，马特从没想过被放过。我当时在他脸上看到的，后来又继续看到的紧张，是因为不管他怎么努力，都没办法重建我们之间的联系。他当时只是希望我写信给他，不管什么主题都好，但他和我一样清楚，我不会写。

我不能——我做不到——相信这样的解读。丹尼尔认为他在每一件事上都是对的，但他不可能总是对的。他不对。我知道他以前就有过犯错的时候。

但此刻，当我试着停止思绪，不再去想他说过的话时，当我急切地环顾四周寻找更多要洗的盘子时——或者一只打蛋器、一把刀、一只叉子，任何餐具都好——他的话却不停地钻进我的脑海，不停地溜进来，就像门下漫进来的水。

正午刚过，宾客就开始陆续抵达，那时我已过了任何事情都思虑过多的时候。我感觉有些头晕眼花的不真实感，几乎类似于愉悦。斯塔诺维奇太太是第一个到的，玛丽看到她的卡车开上小路就催我出去迎接，我平静地照做了。男人们被派出去做事了，丹尼尔也跟着一起，我不用介绍他，于是松了口气。我不知道该怎么应对他，整个上午我意识到他的担心越来越深，说实话那让我有一些满足的感觉。我当时根本不可能原谅他，但后来我变得理智了些，突然想到要说出那番话对他来说一定很难，他应该知道那番话会将他置于危险之中，可能还要冒更大的风险。我敢肯定，他在说的时候觉得自己在做正确的事，但我猜他一说完应该立刻就后悔了。

他的担心是有道理的。我对他的感觉……是这样，我想如果你在下午问我，会不会继续我和他的关系，我可能会给出否定回答。我猜我的行为就相当于"斩杀信使"的主题变奏，因为他们是带来坏消息的人。我知道这不公平。

我独自出门去迎接斯塔诺维奇太太。我走到车子前时，她正从方向盘后起身出来，她看到我惊喜地叫了一声。我很高兴地说，她没有变化，可能只有下巴长了点儿肉。

"凯瑟琳，甜心！甜心，你看上去真漂亮，真像你的母亲，你每一天都越来越像她。"她将我拉到她的怀里，就和从前一样，就和她平时一样。处于这样的状态下，我平生第一次几乎想要接受那副胸怀的真实面目，那就像一只让人想要扑进去哭一场的枕头。一只又大又软和又温暖的枕头，扑进去可以卸掉你所有的悲伤、痛苦和悔恨，因为确信斯塔诺维奇太太会将它们全部直接传达给上帝。但我还是做不到,哪怕我回应了她的拥抱,而且超过她所习惯的时长。

"甜心,"她四处寻找她总是随身携带的手帕(马特有一次说,他敢打赌她身上某个地方一定藏着几百条手帕),"看看上帝赐予我们的好天气!一朵云都没有!看看你,大老远地赶回来帮着操办庆祝会。西蒙难道不是你见过的最棒的男孩吗?我还带了一只蛋糕来。"她喘吁吁地绕到卡车后车厢位置,一边走一边擦脸,接着放下后挡板,发出一声巨响。"前面放不下,因为加比在座位上放了一只齿轮箱。希望蛋糕没颠坏——看看,完好无损。你所需要做的,就是相信上帝,甜心。他料理每一件事。跟马特在一起的那个年轻人是谁?"

是丹尼尔。马特正带他过来介绍。他们走得很慢,都低着头。马特在用双手打手势,解释着什么东西,丹尼尔在点头。他们走拢一些后,我听到马特说:"……一年里大约只有六个月的时间超过四十二度,这是绝对最小值。所以积雪融化后,你得尽快播种——只要土壤干燥到能够条播[1]的程度。"丹尼尔说:"你们会使用特殊品种吗?你知道,

---

[1] 条播,沿着浅犁沟撒种。

就是更抗霜的品种。"

我不知道为什么我在那一刻突然就明白了。或许是因为他们两个都如此专注于这个话题，如此全神贯注。两个出色的男人，在深入交谈中，缓慢地步行穿过灰扑扑的农家庭院。这不是一幅悲剧图景。完全不是。

我想真正的问题并不在于，我为什么直到那一刻才明白过来，我为什么没能在多年前就发现。曾祖母莫里森啊，我认可，大部分错误都在于我，但我还是觉得，你得承担一部分责任。是你，连同你对学识的热爱，奠定了一种标准，使得这些年来我评价身边的每一个人，评价生命中的所有人，都在往那个标准上靠。我一心一意地追寻你的梦想，我熟读了你甚至从来不曾想象过的书籍和理论，但不知为何，在获取所有这些知识的过程中，我却有意地让自己什么都没学会。

*

卡林顿小姐抵达时，他们正把丹尼尔介绍给斯塔诺维奇太太认识，紧跟着她来的是塔德沃斯一家，接着好几辆小汽车和用旧的农用汽车一起开来，派对开始了。是一场很热闹的派对。如斯塔诺维奇太太所说,天气也在支持我们,派对很快变成了一次盛大且相当喧闹的野餐。人们三两成群地坐在草地上,或者在摆放食品的桌子旁转悠,有说有笑,同时还要想办法解决如何吃东西的难题,因为一只手端着一盘子食物,另一只手还端着一杯水果潘趣酒。

我想说,我也全身心投入其中,但事实上,我依然感觉有些眩晕,有些分神。我猜我需要时间。如果你多年来一直用一种特定的方式思考,如果你的脑海中一直有一幅画,其中描绘了各种事情的样貌,但那幅画突然被证明有误,那么调整起来显然需要一段时间。而在那段时间里,你一定会感觉……断了线。总之,那就是我当时的感觉——而且至今在某种程度上依然如此。我真正想做的,就是安安静静地坐在某个地方,最好是在一棵树下,隔着一段距离观察发生的一切。尤其是看看马特。让我的眼睛适应这种看待他的新视角,从这个全新的视角来观察我们的生活。

比起协助举办一场生日派对,那才是我在那个下午想要选择却做的事。不过话说回来,能看到每一个人真的很棒——实际上可以说非常棒。他们都来了,只有弗农小姐除外,她捎信说她年纪有点儿大了,无法参加派对,但是祝愿西蒙一切都好。我记得,我向大多数人都介绍了丹尼尔,他的态度相当克制,他无疑仍不能确定我的想法。不过他应付得很好——克兰教授们都很擅长随机应变。我们和卡林顿小姐聊了很久。她现在是校长了——学校扩大到三间教室的规模,她手下也有了两名教师。她看上去非常好,神情中有一种宁静。或许她一直都是如此,只是我以前没能发现。总之,这让她相处起来给人非常轻松的感觉。

我想,西蒙度过了一段快乐时光,毕竟这正是派对的目标所在。

不过,最棒的还是这天晚上。我将永远记得这个夜晚。晚饭后,我们收拾停当,西蒙和朋友们出去了,马特和我拿着驱蚊液给丹尼尔从头喷到脚,然后带他去了那片池塘。马特把发现劳里尸体的那个填平了,还在上面种了一小片银桦树。此刻,树叶刚刚长出来,看上去非常祥和。

至于其他的那些池塘呢,包括我们的那一个,都仍和从前一模一样。

图书在版编目（CIP）数据

乌鸦湖 /（加）玛丽·劳森（Mary Lawson）著；陈磊译.
—南京：译林出版社，2023.8
书名原文：Crow Lake
ISBN 978-7-5447-9828-0

Ⅰ.①乌… Ⅱ.①玛… ②陈… Ⅲ.①长篇小说－加拿大－现代 Ⅳ.①I711.45

中国国家版本馆CIP数据核字（2023）第110491号

Crow Lake by Mary Lawson
Copyright © 2002 by Mary Lawson
Published in agreement with Lutyens & Rubinstein Literary Agency, through The Grayhawk Agency Ltd.
Simplified Chinese edition copyright © 2023 by Yilin Press, Ltd
All rights reserved.

著作权合同登记号　图字：10-2022-90号

乌鸦湖　　[加拿大] 玛丽·劳森 / 著　陈　磊 / 译

责任编辑　　黄　洁
装帧设计　　尚晓蕾
校　　对　　孙玉兰　王笑红
责任印制　　单　莉

原文出版　　Vintage, 2003
出版发行　　译林出版社
地　　址　　南京市湖南路 1 号 A 楼
邮　　箱　　yilin@yilin.com
网　　址　　www.yilin.com
市场热线　　025-86633278
排　　版　　南京展望文化发展有限公司
印　　刷　　徐州绪权印刷有限公司
开　　本　　850 毫米 ×1168 毫米　1/32
印　　张　　12.375
插　　页　　2
版　　次　　2023 年 8 月第 1 版
印　　次　　2023 年 8 月第 1 次印刷
书　　号　　ISBN 978-7-5447-9828-0
定　　价　　59.00 元

版权所有·侵权必究

译林版图书若有印装错误可向出版社调换。质量热线：025-83658316